李剑

望

一个群众文化工作者20年作品选

浙江工商大学出版社

图书在版编目（CIP）数据

回望：一个群众文化工作者20年作品选 / 李剑峰著
. -- 杭州：浙江工商大学出版社，2017.5
ISBN 978-7-5178-2092-5

Ⅰ. ①回… Ⅱ. ①李… Ⅲ. ①中国文学－当代文学－作品综合集 Ⅳ. ① I217.2

中国版本图书馆CIP数据核字（2017）第071523号

回望——一个群众文化工作者20年作品选

李剑峰 著

特邀编辑 徐安然
责任编辑 梁春晓
封面题字 周春梅
封面设计 李 杏
责任印制 包建辉
出版发行 浙江工商大学出版社
（杭州市教工路198号 邮政编码310012）
（E-mail: zjgsupress@163.com）
电话：0571-88904980，88831806（传真）
印　　刷 杭州恒力通印务有限公司
开　　本 880mm×1230mm 1/32
印　　张 11
字　　数 255千
版 印 次 2017年5月第1版 2017年5月第1次印刷
书　　号 ISBN 978-7-5178-2092-5
定　　价 39.80元

序

王全吉

与剑峰兄相识，是一种缘分。

我们都在文化系统工作，因为喜欢文字，我们有缘走到了一起。

剑峰兄是个充满热情的人，对文学一往情深。他多年如一日，用心编辑着文学期刊《海风》，就像农人，一年四季悉心地翻耕着一方菜园。这本诞生在曙光之城的《海风》，像阳光一样照耀着许多热爱文学的人们。《海风》风生水起，聚集着一个作家群，只要作者的文字打动了他，剑峰兄都会眉眼含笑，欢喜得不行。文学期刊《海风》凭借富有分量的作品、写意大气的封面，以及承载的文化情怀，多次获得全省群众文化报刊评比一等奖。《海风》受人喜爱的背后，是剑峰兄 20 多年来为人作嫁的甘苦，是对文学无怨无悔的追随。我曾经也在《海风》期刊发表了一组民间艺术专题散文，美好的感觉至今还存在心里。

剑峰兄是个充满热情的人，在东海之滨，静心写着自己热爱的文字。数年之间，已经出版过三本个人作品集。我喜欢剑峰兄的散文集《在书页之间行走》，喜欢他追忆少年时代的散文集《时光的背影》。对于很多人来说，这是一个浮躁的世界，剑峰兄却坐在世界的一个角落，心静如水，让目光抚摸着古代经典的文字，用自己喜爱的方式解读经典。他对于年少时光的追忆，既有私人的生活体验，又有我们共同经历的时代的印痕。“却顾所来径，苍苍横翠微”，朴实真诚的文字穿过时光，真切地把往日的岁月呈现在我们面前，让我心里顿时温软起来。

剑峰兄是个充满热情的人，对工作投入很大的热情。文化馆组织文艺演出要有人写剧本，剑峰兄就尝试着剧本创作，剧本文字经导演搬上舞台，成为鲜活的舞台形象。牛刀小试，小有成就，就一发不可收，于是他经常出现在全省戏剧大赛的现场，坐在台下欣赏别人的戏剧，也曾上台领回全省戏剧大赛创作一等奖的证书。歌曲好唱，创作不易，不知什么时候剑峰兄写起了歌词，描写海边风光、海岛风情，抒写对于东海之滨这片土地深深的爱恋。这些美丽的文字乘着音乐的翅膀，在耳畔悠扬地飘着的时候，你可以想象剑峰兄内心的欢愉和脸上的笑意。

《回望》是近年来剑峰兄出版的第四本个人作品集，是作者在戏剧、曲艺、歌词、小说创作以及文化评论的作品集萃，分“抒情”“记叙”“默想”“虚构”和“论述”几个版块，展示作者在群众文艺创作与文化研究方面的力作，展示一位文化人对于文化的热爱与追求。

《回望》出版之际，剑峰兄嘱我写序，我欣然应允。我和剑峰兄有着相似的经历，相似的文化情怀，我们都是从一名文学青年，成为文化馆队伍的一员，几十年过去，依然喜欢着文字，喜欢坐在一方斗室，阅读、写作，让古老的汉字滋润着我们的灵魂。

阅读与写作，是剑峰兄日常的生活状态，也是一位文化人在这个世界应有的精神姿态。谨以此序，向剑峰兄致以真诚的敬意。

（作者系中国文化馆协会理论研究委员会副主任委员，浙江省文化馆副书记。）

目 录

一、抒 情

二、记　叙

三、默　想

四、虚　构

五、论　述

附　录

一、抒情

月光照来，
雨水飘过，
时光过去了许多年。
我的身姿还是为你挺立，
眉目里凝聚着我浓浓的思念。

夫人峰之恋

（歌词）

一曲石和浪的传唱，
在人世间流传。
一段山和海的情缘，
谱写爱的诗篇。
夫人峰，
你是我们温岭最美的名片。

月光照来，
雨水飘过，
时光过去了许多年。
我的身姿还是为你挺立，
眉目里凝聚着我浓浓的思念。
山的坚定，岩的刚硬，
注定了我的守望。
烂漫野花开遍山坡，
是迎接你的盛典，
我眺望着你归程的船帆。

海风吹来，
群鸥飞过，
波浪汹涌了多少天。
我的船只还在大海搏击，
胸膛里装满我深深的呼唤。
海的深厚，浪的活力，
赋予我坚强胆魄。
灿烂阳光晒满船舱，
是馈赠你的厚礼，
我就回到你温暖的港湾。

注：东海之滨的温岭市五龙山上，有一孤峰突起，酷似古代美女头像，峰以形名，呼之“石夫人”，有“浙东南阿诗玛”之称。有志记：“昔人渔于海滨不返，其妻携七子登此山望焉，感而成石。”

发表于浙江省音乐家协会《花港词刊》杂志 2015 年第 3 期。

林梦谱曲。

石塘小人节

（歌词）

噼里啪啦鞭炮放起来，
喜气弥漫渔乡。
亲朋好友共赴盛会，
祝贺连连鱼虾飘香。
七月七日这一天，
海浪拍岸的石塘，
一个千年的节日，
一家又一家好戏登场。

彩亭彩轿架在家门前，
阳光照在脸庞。
男孩女孩追逐欢笑，
红烛摇曳祈盼安康。
七月七日这一天，
海浪拍岸的石塘，
一个千年的节日，
一代又一代梦想飞翔。

注：小人节，据考证起源于北宋，是在七夕当日向七娘妈为未满16岁的儿童祈愿的节日。在温岭市石塘镇流传300多年，今仅石塘保留这一节日，是世界独一无二的节日，收录于第二批国家级非遗名录中。小人节不仅是当地孩子们的“儿童节”，而且是大人们的“美食节”。

获2014年度温岭市原创歌曲二等奖。

发表于浙江省音乐家协会《花港词刊》杂志2015年第3期。

2015年12月获台州市第六届音乐新作金奖。

莫小文谱曲。

乌龙岙的梨花开了

（歌词）

乌龙岙的梨花开了，
朋友，请你来。
在三月里，
青翠的山坡，盛开着
一树花，一树花，一树花……
繁花犹如飘大雪，
洁白无华惹人醉。
那历经百年风雨的花，
一年一度盛开的花，
今年与你相逢，
和春光同在。

乌龙岙的梨花开了，
朋友，请你来。
在细雨中，
弯弯的山道，飘动着
红的伞，绿的伞，黄的伞……
笑脸梨花相辉映，

青山绿水都是情。
那来自四面八方的客，
男的女的老人少年，
今天与你相聚，
和春风同行。

注：乌龙岙属温岭市城东街道，种植箬包梨有一百多年历史，曾举办过“梨花节”活动。

2013年10月获温岭市村镇形象歌曲创作大赛二等奖。

发表于浙江省音乐家协会《花港词刊》杂志2014年第4期。

叶高峰谱曲。

山魂海韵满温岭

（歌词）

弯弯盘山道伸向久远时光，
巍巍夫人峰阅历无数风霜。
方山书院舞动的羊毫，
挥写在书页中飘香。
长屿硐天铿锵的敲打，
回荡在今日的村庄。
啊，温岭，
历史的画卷依次打开，
山的气势，海的韵律，
展现在这个神奇的地方。

碧绿绿海浪描绘宽阔海疆，
哗啦啦潮水拥抱甜蜜梦乡。
石塘渔村跳跃的舞蹈，
震撼了游人的心房。
千年曙光照耀的海岛，
伴随着幸福和吉祥。
啊，温岭，

迷人的风景扑面而来，
山的气势，海的韵律，
闪亮在这个美丽的地方。

收录于《台州湾放歌——台州市优秀创作歌曲选（第四集）》（中国文联出版社，2011年8月）。

叶高峰谱曲。

温岭义工之歌

（歌词）

夫人峰下，阳光城里，
涌动着爱的海洋。
因为心愿，因为诺言，
热情充溢在胸膛。
送上问候，送上温暖，
陪看夕阳依山冈。
驱走彷徨，送走忧伤，
希望和晨风一同起航。

东海之滨，环山道上，
播撒着善的阳光。
流出汗水，付出辛劳，
微笑洋溢在脸庞。
让山更青，让水更蓝，
美丽大地花芬芳。
点滴奉献，汇聚风尚，
温岭和梦想一起飞翔。

创作于2015年6月。

林梦谱曲。

我的梦里水乡

（歌词）

一条条河水吟唱丰收歌谣，
一口口池塘映照五彩云裳。
金灿灿稻谷，铺满了田野。
沉甸甸葡萄，闪耀着阳光。

一把把汗水描绘宽阔大地。
一阵阵锣鼓传递幸福吉祥。
和美美民风，流传了千年，
甜蜜蜜家事，温暖了心房。

岱石，我生活的地方，
那是一个梦里水乡。
和谐美丽大家园，
劳动创造万年长。

2015 年村歌创作采风作品。

林梦谱曲。

太平春色

（歌词）

五龙山上烟雨迷蒙，
围绕夫人峰身旁。
前溪岸边柳条绿了，
飘拂游人的面庞。
锦屏公园水波荡漾，
鱼儿跳跃，白鹭飞翔。
北山河畔桃花带露，
迎着东风，一片红妆。
一幅幅春天的画页，
一页页美丽篇章。

泉溪远远流淌而来，
花山遗风又绵长。
广场敲起咚咚锣鼓，
村头欢舞歌飞扬。
张张笑脸由衷绽放，
希望路上，阳光芬芳。
我们目光追随前方，

充满自信，分外亮堂。
一个个春天的景象，
一片片和谐吉祥。

2013年温岭市村镇形象歌曲创作作品。

罗通谱曲。

家 园

（歌词）

阳光照耀在脸庞，
梦想在飞扬。
清风吹拂在身上，
快乐在心房。
建设美丽家园，
有你，有我，
大家都把责任扛。
环境靓了，
生活美了，心儿醉了。
台州，一座美丽的城市，
我们共同奉献力量。

阳光照耀在脸庞，
梦想在飞扬。
清风吹拂在身上，
快乐在心房。
建设幸福家园，
有你，有我，

大家都是热心肠。
爱在传递，
情在输送，笑在流动。
台州，一座幸福的城市，
为你书写新的篇章。

2013年11月获台州市委宣传部、文化广电新闻出版局举办的台州“多城同创”主题歌歌词征集活动金奖。

林梦谱曲。

风情浙江

（歌词）

唱一曲歌，
是畲族民歌，飘荡在大山。
跳一种舞，
叫渔家大鼓，闪现在海滩。
提一管笔，
称极品湖笔，文章惊波澜。
爱情的故事，
断桥旁边诞生白蛇奇缘。
灵动的越剧，
鼓板笃笃登场萦绕江南。

品一口茶，
是西湖龙井，清香在心田。
喝一碗酒，
乃绍兴黄酒，沉醉宛如仙。
穿一身衣，
为绫罗绸缎，行走在风间。
十里的红妆，

绵延父母深情慈爱万千。
祝福的大典，
祈求风调雨顺国泰民安。

世界东方，
古老的吴越大地，
枕着东海，
背靠着连绵群山，
还有一条奔腾千里的钱塘江，
那是祖祖辈辈美丽的大家园。

2013 年 9 月获浙江省文化厅举办的浙江省非物质文化遗产主题歌曲征集活动提名奖。

2013 年 10 月发表于《守望家园——浙江省非物质文化遗产主题歌词集》。

林梦谱曲。

灵动越剧

（歌词）

在那条灵秀的剡溪边，
在那个料峭的三月里。
搭起草台鼓板笃笃响，
袅袅琴声把故事传递。
水袖一甩，
舞动江南秀丽风景，
柔美曲词，
长长萦绕神州大地。
啊，
有个叫越剧的艺术闪亮登场，
种子落在百姓心头花开美丽。

摇过了几多小桥流水，
走进了多少晴天雨季。
有无数往事久久难忘，
有多少人物时时念记。
村头街尾，
处处演绎悲欢离合，

老生小旦，
回回述说儿女情谊。
啊，
有个叫越剧的艺术激情飞扬，
灵动身影穿越时空壮美神奇。

发表于浙江省音乐家协会《花港词刊》杂志 2011 年第 2 期。

2013 年发表于《守望家园——浙江省非物质文化遗产主题歌词集》。

发表于《台州湾放歌——台州市优秀创作歌曲选（第四集）》（中国文联出版社，2011 年 8 月）。

林梦谱曲。

你是我们的老娘舅

（歌词）

你匆匆的身影，
走进晨曦，走进夕阳，
你倾听着诉说，
平息着吵嚷。
你摆开了短长，
一碗水端平，
你以理以法说端详。
当心头疙瘩化解，
双手握在一起，
你由衷欣慰映照在脸庞。
你是我们的老娘舅，
邻里乡亲都放在心房。

你匆匆的身影，
穿过春花，穿过秋光，
你关心着冷暖，
情系这一方。
你秉持着公正，

辛劳地奔忙，
你任劳任怨热心肠。
当两鬓染上白雪，
额头写满沧桑，
你从不言悔心里亮堂堂。
你是我们的老娘舅，
平安和谐是最大梦想。

2016年1月获浙江省文化厅主办的“依法治国　共筑和谐”歌词大赛金奖。

等 待

（歌词）

你在山那边，
我在海之角。
江南的烟雨中，
扯不完绵绵的思念。
忧伤的瞳仁里，
闪动着美丽的身影。

岁月似无情，
时光更有意。
秋天的风霜啊，
是否已改变你容颜。
尘嚣的世界上，
珍藏着永远的温情。

从前，回不去，
未来，可等待。
我等待，在寂静的午夜里，
相逢梦乡倾心地交谈。

从前，回不去，
未来，可等待。
我等待，在拥挤的街道上，
穿过肩膀见到你的微笑。

发表于浙江省音乐家协会《花港词刊》杂志 2013 年第 3 期。

畅游滨海农业观光园

（对口快板）

甲：打竹板，响连天，
　　讲一讲，滨海农业观光园。
乙：观光园，有名声，
　　创建特色、生态、高效农业不一般。
甲：正是七月艳阳照，
　　我们驾车去参观。
乙：一条大路宽又广，
　　直通温岭这个东北边。
甲：天空高朗海风吹，
　　大地翠绿起波澜。
　　游人如织闹盈盈，
　　那是一垅一垅葡萄园。
乙：“中国大棚葡萄之乡”金匾在滨海，
　　“浙江省名牌农产品”称号把手牵。
　　巨峰、藤稔、京玉、红地球……
　　品种多样各有特色请尝鲜。
甲：一个身子钻进葡萄棚，
　　阳光照耀叶子金灿灿，

串串葡萄晶莹透亮颗粒大，
红的红、紫的紫，惹得客人直流涎。
乙：自行采摘兴致高，
连连品尝话语谈。
丰收景象看不够，
欢乐歌声到处传。
甲：瞧这里，西瓜圆圆遍田头，
犹如一个个胖娃娃在安眠。
乙：看那边，绿叶丛中金黄大南瓜，
数也数不完。
甲：景色处处美如画，
大家都是游中仙。
走一程，合个影，
前面到了小河湾。
乙：河水清清波浪漂，
你追我赶划小船。
惊起一群大白鸽，
拍打翅膀翱蓝天。
甲：前面一群是野鸭，
水里游得多自在。
路上一群大白鹅，
伸长脖子叫得欢。
乙：火鸡那是外国来引进，
个子高高挂着脖子红丹丹。
孔雀公主闲庭来信步，

开起彩屏再把景色添。

甲：迎面来了一群中学生，

叽叽喳喳跑得欢。

乙：社会实践接触大自然，

亲近土地探索奥秘喜连连。

甲：水上餐厅来光临，

竹的房子竹栏杆。

好比进入童话里，

菜肴未尝嘴已馋。

乙：今日游览君须记，

高高兴兴就要把家还。

四季八节各不同，

风貌特色盼君再来看。

甲：春天里来桃花开，

梨花雪白绕飞燕。

樱桃草莓红艳艳，

桑果颗颗枝头间。

乙：夏天阳光金闪闪，

空气芬芳瓜儿甜。

杨梅蜜桃个个大，

清凉树下听鸣蝉。

甲：秋天里，金风爽，

仙梨枝上把头探，

大枣颗颗透清香，

芦苇随风舞翩翩。

乙：冬天里，忙收藏，
高橙个个往家搬，
蜜橘筐筐来采摘，
农户家家尽开颜。
齐：建设美丽新农村，
滨海工作谱新篇，
我们一起常常来，
城乡本是肩并肩。

2013年温岭市文化大采风创作作品。

历史文化名镇新河镇

（快板）

金秋时节来京城，
《一鸣惊人》展笑颜。
浙江温岭新河镇，
江南水乡不一般。
晋代古刹崇国寺，
宋朝闸桥看今天。
烽侯遗址寺前桥，
长屿硐天千六年。
实现跨越大发展，
改革开放写新篇。
三大产业有名声，
机械帽业羊毛衫。
宜业宜居小城市，
文化建设不等闲。
新河人口艺术团，
活跃城乡天地间。

2013 年 11 月在中央电视台戏曲频道表演。《一鸣惊人》为该频道栏目名。

江河大治润千秋

（鼓词）

改革开放大潮涌，
温岭水利谱新篇。
铁手浇铸防洪大堤，
台风暴雨巍然挺立。
丹心在胸想着老百姓，
抢险救灾保卫我家园。
水库山塘安危重千斤，
众志成城，安如泰山。
幸福甘泉哗哗流淌，
家家户户朗朗欢笑。
开发水源，保护资源，
我们一直努力不懈，
献上我们共同力量。

瞭望长天千里外风云，
胸怀水利百年之大计。
废寝忘食来描绘蓝图，
呕心沥血去打造工程。

肥沃土地五谷丰登，
锦绣河山六畜兴旺。
解放思想勇于当先，
科技创新促进发展，
水利工作再上台阶。

改革开放大潮涌，
温岭水利谱新篇。
铁手浇铸防洪大堤，
台风暴雨巍然挺立。
强化民生水利建设，
实行城乡供水一体化。
开源节流，着手兴建，
白溪、梅溪、白龙潭水库。
幸福甘泉哗哗流淌，
家家户户朗朗欢笑。
开发水源，保护资源，
我们一直努力不懈，
献上我们共同力量。

2012 年 3 月在浙江省委宣传部、浙江省水利厅等八个部门联合举办的“水润浙江”主题晚会上演出。

特殊顾客

（快板书）

鞭炮声声天地欢，
张灯结彩迎大年，
大街小巷人潮涌，
购物采货闹喧天。
人民路上有个时尚店，
老板名叫张小山，
年纪轻轻头脑灵，
收入年年翻一番。
这时候，门口闪进一个老太太，
背着手，慢步走到货架前。
张小山，心里暗打鼓，
我这时尚店商品不一般，
来的都是小青年，
老太太进店还真少见。
又一想，如今社会变化快，
她心态年轻说不定也能赚几千。
张小山，满脸堆笑奔上前：
“阿婆，你是想买挎包、手镯还是银耳环？

价格不高质量好，
款式多样请仔细看！”
老太太从容不迫笑微微：
“小伙子，你态度热情我喜欢，
请你陪在我身边。”
小山连忙说：“您有啥问题尽管谈！”
说不定她就是一个大富婆，
财运降临在今天。
张小山，心情兴奋话语多，
老太太忽然瞪大两只眼：
“这——这个包价格怎么高上天？
要一万一千三百三？”
小山这下来精神：
“我说阿婆啊，这叫LV包，可是大名牌，
响彻全球把霸王位置占。”
老太太撇撇嘴巴发了话：
“LV是法国皮件设计大师路易·威登的简称，
他1854年在巴黎开了第一间皮箱店。”
张小山听得目瞪又口呆，
想不到，这老太比我还老练。
老太太拍拍他的肩：
“你的包，我刚才里外翻个遍，
我看是猪鼻子插葱装大象，
鹅卵石想充金刚钻。”
张小山心里着了慌，

莫不是工商来查看?
可看她年纪这么大,
掬掬糨糊好过关。
于是他,打着哈哈把话编:
“你看我的店名就叫装饰店,
假假真真真真假假奥妙就在真假间。”
“是这样吗? 可这价格? ”
“这价格吗,咱们可以慢慢谈。”
老太太,放下皮包往前走,
张小山暗自庆幸蒙过关,
不料想,老太太一把拉住他开了言:
“孩子多大啦? 是女还是男? ”
张小山情不自禁接了茬:
“提起儿子我心里甜。”
“夫人呢? ” 老太太紧接又查问,
怎么像便衣警察到眼前?
张小山心头不高兴,
就把老太太晾一边。
老太太紧追不放松:
“离婚啦? 那我更要与你谈一谈。
互敬互爱互让互谅那是夫妻传家宝,
不要为了小事就把离婚协议签。”
张小山来了气,
梗着脖子把话端:
“谢谢你为我瞎操心,

我夫妻恩爱夜夜同床眠，
从来没有红过脸。”
老太太连连把头点：
“这就好，这就好，
夫妻恩爱胜过金山和银山。
离婚孩子要遭罪，
家庭裂变难保全。”
老太太，啰啰唆唆讲不完，
张小山忙把话题来打断：
“老太太，你还有完没有完，
我这里可不是百家大讲坛。
我是开店做生意，
如果演说您请便。”
老太太听了脸一变：
“我是顾客你不能偏。”
右手指着红头绳，
“这要多少钱？”
小山顿时来了劲：
“你看那色彩多鲜艳，
这是最新的高科技，
一根可要 20 元，
头上一扎放异彩，
嗳，这个好像与您老太有点不搭边。”
哪知道，老太太掏出一百元，
“啪”的一声拍在柜台间，

"成交，成交"大声喊。
小山觉得刚才有点不耐烦，
连忙上前赔笑脸：
"老太太，服务不周请原谅，
我看您气质不凡，来历一定不简单？"
老太太这下来精神，
挺挺身子嗓子尖：
"我出生在一个小山村，
18 岁就把革命工作来承担，
随后参加大部队，
成长为一名光荣的共产党员。"
"久仰久仰，您老还是老革命。"
小山抱拳作揖走上前，
心里想着赶快结束这谈话，
接待别的顾客挣大钱。
哪知道，老太太拉住小山话不断，
她说道："我入了党，提了干，
当了科长忙得团团转，
风中来，雨里去，披星戴月，任劳任怨不畏难。"
老太太忽然眼光在躲闪，
紧急着转了一个弯：
"那一年是我退休年，
离别那天，我是眼泪汪汪步艰难，
有多少回，早饭吃完还往单位赶，
有多少回，梦里和同志们把话谈，

有多少回……”
小山越听心越烦,
连忙喊:“停,停,停,请把嘴巴关,
如今您老是功成名就,还有退休金,
美满日子过得多自在。”
幸好老太太也来把手挥:
“我要回家烧中餐。”
小山终于舒口气,
送别老太太到门边,
把心中疑惑说了出:
“您老一大早来我这里究竟何贵干?”
“我不缺吃,不缺穿,就缺一个伴,
没人说话好心酸。
在这里感觉真是好,
谢谢你陪我把话谈。
吃了饭,下午我再来,
咱们接着往下谈。”
张小山连忙把手摇:
“别,千万别,你来我的生意就没法干。”
老太太不禁怒气一冲正色道:
“小伙子,你的话语不靠边,
刚才把你店铺看个遍,
商业系统我干了几十年,
发现问题、纰漏一大堆,
货色、品种还有摆设顾不全。

还有呐，遵纪守法，诚实经营，
才是正道，赢得钞票万万千。
有话道，老马识途，老骥伏枥志千里，
我是有心帮你，你自己掂一掂。”
小山顿时发愣细思忖，
阿婆孤单实可怜，
也难得她有一番好心意，
请个帮手来料理，
两全其美两边兼。
于是，哈哈大笑把话道：
“阿婆啊，我聘请您来当顾问，
月薪多少您说先。”
老太太被喜讯一下子来击晕，
双颊红红开笑颜：
“你要是不嫌我老太太，
我天天你这来上班。
月薪多少我哪能要，
主要是帮你经营把把关，
发挥余热实现人生价值，
我还要感谢你张小山。”
一老一小击掌高喊“成交，成交”，
装饰店里笑连连，笑连连。

2011年12月获浙江省文化厅主办的浙江省第六届曲艺新作大赛创作二等奖。

2013年发表于浙江省文化馆《群众演唱》。

转 角

（话剧小品）

人物：中年男，四十来岁。

中年女，四十来岁。

小女孩，十四五岁。

老太婆，七十多岁。

时间：当今的一个上午。

地点：楼梯转角处。

[后幕正中贴着“F3”，表示这是三楼楼梯转角处。

[舞台正中稍往后摆放着一张木质折叠椅子。

[中年男、女肩扛箱子，手提袋子，从舞台右边上。

中年女 （喘着气，跟在后面）等一等，老公，等一等……

中年男 （头也不回自顾自走）快，快，快……

中年女 （到了舞台前面，把东西放下）我走不动了。

中年男 （回过头，不耐烦地）还有好多事情要做呢。

中年女 （气鼓鼓地）事情要做，也要注意身体嘛。

中年男 时间就是金钱。

中年女 （撒娇地）老公啊，现在我们日子可有盼头了喽。

中年男 当然，当然。（也笑了，放下东西，擦了一把汗）

中年女　（陶醉地）想不到我们也住高楼了……

中年男　这是生活，明天我们把修理店开张，这是生产……

中年女　耶——

中年男　（鼓励着）到 3 楼了，再爬 3 层，就胜利了。（重新背起东西，兴奋地）走。

中年女　（也重新提起东西，响应着）走。

中年男　（在前面喊起来）走不了。

中年女　（在身后张望着，问）什么情况？

中年男　地雷！

中年女　（吃惊地）啊？

中年男　（补充道）一只不会响的地雷。

中年女　（钻到前面看到椅子）一惊一乍的，吓死人了。

中年男　（不满地嚷嚷着）谁，怎么把椅子放在楼道上？

中年女　（劝说）今天是好日子，别伤了和气，挪一下嘛。

中年男　（咕哝着）说得轻巧，这多麻烦。

[中年男只得又放下肩头的东西，把椅子移到里边，再收叠起来，倚到墙上，又艰难地背起东西。

中年男　（喊）重新上路。

中年女　（重新扛起东西，吼起来）前进……

[中年男、女从左边舞台下。

[少顷，从右边探头探脑上来一个小女孩，蹑手蹑脚地来到椅子边，把椅子重新端到原来的位置，并打开，摆放好，再跑到舞台前面，伸出头来往下看了看，飞也似的跑向右边下。

[中年男、女空着手从左边上。

中年女　哇，走得好吃力，怎么不安电梯呢？

中年男　你傻啊，八九十年代造的房子，也就五六层高。

中年女　哟，你好大的口气。

中年男　只是说明社会发展快……

［中年男、女从舞台前面折回，走向椅子处。

中年男　（惊奇地）嗨，怎么又到路中间了？

中年女　（凑过来打量）真是奇了怪了，难道是长腿了？

中年男　（伸长脖子喊）谁——

中年女　（连忙使劲地掩住中年男的嘴，小声地）牛脾气又来了，我们刚到这里，要克制，克制……

中年男　（边点头，边扒开中年女的手后，直喘气）老婆大人，你捂得这么严，谋害亲夫啊？

中年女　俗话说，严是爱，宽是害……

中年男　什么乱七八糟的，文不对题。

中年女　（拌嘴）就你有文化？

中年男　（摆出息事宁人的样子）好了，好了，今天我们的任务是把家安顿好。

中年女　遵命！一切以大局为重。

中年男　（把折叠椅子收折好，重新靠到墙上。唱）看成败，人生豪迈，只不过是从头再来……

［中年男、女夸张地手挽手边唱边以舞蹈姿势下。

［少顷，小女孩又从右边探头探脑上来，蹑手蹑脚地来到椅子边，把椅子重新端到原来的位置，并打开，刚摆放好，中年男、女肩扛、手提家什，从右边上。

中年男　（冲上来，猛烈地喝道）站住！这下给我逮住了。

中年女　（跟随而上）你这小丫头什么意思？

［小女孩紧张地退缩到一边，胆怯地看着中年男、女。

［中年男、女放下东西继续斥责着。

中年男　你家父母是怎么教育你的？

中年女　使绊子，拦人路……

［小女孩双手抱肩，缩着脑袋，很惧怕的样子。

中年男　瞧不起我们外来人，是不是？告诉你，我们从郊区来，但也是这座城市的人。

中年女　把你爸妈叫来。

［老太婆颤巍巍地提着篮子上，篮子里装着青菜等。

老太婆　谁啊？谁在这里吵吵嚷嚷……

［中年男、女疑惑地看着老太婆。

［老太婆自顾自在人、物之间转，终于找到那张椅子，熟练地坐下。

老太婆　嗳，走不动了，歇歇。

中年女　（小心地）阿婆，这张椅子是你的？

老太婆　（干脆）不是。

中年男　（抢道）那老人家，您给评评理。

老太婆　好好好，反正我也坐下了，不慌。

中年女　（抢道）我们是新住户，刚在搬家，在6楼。

老太婆　（伸出手指示意）5楼，我5楼。

中年男　这小丫头就是要把椅子放在楼道，让我们费劲不说，这不是触我们的霉头？

中年女　这不是打我们的彩头？

小女孩　（使劲地摇着头）不，不是这样的……

中年男 抓了现行，还要抵赖！

小女孩 （哭了起来）哇哇哇……

老太婆 （对中年男、女）别，别急，小姑娘也别哭。听起来你们还是挺有故事的，什么触霉头，打彩头？

中年男 长话短说。我原是郊区化工厂的修理工，她是我老婆……

中年女 企业改制，我们一下子下岗了，那是多么迷茫、痛苦。（唱）昨天所有的荣誉已变成遥远的回忆，勤勤苦苦已度过半生，今夜重又走入风雨……

老太婆 说，说，唱来我听不懂。

中年男 好事来了。社区把我们的情况反映给房管局，房管局优先分配房子给我们租住。

中年女 社区优惠提供店面，劳动局拨给再就业经费，工商局减免税收，明天我们的修理店就要开业了。

中年男 可这小丫头，偏偏与我们过不去，接二连三地把椅子堵住我们的通道，这不是触我们的霉头？

中年女 这不是打我们的彩头吗？

老太婆 （拍拍自己坐着的椅子）你说的是这张椅子？

中年男、女 （异口同声地）对。

老太婆 （指了指小女孩）小姑娘，这椅子是你摆的？

小女孩 （看了看中年男、女，紧张地摇头）不，不…… （又看了看老太婆，点了点头）嗯，嗯。

老太婆 我终于明白了，我可高兴了！

中年男、女 （面面相觑后，异口同声地）什么意思？

老太婆 （对小女孩微笑地招了招手）过来，小姑娘过来，我们打过照面的……

小女孩 （慢慢地走过去，怯生生地）阿婆好，我是3楼的。

老太婆 你说说，为什么要把椅子放在通道上。

中年男、女 （异口同声地）还不是顽皮，还不是捉弄人……

小女孩 不，不是的……

中年男、女 （异口同声地）那是什么？

小女孩 我，我……

中年男、女 （异口同声地）你没话可说了吧？

小女孩 我，我，我看到阿婆每天上上下下，很吃力……就偷偷地把椅子放在那里，让阿婆歇歇脚……

中年男、女 （吃惊地）啊？

小女孩 呜呜呜……我不是坏小孩……

老太婆 （起身走了过来）乖，别哭了，阿婆天天受你的照顾，今天才知道是你。呵呵，原来还以为运气好，老是有张椅子等着我。

中年男 原来是这样啊。

老太婆 我是这里的老住户，以前也不觉得住得有多高，可现在老了……

中年女 （对小女孩）我们错怪你了……

小女孩 不，不，也，也确实碍着你们了……对不起，叔叔阿姨。

老太婆 （思忖着）小姑娘对我一片好心，可也占着地方……

中年男 （踱步观察）我有办法了。

［连忙从自己的行李箱里拿出榔头、扳手和螺丝等，把椅子固定到舞台的后幕上，上下转动椅子。

中年男 （问大家）不坐时收折着不占地方，要坐按下来就是，你们觉得如何？

小女孩　（拍起手来）叔叔真好！

老太婆　我来试试。（老太婆按下椅子，坐下，又起身，收折起椅子，满意地）不错，不错啊，这下两全其美了，该坐的坐，该行的行，畅通无阻了。

中年女　（惊叫）哇，老公，你好聪明啊。

中年男　（得意地）这些对于我来说，只是基本技术嘛。

老太婆　这下好了，这下好了，以后多方便啊。

中年女　阿婆，你这叫“转角遇到爱”，哈哈……

老太婆　是是是，多好，太感谢你们了。

中年男　（深有感触地）现在我也明白了，我与阿婆有着相似的经历，在我人生的转角处，得到了这么多部门和好心人的支持和帮助。

中年女　老公，我们一定会越来越好的。

老太婆　我们都会越来越好的，现在还是继续上楼吧。

中年男　好。

［重新收拾起各自的行李，扛的扛，背的背，提的提。

中年女　阿婆，我牵着你上吧。（拉着阿婆的手，可自己原来提的袋子还在原地。

小女孩　（连忙跑过去提起袋子）这个我来，这个我来。

［音乐响起：心若在，梦就在，天地之间还有真爱……

［众人从左边出去。

［众下，灯光聚焦椅子。

——剧终

典型之家

（话剧小品）

时间： 当今。

地点： 一居民家。

人物： 记者，男，三十来岁。

阿婆，七十多岁，居民。

女儿，三十五岁，阿婆之女。

［记者肩挎挎包从舞台左边迈步上。

记者　天高气爽暖洋洋，星期日也来做采访，马不停蹄到小区，“典型之家”我来写。（抬头）对，就是这。（敲门）阿婆，阿婆——

［阿婆蹒跚着上。

阿婆　（嘀咕）好像是儿子？来了，来了，（开门）儿子——

记者　（情不自禁地）妈——

阿婆　（打量）我哪里又冒出个儿子？

记者　（急忙解释）不不不，我不是你的儿子，我是报社记者，叫小李。（递证件）

阿婆　（连忙让座）噢，欢迎欢迎，原来是领导光临。

记者　别别别，我不是领导，我是记者。

阿婆 （醒悟过来）哎，你记者来我家干吗？

记者 （坐下，从挎包里掏出笔记本）重阳节临近，我们报社要选择一批家庭和睦、老人幸福的典型事例进行报道。

阿婆 （双手一摊）与我有关吗？

记者 （激动地一拍大腿）社区推荐您家了。

阿婆 （大惑不解地踱步）怎么会呢，这是为什么呀？

记者 （站起，翻笔记本）社区的推荐是这么说的，当然，社区也是向居民了解来的……这个说啊，（读）尽管老太太单身住着，但子女，那是成群结队前来探望；那个说啊，您家里整天是热热闹闹、笑声连连；还有说，那些子女还未进家门，就欢呼：妈，我来了。刚迈出门，就高喊：妈，下次我早点来……（感叹）多好啊，多让人羡慕啊……

阿婆 （高兴地）群众的眼睛是雪亮的。

记者 那我向您采访喽？

阿婆 好。请坐，请坐。要不我给你泡杯茶吧。

记者 （拉住阿婆）别别。（坐下）阿婆，您不像别的空巢老人一样孤独，最主要的原因是什么？

阿婆 （沉思）最主要的是……

记者 （拿着笔和笔记本眼巴巴地看着阿婆）对，最主要的是？

阿婆 （吸了一口气说）最主要的是……（马上打住）我看还是算了吧，我真的没有什么好说的。（起身就走）

记者 这可不行，我是奉命而来的。（追）

[记者追着阿婆转了两圈，把阿婆按在椅子上坐下。

记者 你家有什么好经验说出来，就是典型之家了，让大家学习和推广，让更多的老人安度晚年。

阿婆　我没什么好宣传的，每个家庭的情况不同。

记者　难道是秘密？

阿婆　对。但凡高手，秘籍概不外泄。

记者　阿婆啊，看你说的，请你行行好，我交不了稿件，要扣奖金的。

［女儿上，敲门。

女儿　（喊）妈，我来了。

阿婆　我女儿来了，到此为止，你千万别提采访的事，拜托，拜托。（急忙转身开门）

记者　（惊喜）条条大路通罗马，这由不得您了。

女儿　（扑上来）妈——（对着记者）嗨，你是？

阿婆　（抢先）他，他是你爹生前……生意伙伴的儿子，来看望我。

记者　（对着女儿）怎么称呼？

女儿　我叫小芳。

［记者作记录状，阿婆连忙把记者的笔记本和笔按下。

阿婆　她是我最小的孩子。

女儿　哥嫂他们都来了吗？还有姐。

阿婆　（惊醒）快了，快了。

记者　小芳姐，看你们多好。

女儿　那当然了，这是我妈家呢。

记者　还是成批成批地来。你们来妈家，都来干啥呢？

［记者又习惯地拿起笔和笔记本。

阿婆　（赶紧按下记者的手）干啥呢，干啥呢？

女儿 还不是搓……

阿婆 （抢道）搓……搓澡。

女儿 （愕然）搓……？

记者 好，好题材。请问小芳姐，你为妈搓……

阿婆 （又抢道）我女儿总为我搓澡，天天搓啊搓啊，搓……

女儿 （发觉记者又在掏笔记本）你不要搞得像记者采访那样好不好，我最讨厌假正经了。

记者 好。（收起来）你为妈搓澡是怎么样的感觉？

女儿 我得进入状态啊。（有点迷糊地）搓也么个搓，搓啊搓啊，搓啊搓啊……（双手由搓澡状逐渐转为洗牌的动作）

记者 （伸长脖子问）感觉到了吗？

女儿 （惊醒）我为妈搓过一两次澡，哪有天天呢？

阿婆 （感伤）唉，人老了，只剩下一把骨头了。

女儿 （叫起来）对，我想起给你搓澡时，感觉就像摸到“八索”“九索”……

记者 哈哈……（觉得失态收敛起来）

阿婆 （板起脸）搓澡就搓澡嘛，怎么说到搓牌了。（对记者）记……噢，小……小李，你也忙，就先回去吧。

记者 不不，我哪能走呢，我是有任务的。

女儿 （好奇地）有啥任务？

记者 说实话，我是真记者，是来采访你家的。

女儿 （惊喜地）那太好了，记者以前只能在电视上看到，今天总算见到一个活的。我家要出新闻人物了，是我，还是我妈？

记者 都是，都有可能，就看你们配不配合了。

女儿　配合，我一定配合。那先拍照片吧。（不断摆姿势）

阿婆　（站在一边，抖着手）糟了，糟了，这疯丫头，这人来疯……

记者　你兄弟姐妹都来陪母亲，这是为什么？

女儿　搓麻将啊。（阿婆急忙阻止但已经来不及了）

记者　搓麻将？

女儿　（把记者拉到一边）我们这是帮助妈妈不犯错误。

记者　（愕然）啊？

女儿　五年前，妈妈召集我们开会，要把每年给我们的钱，改作自己的娱乐费，去搓麻将。

记者　真的？

［阿婆急得团团转。

女儿　还骗你不成。肥水不流外人田，我们兄弟姐妹一致商量决定，陪妈妈搓麻将。

阿婆　反了，反了，你为了当新闻人物，把妈都当反面人物了。

女儿　（把妈推向一边，对记者）新闻就是讲究真实，对不？这个我也是懂的。

［阿婆颓然坐在椅子上。

记者　对。可玩钱总不好吧，影响家庭和睦。

女儿　我们家从来没有像现在一样抱成一团，其乐融融。（手舞足蹈）洗唰唰，洗唰唰……

记者　还会造成经济纠纷。

女儿　我们从来不输钱，比兼职还赚钱。哗啦啦，哗啦啦，赢了……

记者　笑话，都赢，钱哪里来？

女儿 （偷偷地）我妈，我妈老了，智力哪能比得上我们，她是“老支书”。

记者 （恍然大悟）噢，原来你们是诓妈的钱啊？

女儿 我妈说了，有本事麻将桌上赢去，伸手要钱一分也别想，这个叫啥来着……一个愿打，一个愿挨。

记者 还啥典型之家，幸亏实地采访，不然后果很严重。收工！（欲走）

阿婆 （缓缓地站起，手一挥）等一下。

记者 阿婆，我觉得没有必要再采访下去了。

阿婆 采访要深入，不能悬在半空中，这是起码的要求。这个我也是懂的。

记者 我够深入了，脚踏实地了。

阿婆 （跺着脚）还有地下室呀。

记者 啊？

女儿 妈，你说的是什么？

阿婆 （缓缓地走过来）你以为我愿意，我愿意这样啊？

记者 还，还有什么隐情？

阿婆 我老头子原来是开公司的，他出车祸走了，给我留下一大笔存款，我名下有三间店面出租，我退休工资有四五千。

记者 嗯，很富裕。

阿婆 富裕，很富裕吗？这套房子大吧，够富丽堂皇吧？

女儿 我妈是高品质的生活。

阿婆 （自顾自说）高品质的生活吗？一个老太婆整天对着墙壁发呆，冷冷清清的，有意思吗？

女儿　（一惊）妈，可，可我们不也会来看望你嘛。

阿婆　是，是来看望我。每年底，你们来了，你们的孩子们来了，我这两万，那三万的，可一领到钱，你们跑得比兔子还要快，几个月见不到人影。

女儿　还不是我们忙嘛。

阿婆　是啊，打个电话去，这个说加班，那个说谈业务，这个说要送孩子去辅导，那个说在吃饭应酬，唉……

［记者低头记着。

阿婆　我还是怀念以前的日子，拉扯着孩子，虽然过得艰苦，但心里踏实，有奔头，还热闹。如今有钱了，可连个说话的人也没有，难道我就关起门来数钱玩？

记者　（带着哭腔）我，我也想妈妈了。

阿婆　当初我说到外面搓麻将，其实也只是虚晃一枪。现在可好了，你们来陪着我玩。

记者　阿婆啊，不是我要批评你，可也不能玩赌博啊。

阿婆　我与他们约法三章，只在家庭成员之间进行，不能影响工作和生活。钱还是这个钱，只是改变了分配方式，我也得到了我要的。

女儿　妈，你都把我搞糊涂了。

阿婆　你糊涂，我可没糊涂。有话道，钱，生不带来，那个……不带去。我出钱，管吃管喝，这个买菜，那个掌勺，看大家来热热闹闹的，我高兴。

女儿　妈，原来，原来你是寂寞啊？

阿婆　有你年轻人的生活，但也有我老年人的需求。

记者　说得好。太值得采写了。（刷刷地写）

阿婆　我是看谁跑得勤，谁嘴巴甜，让谁多赢点，哈哈……

女儿　原来你是揣着明白装糊涂啊。

阿婆　跟我玩，你们还嫩了点。

女儿　（惭愧地）今天我知道了，以前我们对你关心太少了。

记者　惭愧啊，我也有三个月没回家了。

阿婆　现在不都在讲创新吗，老年人也要为自己活，创新出一套办法来。

女儿　妈，以后你就别创新了，咱不搓麻将了。

阿婆　（一惊）你，你们不来了？

女儿　不搓麻将了，我们陪你聊聊天，还有带你多出去走走，看看这个世界。

记者　小芳姐，赞一个。

阿婆　真，真的？

女儿　妈，以后我们一定要好好待你。（温馨地抱着妈妈）

记者　圆满，圆满。今天的报道有得写了。（跳起来）

——剧终

公园里的一张椅子

（话剧小品）

[背景：桃红柳绿，山清水秀。

[舞台布置：左边稍后有一张石桌、两个石圆凳；右边稍前一张椅子，边上有一道栅栏。

一

人物：打扮妖艳的女子　形象狂野的男人

[女子唱着“我在这儿等着你回来，等着你回来，看那桃花开……”右上，拿着手机拍照。

[看到椅子后，惬意地坐下拿起手机发朋友圈。

[男人手拿硕大的照相机从左边上，取不同角度“咔嚓、咔嚓”地拍着，当对着女子方向拍时，不时地调整位置，还是觉得不行。

男人　（喊道，并指画着）哎——挪一挪，挪一挪。

女子　（抬起头，疑惑地学着腔）挪一挪，挪一挪……

男人　（补充着）嘿嘿，就是叫你把椅子挪一挪。

女子　（快速地）给个理由。

男人　（指了指前方）喏，这有一棵美丽的桃树，（做了个拍照的手势）嗯，你懂的。

女子 （不屑地）怎么个挪法？

男人 （冲过去）你站起身，再把这张椅子……

女子 （站起身）停。刚才你不是说把椅子挪一挪，怎么挪到我姑奶奶身上了？

男人 （辩解地）挪动了椅子也不就挪动了你嘛。

女子 岂有此理，我为什么要挪一挪？（重新坐下）

男人 很简单的事喽，因为，因为，你挡住了我。

女子 （猛然站起，冲过来）我什么时候挡住了你？

男人 （有点吓怕了）现，现在……

女子 笑话，在你这“现在”之前，我就坐在这里。

男人 之前与我无关，但现在与我有关系了。

女子 （连珠炮似的）关系？什么关系？上下级关系，指挥被指挥关系，压迫被压迫关系……

男人 你，你吃错药了吧？

女子 你有好药吗？

男人 （无可奈何地）不就是让你让个位嘛。

女子 我为什么要给你让位？你要明白，我是游客……

男人 （抢道）我也是游客……

女子 我是买门票进来的。

男人 我也是买门票进来的。

女子 对了，我们是平等的，我有权利坐在这里。

男人 那我请您……

女子 （打断）别娘娘腔，你以为披着长头发就是艺术家了，拿着一台破相机就了不起了？告诉你，（举起手机）我是苹果 6。

男人　（摇摇头）真是没办法，那我只能将就了。

［拿起照相机，移动位置作欲拍摄状。

男人　（开心地）其实桃花配美女也挺好的。

女子　（连忙举起手阻拦，坚决地）不准拍。

男人　为什么呀？

女子　你拍我是违法的。

男人　（紧张地）法，什么法？

女子　侵犯了我的肖像权。

男人　（息事宁人地） 好了，好了，我也不想把你的尊容拍入我的照片了。（把镜头朝上）真是无语，不拍就不拍，我就给桃花一个特写。

女子　（凝思，叫起来）拍啊，拍啊，你来拍啊。

男人　（不屑地）我不是在拍吗，还用得着你来指挥。

女子　我是说你拍的方法不对。

男人　笑话，我都拍了十几年了，我是专业的。

女子　嗨，还是专业的呢。（连忙跑过去，把男人的镜头压低，扶正朝向椅子的方向，然后快速地跑回来坐到椅子上，堆笑）这就对了。

男人　（疑惑）这又是唱的哪一出？

女子　美女配桃花，这才叫赞，你在报纸上、网络上那个一发，我的光辉形象就惊艳在世界面前。嘻嘻。

男人　（把相机一收）想得美，这个德行，丑八怪，我偏不拍。

女子　（站起冲过来）你说什么，你说什么？

男人　（欲走）我惹不起，我还躲不起吗？

女子　（站起身，拿着手机对着男人）我拍下你的嘴脸……

男人　干吗，干吗？（慌乱中躲避）

女子　（追着欲拍照）发到微信上，一个骂美女为丑八怪的男人，是怎么样的男人。

男人　你，你这不是侵犯了我的肖像权了吗？

女子　这叫监督，知道吗？

［女子追，男人逃，转起圈子来，男子抓起椅子遮脸躲避拍照，向左逃，把椅子扔在一张石圆凳上，下。

女子　（高声喊）回来，回来。（激动地唱）我在这儿等着你回来，等着你回来，看那桃花开……哈哈……（边唱边舞从右边下）

二

人物：花枝招展的少妇　西装革履的中年男子

［男子戴着墨镜上，有点累状，目光逡巡，发现椅子，把手中矿泉水瓶放到石凳上，弯下腰拿起椅子往一边放，欲坐石圆凳。

男子　（不满地）啥管理水平……

［少妇哼着歌迈着跳跃的步子上，接过男子手中的椅子。

少妇　（喜滋滋地又带点骄傲）谢谢。

男子　（把墨镜放在石桌上，转过身）你说什么了？

少妇　谢谢你递给我椅子。

男子　（反问）我给你递椅子了吗？

少妇　（开心地）分明是嘛。

男子　我为什么要给你递椅子呢？

少妇　（有点发嗲）你热情、体贴，服务周到……

男子　你想得美。

少妇　什么意思？

男子　你要搞清楚，我不是服务人员。（指指自己的身子）

少妇　（打量了一下）哦，你不是服务人员……

男子　明白了吧？

少妇　明白了，但我还是谢谢你。

男子　为什么？

少妇　毕竟你把椅子递给我了。

男子　我什么时候给你递椅子了？

少妇　刚才。

男子　我明明是放在旁边。

少妇　你旁边就是我。

男子　即使旁边就是你，也与你无关。

少妇　与谁有关？你别吓我。（惊恐地环顾四周）

男子　与任何人无关。笑话，我有必要为人家递椅子吗？

少妇　你好心嘛，你热情嘛。

男子　那你怎么不对我好心呢，热情呢？

少妇　我，我是女士嘛……

男子　你别摆出那副洋洋得意、高高在上的样子来。

少妇　（炫耀地）我本来就是这个状态，从来就是这样。

男子　我没必要为你递椅子，不要以为你长得漂亮……

少妇　是啊，漂亮的女人男人都喜欢。

男子　（正色道）等等。你是否以为，我给你递椅子是在打你主意?

少妇 这可是你说的哦。

男子 我是喜欢年轻漂亮的女人。

少妇 (笑逐颜开)这就对了。

男子 因为我是年富力强的正常的男人……

少妇 我见得多了。

男子 但必须澄清的是,我没有打你主意。

少妇 打主意也是你的事。

男子 对你更没有想法。

少妇 有想法很正常,我从来是被男人追捧的……(嘚瑟地看看指甲,摆弄摆弄手指)

男子 (发火)但关键的是,我!没!有!

少妇 (拉长声音)别强辩了嘛。

男子 (猛地把椅子抽回,摔倒在舞台中央)这样行了吧,这样行了吧?我们两清。(摊了摊双手之后,抓起石凳上的墨镜,转身急下)

少妇 (被男子的举动吓得愕然)笨牛,倔驴。哼!(头发一甩,下)

三

人物:热情奔放的青年女 迷迷糊糊的青年男

[青年男和青年女分别从两边上,瞧见椅子,站着做打量状。

青年女 (点头)嗯,很有意思。

青年男 （紧接着）太惊叹了。

青年女 （瞟了对方一眼，再作陶醉状）像标点，像音符，像一幅画……

青年男 是警示，是抒情，是启发……

青年女 （回过头）你是？

青年男 相逢何必曾相识。

青年女 路见不平一声吼。

青年男 有点不搭界吧？

青年女 哈哈，人生在于误读。

青年男 赞同。于无声处听惊雷！

青年女 继续。这把椅，给人无限的想象……

青年男 继续。这把椅，简直是太有创造力了。

青年女 （凝视）你，你，你……

青年男 （凝视）你，你，你……

青年女 （回转身）继续。

青年男 （回转身）继续。

青年女 这就叫标新立异。

青年男 这就叫别出心裁。

青年女、青年男 （猛地转身，握着对方的手，齐）知音。

青年女 过了一天又一天，全是平淡。

青年男 走过一处又一处，净是平庸。

青年女 最憎恨这些人，榆木脑袋，行尸走肉，不解风情……

青年男 最痛恨的生活，碌碌无为，得过且过，人云亦云……

青年女、青年男 （握手，齐）心有灵犀啊。

青年女 激动，激动啊。

青年男 兴奋，兴奋啊。

青年女 好好聊，好好聊。

青年男 慢慢谈，慢慢谈。

青年女 你说，你说，在这青山绿水间，一把躺着的椅子，难不成，这里发生了什么动人的故事，翻滚起什么生活的浪花……

青年男 你说，你说，在这现代化的广场上，一把躺着的椅子，这不是透露着什么横空出世的思想，前无古人的哲理……

青年女 （蹲下身子指画着）是常规的生活必然被打破？

青年男 是一头连着传统，一头连接未来？

青年女 一定是一位大师的行为艺术。

青年男 一定是哪位高人给这个公园添的点睛之笔。

青年女 今天真是幸运啊，让我们碰到了。

青年男 来来来，我们合个影。

［青年女、青年男掏出手机，两个头凑在一起，一手自拍，一手打着“V”手势。

青年女 走，我们找个咖啡馆坐坐，谈谈世界，谈谈艺术。

青年男 再谈谈人生，谈谈爱……情。

青年女 走。

青年男 走。

［两人下。

［灯光聚集在舞台中的椅子。

——剧终

一张请柬

（话剧小品）

人物： 女生，21 岁，文员，号称“没脑袋”。

男子，35 岁，某政府部门副科长，有点“显摆”。

妻子，33 岁，家庭妇女，有点“二”。

时间： 当今。

地点： 一排立地房门前。

［背景：立地房院门，有小花坛。

［女生挎双肩包低着头急匆匆上。

女生　（止步，弯腰从花坛边捡起一个大信封，喊）谁掉的，谁掉的……（正反面翻着看）没有地址，没有姓名？我还是少管闲事。（把信封放回，走）

女生　（止步）不行，我要乐于助人，不能置之不理。（捡起信封，抬头看了看，比画着）这间……不是，这间……有点偏，……那就是这间了。（喊）38 号，春风路 38 号……

［男子夹着皮包上。

男子　干吗呢，干吗呢？

女生　我喊 38 号，关你什么事？

男子　我就是 38 号住户。

女生 （兴奋地）那太好了。（递信封）给。

男子 还写信呢，小姑娘对我有意思？（欲接）

女生 别自作多情，在你门前捡的。（又马上缩回手）把身份证拿出来看看。

男子 你是警察？

女生 假冒的怎么办？

［妻子穿着围裙出来。

妻子 谁喊，谁喊，正在洗衣服呢。

女生 嗳，出来的肯定是真的，阿姨，这，这位……？

妻子 我老公。（对男子）你，你与小姑娘有什么纠缠，不老实了？

女生 对，不老实，不配合呢。

男子 冤枉啊，老婆大人明鉴，我也刚下班回来，她在嚷着呢，说在我们门口捡到一个信封。

妻子 那一定是我家的。

女生 要是航天飞机降落在你家门前，也是你家的？

男子 开什么国际玩笑。

妻子 要不打开看看？

女生 对。（打开信封）噢，原来没封口的呢。（慢慢又紧张地抽出一张请柬）

女生、男子、妻子 （齐）请柬？

女生 （打开请柬读，男子、妻子凑过去）郭科长……

男子 没错，我就是郭科长，一个局里的科长。

妻子 （猛然）嗳，老公，你不是副的吗，提拔了？

男子 （美滋滋地）快了，快了，正在考察中。

妻子 那快把请柬还给我们。

女生 谁说就是你们的了，还需进一步验证。

男人 （得意地）验证，验证吧。

女生 （读）“郭科长，谨择于 9 月 8 日，”你看你看，就是明天。“在喜来登大酒店 88888 包厢……”

妻子 哇，老公，看来你真的要提拔了，人家都道喜祝贺来了。

男子 （猛然）嘘——

妻子 干吗？

女生 就是嘛，贼头贼脑，不像好人。

男子 别出声。

女生 为什么呀？我是做好事。（大喊）我捡到一张喝酒的请柬了——

妻子 （嚷着）我老公要当科长了，人家请喝酒来了。

男子 我的姑奶奶，我求求你了。（颤抖地）是，是谁发的请柬？先，看看……

妻子 叫你郭科长的，还会是你二姨，你三舅？

男子 糟了，糟了。

女生 （拿着请柬高声读）太平洋公司……

男子 （赶紧上前捂住女生的嘴）停停。

女生 （生气地拂开手）要流氓呀？

妻子 郭大海，在我面前你就敢对小姑娘动手动脚，老实交代，你在外面……

男子 镇静，镇静。你以为这是请柬啊，这是炸弹，会把我炸飞的。

女生 （猛地扔了请柬）什么，炸弹？现在还发明了这么高科技的炸弹？

妻子 小姑娘，你别信他，他脑子有毛病，喝酒喝的。

男子 谁有毛病，一点也没有政治敏感。

妻子 老公，别以为你当了个科长，就成政治人物了。

女生 男人嘛，一得意就不知道自己是谁了。

男子 现在我清醒得很，关键时刻。

妻子 就是嘛，我们要庆祝庆祝。

女生 太平洋公司多有钱啊，那你去好好喝吧。（捡起请柬扔给男子）拿着，我回家了。

男子 （像烫手似的甩回）不是我的，不是我的……

女生 刚才抢着要，现在又不要了，你不是郭科长？

男子 我是郭科长，可天下有多少郭科长啊，又没写着我名字。

妻子 你，你是唱哪一出戏呀？他不收，我收了。（拿过请柬）

男子 求你了，现在我们是同一战壕里的战友……

妻子 我也与你一起上酒场？不行，不行，我酒精过敏。

男子 （把妻子拉到一边）现在是什么时候了，公司还送请柬叫喝酒。党的群众路线教育，反对四风，八项规定……紧箍咒，高压线。

妻子 哟，这么可怕？

男子 （指了指）我局里的纪委书记就住在那边，窗口都开着呢，灵敏得很。他有尚方宝剑，反腐倡廉，抓作风，抓纪律，厉害着呢。

妻子 明白了，共同对敌，做同一战壕的战友。小姑娘，这请柬真的不是我家的。（扔还给女生请柬）

女生 真的不是你家的？

男子　当然，你快回家吧。

女生　既然不是你家的，我好事要做到底。（扬着请柬，喊）有叫郭科长的吗？太平洋公司叫喝酒了，快来拿请柬，就在明天……

男子　（冲上去欲捂女生嘴巴）别，别喊……

妻子　（抢着冲上捂女生嘴巴）你别趁机占便宜，这个我来。

女生　（挣扎着）干吗，谋杀呀——

男子　你真是没脑袋。

女生　这是我的绰号，你也知道？

男子　现在不能接受吃请。

女生　又不是我请你。

男子　我现在真的是羊肉没吃到，沾得满身羊膻味。

妻子　老公，我们不去就是。

男人　你说得轻巧。（紧张地左右张望）那，那边，纪委书记一定听到了……我到了单位哪能讲得清，现在还有人给我发请柬喝酒。那边住着好几个同事，肯定也听到了，提拔我要搞民主测评，会给我打低分的。

妻子　当不成科长了？

男人　连副的也保不住了，还当什么科长？

妻子　（埋怨）小姑娘，都是你惹的祸。

女生　（委屈地）这，这，这是哪回事啊？

妻子　还不都是你，这请柬掉就掉在这里嘛，你走你的路，捡它干吗，还嚷嚷呢。

女生　做好事也错了？

男子　（发急地）不可收场，不可收场啊，这王总不是坑我吗，不是拆我的台倒我的霉吗?

妻子 对,这个王总,还没找他算账呢。

女生 社会风气就是被你们搞坏了的。

妻子 他十次八次把你灌醉。回到家胡言乱语,还吐到被窝里,你恶心不恶心。

男子 别,别扯以前的,现在是共渡难关。

妻子 对,共渡难关。(一愣)怎么渡呢?

男子 拒腐蚀,永不沾,我有办法。

妻子 (赶紧)老公高明。(又一愣)什么办法?

女生 哈,你怎么也像我一样少根筋。

男子 看我的。这个炸弹哪里来,我要光明正大地扔回去。(掏出手机打电话,生气地)喂,王总,你发什么喝酒请柬?

[手机王总的声音:郭科长,我发什么请柬?你以为我乐意吃吃喝喝啊?现在好了,把精力都用在生产、经营上了。

男子 这明明是写着太平洋公司,还盖着公章。

[王总提高的声音:再仔细瞧瞧,是否有人弄个山寨的,想搞臭我。

妻子 他,他抵赖了?

[男子关机,猛地夺过女生手中的请柬。

女生 干吗干吗,销毁罪证啊?!

男子 (瞧请柬,忽然大叫)什么呀,你们也不仔细瞧瞧,这请柬是前年的。

妻子 老实交代,你的请柬是哪里来的,是受人指使陷害我老公吧?

女生　我是特务还是间谍啊？（夺回男子手中的请柬，捡起地上的信封往里一塞，扔回到地上）我是在这里捡到的……

妻子　（捡起信封打量）噢——刚才我打扫卫生，整理出一堆废纸，扔到外面垃圾箱里，可能就掉下了。

女生　还是你们家的嘛。

男子　明白了，明白了。（赶忙大喊）书记大人，亲爱的同事们，这请柬是以前的，我可没有接受吃喝，特此宣布。（舒了口气）警报解除，警报解除，这个炸弹原来是个哑弹，过去了，都过去了。

女生　你过去了，我可没有过去。好心没好报，还诬陷我，给我一个说法。

妻子　这怎么算是诬陷呢，是误会。

男子　（拉妻子）走，炒几个小菜，喝几杯。

妻子　你还是想着喝酒？

男子　自家的小酒还是可以喝几杯的，解解馋。

妻子　看来我老公当科长还是有希望的。走。

［妻子夸张地挽着男子的手臂下。

女生　（愣着）这是哪回事呢？我不是没事找事吗？

——剧终

游山道上的追逐

（话剧小品）

人物：樱桃，女，来温岭旅游者，二十多岁。

元宵，女，来温岭旅游者，二十多岁。

的哥，男，温岭出租车司机，四十多岁。

警察，男，四十来岁。

地点：温岭的游山道上。

时间：当今。

［背景：逶迤的温岭游山道，矗立的夫人峰。

［穿着时尚、打扮漂亮的樱桃和元宵背着旅行包奔跑而上。之后边说边迈步转圈子，意指在登游山道。

樱桃、元宵 （齐）嗨，大家好。

元宵 我叫元宵，因为我出生于元宵佳节。

樱桃 我是樱桃，因为一出生我就有一张红扑扑的脸。

樱桃、元宵 （齐）我们是美女双人组合，游遍祖国山山水水。

樱桃 耶——温岭游山道，我来了。

元宵 （立马装作主持人的模样，作手持话筒状，急速地）各位观众，各位朋友，我现在所在的位置是浙江省温岭市的游山道上。大家往我手指的方向往下看，这就是温岭城区，温岭建县于明成化五年，曾称太平，因城呈方形，故又有“方城”别称……

樱桃　哇，你知道的真多。

元宵　（继续）现在再看我所在的位置，这是温岭的游山道。温岭城区环山，最近修建了长达18公里的游山道，供人们休闲、旅游和观光……

樱桃　（惊呼）你不但是大美女，还是大才女哟。

元宵　哪像你只知道玩。记住，行万里路，还要读万卷书。

樱桃　哼，书呆子，还来教训我。丢三落四的，在西双版纳还把自己给弄丢了，是我奋不顾身把你找回来的。

元宵　（抱拳作揖）您的大恩大德，鄙人没齿难忘。

樱桃　（还礼）本小姐这厢受不起哦。

元宵　哈，看你顽皮，看你顽皮……

［元宵追打着樱桃，樱桃在前面“哈哈”地笑着逃。

［穿着工装的的哥喘着气上，提着一个沉甸甸的袋子。

的哥　唉，年纪大了，又整天坐着，这个游山道真不好登啊。

［发现前面的樱桃和元宵，悄悄地跟在后面打量，时而点头，时而摇头。

元宵　（发现奇怪跟随着的的哥，悄悄对元宵说）有情况。

樱桃　（紧张地）啥情况？

元宵　有狼出没。

樱桃　（舒了口气，指着前方）大白天的，还有这么多游客，哪来的狼啊虎啊的，你谎报军情，按军法论处。（做了个杀头的动作）

元宵　（拽过樱桃，使了使眼色，暗暗用手指了指背后）色，色，色狼……

樱桃 （不由转过头，与盯着她的的哥打了个照面，惊叫起来）啊——快跑。

［樱桃和元宵在奔跑，的哥拼命追赶。

的哥 （喊）站住，站住……

［樱桃和元宵跑了几圈，弯腰大口大口地直喘气。

樱桃 （指着的哥）你，你，坏人，你要干吗？

的哥 （争辩地）我，我，我不是坏人。

元宵 怎么能证明你不是坏人？

的哥 我没干坏事，当然不是坏人了。

樱桃 那你跟着我们干吗？

的哥 （不知如何说）是，是这样……你们，从哪里来……

樱桃 （抢着说）你管得着吗？我们漂过漓江，游了阳朔，到张家界，再到湘西凤凰，然后是登上黄鹤楼……

的哥 不，不，我是问你一小时前从哪里来。

元宵 （思索）一小时前？不就是从温岭火车站下来，乘上出租车到达这游山道……夫人峰入口处？

樱桃 对对对。

的哥 （自言自语）这么说，是找到了。但不对啊……（对樱桃）你怎么是扎着辫子呢？（盯着她的后脑勺）

樱桃 （紧张地）你，你什么意思？

的哥 （又问元宵）怎么露着白白的腿……是短裙？（从下往上打量她的腿部）

樱桃、元宵 （对视一会儿，齐）啊，是色狼。快跑。

［樱桃和元宵一起跑，的哥追上拉住元宵的手。

元宵　（喊）樱桃姐，救我——

樱桃　（转身跑回来，打脱的哥的手）你，你要干吗？

的哥　（吼道）跑什么跑？

元宵　我，我们不能任凭你宰杀！

的哥　我宰你了吗？杀你了吗？

樱桃　（责问）那你要干什么？

的哥　我找人。

樱桃　与我们有什么关系？

的哥　如果与你们有关系就好了。

元宵　莫名其妙。

樱桃　不知所云。

的哥　（欲言又止）这是，这是有原因的……

樱桃　去你的原因吧。（对元宵）我们走了。

的哥　事情没搞清楚前，你们不要走。

樱桃　有毛病！

的哥　你的头发，还有她的腿……噢，是短裙……

元宵　（发火）你一个大男人无聊不无聊，恶心不恶心呀！（拉起樱桃）快跑。

的哥　（追上）别跑，别跑。

［樱桃和元宵在前面跑，的哥在后面追。

樱桃　（招手喊）警察，警察叔叔——

［警察跑上张望。

元宵　我要用相机把这色狼拍下来，作为证据。（下意识地去摸肩膀，惊叫起来）啊？！我的照相机……

［樱桃向警察着急招手。

警察 （跑过去敬礼）我是游山道值班警察，需要我帮助吗？

樱桃 （跑上拉着警察）警察叔叔……

元宵 （跑上拉着警察）警察叔叔……

的哥 （跑上拉着警察）警察叔……兄弟……

警察 （手忙脚乱，应接不暇）别，别，你们一个一个说……

樱桃 （指着的哥，急切地）他，他跟踪我们，骚扰我们……

元宵 （大呼）悲催。

的哥 警察同志，你来了，事情就好办了。

警察 我怎么还没理出个头绪来？

的哥 （拉过警察）警察同志，刚才是我跟踪她们，骚扰她们……不不不，我不是骚扰她们，跟踪她们，我是有原因的，我跟踪，我骚扰，是有原因的……

警察 胡来！跟踪她们，骚扰她们，还有原因？

的哥 我怎么越说越糊涂了呢？（拉过警察）你听我说……

樱桃 （推开的哥高声地）你还恶人先告状呢。警察叔叔……

元宵 （拉过警察）警察叔叔，事情是这样的……我的事情很重要。

的哥 （拉过警察）警察兄弟，你还是听我说。

警察 （挥着手）女士优先，女士优先。

樱桃 （指着的哥）刚，刚才，他，他……

元宵 （拉开樱桃）这个事先放一放。

樱桃 （惊讶）啊？

元宵 （拉过警察）警察叔叔，我照相机没了……

樱桃 （尖叫）天哪，你这个马大哈，又出事了？！

警察 怎么回事？

元宵　让我想想……火车站下来时，还挂在肩膀上……

樱桃　新买的，四五万元钱啊！

元宵　何止是钱的事，这照相机存有好多资料啊。

樱桃　对对对，掉了照相机，不得了了……呜呜呜……

的哥　（上前）该让我说了吧？

元宵　（推开的哥）警察叔叔，我们当地要开发旅游景区，派我俩出来取经，我们一路走来，把那些著名风景区的创意、构造、建筑，拍摄下来带回去，供学习和借鉴。

樱桃　现在照相机掉了，我们回去无法向领导交代，照相机，照相机啊……

的哥　（在一边学着腔）照相机，照相机啊……（提起袋子晃了晃）我这里就有一部照相机，还不知道是谁的喽。

樱桃　（冲过去夺，急切地）你捡到照相机了？你捡到照相机了？那一定是我们的，是我们的。

的哥　（躲过）你说是你的，你有证据吗？

［樱桃摇了摇头。

元宵　大哥，让我看一看，求你了。

的哥　求不求没关系，关键看证据。

警察　（对的哥）你接着说。

的哥　总算轮到我说了。（咽了口水）我是出租车司机，一小时前从火车站接来两位顾客，送到游山道夫人峰入口处，后来发现后座落下一部照相机，我就飞速驶来。

元宵　（急切地）对对对，我们就是乘出租车过来的。

的哥　你乘的出租车是什么牌号，出租车司机是谁？

元宵　我们没记牌号，也没要发票，更没看清司机模样。

的哥　所以，你先别急，有警察在呢，我也在找失主。

警察　那你还记得乘客的模样吗？

的哥　是两名年轻的女子。

樱桃　（抢先）对上了，对上了，我们不是男的，也年轻呢。

的哥　你还挺滑头的呢。

元宵　师傅您继续说。

的哥　她们坐在后座我没看清，但她们下车后，我看到……

樱桃、元宵　（马上走到的哥面前，指着自己的脸）是我吧，是我吧，你看清楚。

的哥　我看到她们的背影了。

樱桃、元宵　（失望地）唉——

的哥　可，就是这两个小姐有点可疑……

樱桃　啥，怎么是可疑呢，我们又没做坏事。

的哥　那么是……嫌疑，噢，不不，是有点相像……

元宵　（急忙地）那一定是我们的了，快还照相机。

樱桃　师傅，对不起啊，刚才我们冒犯您了，对不起啊。

的哥　一切需要核实，这是对失主负责。

警察　对，重证据。

元宵　你核实，你核实吧。

的哥　（对樱桃）我看到下车女子，其中一个披着长长的散发，可你扎着马尾巴。

樱桃　是这样的，开始登游山道了，我把头发扎了起来。（说着解下橡皮圈子，把头发散开）

的哥　（打量了一下）对对对，是这样的，是这样的……

警察　（对的哥）你还有什么要验证？

元宵　（抢着）他说我露着光溜溜的腿。（从挎包里掏出一件外衣，两袖扎在腰间，衣服披在身后）原来是这样的。

的哥　（大叫）对对对，是这样的，是这件衣服！

樱桃　还有，还有，我的照相机是……徕卡 M9。

[的哥往口袋里瞧着照相机核对。

元宵　（紧接着）还有，照相机里全是我们游览各地拍下来的照片。

的哥　（从口袋里掏出照相机做着相应动作后，高兴地）没错，我可找到你们了。给。（递照相机，又连忙收回，交给警察）还是请警察办理相关手续吧，我也放心了。

警察　（接过照相机）好，这事就由我来办吧。

的哥　（挥了挥口袋）再见。

元宵　你就这么走了？

的哥　车子还停在下面，我要拉客赚钱呢。（走）

樱桃、元宵　（边跑边大喊）师傅，谢谢你——

[的哥在前面跑，樱桃、元宵在后面追。

樱桃、元宵　师傅，太感谢你了，您怎么称呼……我会永远记住您，记住这个地方……

警察　呵呵，这下是倒着追了。

[四人回到舞台前，列成一排，向观众鞠躬致谢。

——剧终

二、记叙

人生也是钟摆，一端是家庭，一端是事业；一端是职业，一端是爱好；一端是物质，一端是精神……这看似矛盾，其实是迷人之处。

原野上有棵音乐树

这个秋天的晚上，在我们这座小城的影视城里，正在上演着一场音乐的盛宴。

橘黄色的灯光下，红色的背景，舞台上阵容强大——浙江民乐团正在演奏，著名指挥家、上海歌剧院院长张国勇执棒。这是“山海梦——林梦民乐作品音乐会”在继浙江音乐厅、台州艺术中心剧院之后的第三场——回到家乡的演出。

那些中华民族历经千百年岁月沧桑而流传下来的乐器，二胡、琵琶、笛子、中阮、扬琴、古筝和埙等，跳跃着灵动的音符，奏响着林梦 20 多年的创作精品。

一切都显得那么熟悉和亲切。《夫人峰的故事》《欢乐的渔民节》《金色季节》《海边即景》所表达的题材就在我们身边，有些甚至抬头可见;《雁荡行》《隋梅迎春》《括苍风情》《柳浪闻莺》，也与我们相距不远，我们都曾经在那边留下了或匆匆或流连的脚印。惊叹涌上心头：也只有林梦才能写出如此的作品来，用这无须翻译的世界通用语言——音乐来表达。

当我们侧耳聆听，沉浸在美妙的享受中时，舞台背景布幕上那个戴着眼镜、瘦小文弱的男人正临风而立，俯视着这场以他名字命名的音乐会，一场期待许多年的音乐会。他就是林梦。

林梦，这位小个子男人，行走在大街上，其实更多的时候是骑着那辆破烂的24英寸自行车，普通得不能再普通了；身处人群中，他也是沉默寡言的。林梦，又是一个没有城府的人，坦诚率真，大碗喝酒，单纯得犹如一个大孩子，也真是我所喜欢的酒友。这次张国勇院长评价林梦的作品“基本上都能够拿到国际上去演出，足以代表浙江的音乐形象”。

我的同事林梦，年幼时，用竹筒做二胡，用木箱做扬琴，星期日钻进小学仓库里，去弹奏那架已经破旧了的风琴……之所以如此，是因为喜欢，是因为痴迷，是因为心中有个当音乐家的梦想。林梦年长我几岁，对于他的从前，也只有从传闻中了解些许。但与他十多年的相处里，我知道他一直在这座偏僻的小城里，把导师那句“民族民间音乐，特别是戏曲音乐，是取之不尽、用之不竭的旋律宝库”的教导奉为圣旨，一头扎进中华民族深厚的音乐文化里吸收营养。他到民间采风，在渔区，豪爽的船老大对他说：“你得喝了酒我才唱。”为了听到船工号子，他就端起大碗喝得烂醉；在农村，他拿一把二胡与农民兄弟们坐在一起表演温岭滩簧，了解民间曲艺的特点。他为生他养他的这片土地，默默地谱写着江南风情、地方特色的曲子，演绎着那海，那山，那水……之所以如此，道理也同样简单，是因为喜欢，是因为痴迷，是因为心中有个当一个中国民族音乐家的梦。

我不是乐者，也不通音律，但聆听林梦的民乐会，那音符，就犹如清澈的溪流，跳跃进我的心房，触动着我的心灵，让我陶醉，让我激动，让我颤抖，忽而让我心潮澎湃，忽而让我豁然开朗……

《渔村情》表现的就是我们新世纪中国大陆第一缕阳光首照地石塘镇，随着音乐的流泻，我们面前仿佛依次展开这样的画面：石砌的民居，石铺的街巷，石雕的器具，海面上白帆点点，沙滩上逐浪拾贝，渔家小院里晒着渔网，飘着炊烟……

《千古奇情雷峰塔》则述说着千古传说，一座千年之塔、一个坚贞凄婉的爱情故事。她从灿烂的历史长河中走来，从浪漫的民间传说中走来，从文人骚客的诗歌中走来。

聆听《隋梅迎春》，我们犹如看见了那棵历尽千年沧桑的古梅，依然生机勃勃，傲霜独立。

《金色的季节》让我们充分感受到了那丰收的场景，丰收的喜悦。

林梦的导师、著名作曲家何占豪先生专程从上海赶来参加了音乐会，他说："在浙江，林梦是我第一个搞个人音乐会的学生，非常好，我非常高兴。作品好，好在旋律很美，像《隋梅迎春》等，很动人，也很感人。琵琶与乐队《渔乡情》很有特色。了不起。"张国勇院长说："林梦人很真，作品很真，用音乐反映山海风情，生活气息浓郁。我很真诚地对待作品的每一个音符。"

我忽然想到，林梦就是原野上的一棵音乐树，根须深扎在江南肥沃的土壤中，汲取了家乡的水分，从树苗开始，长大、窜高，有时候月光下也孤独寂寞，但到底成为一棵大树，高朗，清俊，风儿吹来，树影婆娑，飒飒作响，那么优美，那么清脆。有一日，那棵音乐树，竟然开花了，那可是积蓄了数十年迸发出来的灿烂之花呵。

发表于《温岭日报》2007 年 10 月 29 日。

发表于《台州晚报》2007 年 11 月 1 日。

琴声响起

一天，又开始了。曙光初露，小城热闹起来了。一幢靠街的老房子的四楼，琴声响起。

这是一间10多平方米的简陋房间。左右两边堆叠着大小不一的纸板箱，一前一后铺着两张床，狭窄的中间摆着一架电子琴。

钱梅洁，人们尊称其为“钱先生”，这位老太太就是这么专注地弹奏着，指导着学生引吭高歌。

岁月沧桑。从国立福建音专学校走出的妙龄少女，走进基层校园执教40载，退休后被群艺馆聘任，一直在群众声乐教育岗位上奉献了将近20年，至今白发苍苍，已75岁高龄。

她痴情于这份工作，竭尽心血，让学生像白鸽一样从她手中起飞。经她辅导的学生，单是在全国级、省级获奖的就有六七十位，多么炫目，又是多么沉甸甸的成果啊。

钱先生是中国音乐家协会会员，浙江省音乐家协会声乐学会理事，台州市音乐家协会名誉主席……但是，也许钱先生最为看重也是最为实质性的“头衔”是“辅导老师”。

在这里，唱歌可不是件什么好玩、开心的事。学生翻来覆去唱着那几句，真可谓“外行看热闹，内行看门道”，钱先生不断地纠正、示范，重新开始……有的昨天唱得不错，今天忽地找不到感觉了。钱先生，这位瘦弱又极具性格的老太太，急得挥动着手臂，张开缺了牙的嘴巴,“哇哇哇”直叫,眼泪直淌,学生也跟着流泪。

但是,停歇一会儿,擦干热泪,钱先生又重新开始。

而当学生唱得好时,钱先生就特别地开心,咧着嘴巴笑。

两年前,钱先生在一次声乐比赛中当评委时,一脚踩空,股骨粉碎性骨折,至今不能行走。就是在室内移动数步,也要两手撑着凳子什么的。她实在是太忙了,平时连锻炼行走的时间都没有。

在推行每周五天工作制的今天,这位已过古稀之年的钱先生每周工作却是六天,每天上、下午各要上四节课。即使是唯一的休息日,也往往被赶来求学请教的学生所占用。而就在几年前,钱先生每周上课竟达 70 节,多么令人难以想象,也多么让人惊讶,这位老太太有着何等的精力和毅力啊。

钱先生是在眼睛患上了严重的白内障后,才停止了晚上的课。由于患上眼疾,视力大大降低。钱先生戴着眼镜,又要拿着放大镜,紧挨着,才能看得见曲谱。上课了,钱先生要不断变换电子琴的角度,房间的光线不能太暗了,又不能太强烈了,只能由学生不断地拉着窗帘“调光”。有时,大白天也要开亮电灯。遇到停电,电子琴不能用了,又搬出风琴,钱先生腿不能动,叫一个学生帮着踩风琴,自己侧过身子弹奏着,继续进行教学。

钱先生说:“只要琴声响起,纷繁烦恼就会离我而去,我就觉得很富有、充实,我的一生离不开音乐。”凝视着钱先生那瘦小的身子,我忽然觉得钱先生的身体乃至飘逸的白发,都是由音符组成的。

是啊,钱先生只要一坐到琴前,就会忘掉一切,又拥有了一切。

发表于《温岭报》1998 年 7 月 15 日。

发表于《台州晚报》2011 年 2 月 20 日。

演绎历史

这里群山连绵，面临大海。从这里走向外界，要翻越一条长长的山岭，自古流传下“十里坞根岭，冷饭吊头颈”的民谣。这里特有的地形，使其在第二次国内革命战争期间成为革命根据地，劳苦者燃起了翻身解放的怒火，并为之流血牺牲。

程再道祖辈世代居住的地方，叫寺基。寺基依傍大山，一条溪流从旁边流过，注入乐清湾。“寺基”这个地名有段谜一样的历史。相传，这里曾建有一个名寺，但不知毁于哪个年代，也无从查考，现在是“无寺无僧只有基”。但留下的4棵高大的樟树，程再道却是亲眼所见。樟树太老了，空了肚子，最大一棵竟能容纳百来人，程再道小时候就经常钻进树内做游戏。当然，现在这4棵樟树也不存在了。清朝庠生程方馨曾写有《寺基怀古》八首诗，至今流传。现在村民兴建房子掘土时，会发现古寺的遗迹：水井、地垄、石墩……

程再道生活在这个山村，这个他无权选择。所幸他父亲是一个乡村教师，对他从小进行四书五经的灌输，家里陈列着从《列国志》一直到《中华民国演义》的历史书，他小学三年级就捧起《三国演义》狂读。草台戏班是农村一道亮丽的风景，小小舞台，再现中国历史上一个个或惊天动地，或哀婉凄凉的故事，对他影响至深。

新中国成立后，程再道在乡文化员和小学教师这两个角色上不断变换，直至退休。至今，程再道已年近七旬，矮矮的身子有点佝偻，花白的头发，乌黑乌黑的脸庞，近乎山民的衣着。

但在程再道的小房子里，堆叠着他编写的数十个剧本，这是他数十年心血的结晶，是常人所没有的也想象不到的。

20 世纪 60 年代初，程再道按捺不住激动的心情，落下了编写历史剧的第一笔，只是后来开始了“文化大革命”，他被迫停笔。“文革”结束后，中国重现生机，程再道再次挥笔，写下了《洛阳令》。这篇描写东汉时期洛阳太守董宣秉公执法、不畏权贵的历史剧，发表在文化馆办的文艺刊物上。从此，程再道笔耕不辍。静坐小桌旁，面对山坡，恍如千军万马在厮杀；门前那哗哗的溪流又好像在奏响时光之曲。为写好每一个剧本，他总打开历史长卷，细细咀嚼，长久地低吟思索。那人物、那故事会紧紧地盘桓在脑海，搅得他睡不着觉，吃不下饭；三更灯火下，他一笔一画地书写，倾注着自己的心血。

每次购买稿纸总是以摞计算，一个个剧本在案头越叠越高，《千秋功罪》《靖难之后》《建康太守》《史阁部》《龙潭怨》《崔素琼》……写作这口饭历来难吃，写剧本在今天更为艰难。算了算，写了这么多年，写了这么多个剧本，竟然得了“三个一”：一个剧本在文化馆办的文艺杂志上发表；一个剧本被某县剧团上演过；一个剧本在 1986 年由浙江省文化厅、浙江省群艺馆举办的评比中获三等奖，后被载入县志，称其“是第一个在省里获奖的大型剧本”，这也许是程再道最为“辉煌”的一笔。

而程再道痴情不减，他说，历史上的事件可为今日借鉴，历史上的人物可为今日观照。作品虽然不一定能发表、上演，但我都认真地写，写出心里话。当我写好每一个剧本时，我就有一种酣畅感。

历史，已往矣。但历史留给我们太多太多的思索。历史，也许真像“寺基”这个地名一样，处于若有若无的状态，既给你真实，又给你充分想象的空间，因此充满了魅力。而身处深山的程再道就是一个走进历史又演绎历史的人，他为之陶醉，又为之竭尽心血。

程再道从文化站退休后，又代课五六年。他说："现在好了，真正退休了，有充裕的时间写剧本了，我要每年都'磨'出一个剧本来。"

数年前，包括曾在这里战斗过的老将军周丕振在内的各级领导大力支持，当地群众奋力协作，终于打通了隧道。这里再也不闭塞了，程再道，也会开辟更广阔的视野，走向更遥远的前方。

发表于1998年7月《台州群众文化》。

春天的歌声

春天悄然而至，天空明净起来，尽管风中还挟带着料峭，但校园的花圃上还是伸出了小草的脑袋，树枝上冒出嫩芽。新学期开始了，学生像小鸟般连蹦带跳，叽叽喳喳，迸发着成长的快乐。

上课铃响起，孩子们涌进了各自的教室。在一间大大的教室里，坐满了激动又好奇的小学生，在引颈张望，校长说今天有新老师来，教他们唱歌——这些学生都是从各个班级挑选出来的呢。门推开，进来一位三十来岁的男青年，白净又修长，他叫张一彦，是温岭市文化馆的音乐干部。学生中一阵“嗡嗡”的谈论声弥漫开来，只见张老师迈步走上讲台，面对学生说道：“同学们好，我姓张，以后我每月来给大家上音乐课。”

学生马上安静下来，异口同声地喊道：“张老师好！”同时，响起热烈的掌声。

这所学校叫温岭市世贸民工子弟学校，坐落在温峤镇横泾村，如今，这里是一个工业园区，工厂林立，外来务工人口集中。于是，一个企业创办了这所民工子弟学校，走企校合作的道路，解决民工子弟入学的问题。这是一个规模颇大、设施良好的学校，教育部门核定招生 1800 人，但这样的学校，又跟大多数的民工子弟学校一样，缺乏应有的艺术教育。

温岭市文化馆被文化部评定为“全国一级文化馆”，一直坚持服务基层、服务大众的工作方针，从群众需求出发，开展文化活动。近年来，以“群众文化辅导员、联络员”制度为抓手，加强对社会各类文艺骨干的辅导培训，促进农村业余文艺团队的建立，逐步建立了市文化馆与镇、街道文化站和村、居文化俱乐部的三级文化网络。

今年，温岭市文化馆又把艺术辅导延伸到一个特殊的区域——民工子弟学校。通过教育主管部门，与城东、城西、温峤等镇、街道民工子弟学校商定，每月派音乐、书法、美术等艺术门类的老师，进入学校进行艺术培训。

新年伊始，张一彦老师来世贸民工子弟学校上第一课。这个时候，张老师倾身向前，像一个大哥哥似的亲切地问道：“你们喜欢唱歌吗？”

“喜欢。”学生齐声回答。

“那好，你们告诉我，喜欢唱什么歌？”

这下可热闹了，有喊《学习雷锋好榜样》的，有人叫《聪明的一休哥》，有的说《两只老虎》……还有的就高唱起来。

张老师挥了挥手，让大家安静下来，在黑板上写下：1、2、3、4、5、6、7、i，然后用手指着说：“它们叫什么？”

学生们挨个儿高声朗读起来：“一、二、三、四、五、六、七……”但对戴着帽子的“i”读不出来，终于有学生举手问：“老师，这是什么？”

张老师也收起了笑，对学生说：“同学们，在音乐里，这些不读一、二、三、四……而是哆、唻、咪、发、嗦、啦、唏、斗。”

张一彦老师毕业于杭师院音乐系，到温岭市文化馆工作已经六七年了，如今成为业务骨干。通过与学生的接触，他发现这些孩子只是会直接唱歌，并无一点音乐知识，也难怪，这个算得上是庞大的民工子弟学校，没有专职的音乐老师。所以他决定要从音乐的基础抓起，从基本乐理开始对学生进行辅导。

于是，他指着黑板上的“1、2、3、4、5、6、7、i”，开始教“哆、唻、咪、发、嗦、啦、唏、斗”。他领唱，学生跟唱，一遍又一遍，学生的声音也越来越整齐，越来越洪亮。

接着，张老师让学生轮流起来单独识谱。一个瘦小的姑娘站起来，秀丽的面容，怯生生的，随着张老师的教棒移动，轻轻地念着：“哆、发、啦……”张老师不断地鼓励着：“响亮，再响亮一些！”又一个学生站起来了，这是一个强壮的男生，头发还沾着泥巴，每认一个谱，都得按顺序读下来，才会知道这个谱叫啥，引得同学们哄笑……

一口吃不成一个大胖子，认谱的事先放下，开始教唱歌了。张老师示范着基本技巧和要求：“口腔要打开，气息要连贯……”学生们跃跃欲试，跟着张老师挺胸、张嘴、吸气……

“今天教唱的是李叔同的《送别》。”张老师话音未落，学生们又鼓起掌来，渴求的眼神望着张老师。一张张打印着歌曲《送别》的歌谱发到了每个同学的手上，张一彦老师坐到钢琴前，边弹奏，边领唱起来：“长亭外，古道边，芳草碧连天，晚风拂柳笛声残，夕阳山外山……”张老师不断地纠正着学生的唱法，要学生把握好音乐的强弱，控制好节奏。张老师更是特别注意着这些来自五湖四海的学生的咬字，不断提醒，“夕阳山外山，山，不是 sān，是 shān；天之涯，地之角，角，不是 xiǎo，是 jiǎo……对，很好……”

学生们越唱越好，越唱越投入，一曲《送别》让他们沉浸在艺术的美好境界里；一曲《送别》也让他们触摸到远去的时光，更连接到未来的世界！

“长亭外，古道边，芳草碧连天……”歌声飘出窗口，传到校园，飘扬在校园外的河流、田野，以及山峦，融入整个春天中。

文本获“文化惠民谱新篇”——浙江省文化馆站建设征文一等奖。（浙江省群众文化学会、浙江省文化馆 2012 年 6 月）

五十年间一部戏

2010 年 9 月 9 日，这个秋天的夜晚，弥漫着丹桂气息，在台州一个叫新桥的地方，舞台高搭，灯光闪耀。

一部叫《洛水神女》的新编历史越剧就要在这里上演。舞台前人头簇拥，张张笑脸闪现着热切的表情。在观众席的前排，一个清瘦颀长、头发花白又衣着朴素的老人端坐着，神色俨然。当主持人介绍，我们要感谢编剧林志方，是他选择把首场演出放在自己的家乡时，台下掌声雷动，经久不息，有的观众还高声地呼叫起来。这位老人还从来没有经历过这样的厚遇，紧张地站立起来，转身向观众鞠躬致意。

他就是林志方，《洛水神女》的编剧。就在那一转身，面对观众之时，他忽觉得时光倒流。

容不得他多想，这时，帷幕已徐徐拉开，《洛水神女》中的第一场《惊艳》上演了。耀眼的灯光下，邺城、袁府，凤阁龙楼，珠帘绣户，鼓角喧天，杀声惊地。歌声响起：

汉末群雄起四方，
中原逐鹿各分疆，
官渡鏖战袁兵败，
邺城满街曹家将……

随之，甄宓登场，曹丕登场，一个发生在近两千年前惊心动魄的故事登场了。

剧情不断推进，往事也不时地闪现在林志方眼前。20世纪60年代初，林志方进入县剧团学编剧。这个20出头的小伙子跟随着剧团进山区到乡村，亲身见闻了一台台越剧戏，沉迷在这个吴侬软语的氛围里……对中国“三国”那段历史有着浓厚兴趣的他，一个欲望越来越强烈地冲击他的心房，那就是要创作一部以“三曹”为主要人物的大戏。

于是，他一头扎进历史书籍之中，攻读起曹操、曹丕、曹植的诗、赋、文、论，同时，还不远千里向戏剧专家请教。《洛水神女》终于脱稿，这是一部以甄氏婚恋为主线，表达着阴谋与爱情、战争与皇位的大戏。

但“文革”来临，越剧团也遭到解散，林志方回家自谋生路，剧本也只能压在箱底，一压就是十多年。在改革开放的年代里，林志方办了工厂，成为有名的模具师傅，当起了老板。但他还是旧情难忘，痴心不改，1989年，林志方把再次修改后的《洛水神女》剧本交由上海学林出版社出版。此时，他人已中年。

《洛水神女》的出版，点燃了林志方把这剧本搬上舞台的梦想。

他多次奔赴上海，与上海越剧院导演探讨剧本；与上海戏剧学院导演策划将此剧搬上银幕的具体事项；与某县越剧团洽谈上演……

但由于各种原因，剧本上演屡屡落空。

进入21世纪以后，年过七旬的他，事业上可谓功成名就，身居温岭现代繁华的小区里，可以过上安闲的晚年，但思绪还是在久远的中原大地盘桓，脑子里翻腾着一个个鲜活的生命，金戈铁马的战场，诡秘莫测的宫廷争斗，还有中华古典文学的风骚。

他还是放不下他的《洛水神女》，不知经历了多少个不眠之夜，也不知修改了多少稿，用“字斟句酌、精雕细琢”一点也不为过，尤其是在人物的把握上殚精竭虑。

2010 年 6 月，《洛水神女》由中国戏剧出版社再次出版。

他又向上演发起了冲刺。

为此，温岭市文广新局专门召集戏剧界、文化界有关人士座谈，为该剧献计献策；戏剧家、原浙江省文化厅厅长钱法成专程赶到温岭，为该剧加工；林志方的徒弟集资 20 万元；与温岭越剧二团签订演出协议；浙江昆剧团赵雪海导演前来执导；林志方专门请人来谱曲……

这是一个紧张又兴奋的日子，经过一个多月的排练，《洛水神女》终于在林志方的老家演出了。

温岭越剧二团是一个曾经获得全国映山红奖的民间剧团，阵容强大，新做的服装、布景和道具，更是给观众以盛大华美的感觉。

《洛水神女》场序分为“惊艳”“双探”“比赋”“夺帅”“争嗣”“离恨”“诗愤”“赐死”，一场接着一场演出下来，深深地扣紧了观众的心，直到尾声的“羽化”，舞台上，紫气祥云，银光闪烁，在繁弦急管声中，甄宓化为神女，在滚滚洛水中如凌波仙子，飘然若仙……歌声又响起：

洛水神女回仙乡，
人神离别此恨长，
铜雀台赋《洛神赋》，
流芳千古尚余香。

观众掌声再次响起，既为此剧喝彩，也向乡人林志方表达敬意和感谢。而林志方此时也觉得热血沸腾，泪水也模糊了双眼——凝聚着将近五十年心血，也见证他将近五十年风雨人生的剧本终于上演了，也给人间留下一部自己的艺术作品。

2010 年 11 月获第二届中国越剧艺术节“我与越剧”全国征文大赛银奖。

发表于《浙江文化》月刊 2011 年第 1 期（节选）。

人生的钟摆

有一个人，在蒙童时，观赏到了一种乡间戏剧，之后，离家求学到杭州，再就是奔波在职场，但一直牵挂着，追逐着，享受着，并思考着这个叫作婺剧的戏剧。由此，30 年后，他写就了一本书，由浙江大学出版社出版。

这个人叫王向阳，这本书叫《戏剧的钟摆》。

在 20 世纪 70 年代末，“四人帮”被打倒，“文革”结束，文艺也迎来了春天。也许被禁锢得太久、太沉，人民群众的心田犹如干旱的大地，渴求甘霖的普降。在浙中山乡，历经 200 多年的婺剧也从“封、资、修”中解放出来，受到大众热捧，剧团如春笋般出现，演出更是处处可见。这个时候，十来岁的王向阳享受到了戏剧的滋润，锣鼓响，脚底痒，台前人头攒动，台上上演着恩爱情仇、生离死别。

记得有人说过，一个人无论走多远，故乡永远是割舍不掉的牵挂；一个人无论多么年长，经历再多，影响最深的还是家乡特有文化的熏陶。

王向阳记叙了曾经岁月的看戏往事，点点滴滴，桩桩件件，真实又亲切。即使如我这般没有观赏过婺剧的读者，一台台戏也犹如在眼前上演，一个个角色犹如在眼前闪动。我们沉浸在婺剧的氤氲里，有着许多的收获和说不出的愉悦。

但是，王向阳并没有仅仅停留在对婺剧往事的追忆中，更是为婺剧的现在和未来思考。《戏剧的钟摆》自序的第一段写得明白，也是点题：以前，客厅里挂着一台自鸣钟，下部有一个钟摆，在左右两端不停摆动。其实，戏剧也有“钟摆效应”，一端是古典，一端是现代，在古典与现代之间不停摇摆。

随着西风猛进，娱乐多样化，生活快节奏，通讯传播现代化，婺剧在短暂的辉煌之后，如何找到自己的位置，占领自己的市场（观众），让这传统艺术传承下去？尽管身处都市，王向阳探究婺剧的源头、发展和艺术特色，面对严峻的现实，提出了独到的见解和富有建设性的建议。婺剧何去何从，如何传承和创新，读着《戏剧的钟摆》会有豁然开朗之感。

书中对目前婺剧存在的一些问题，有着追问和直率的批评，真可谓是振聋发聩。只有对一种文化热爱，对一种事业执着，只有心底无私，才会有这样的坦诚和勇气。

这是一本有关婺剧的散文随笔集，但读着读着，我从心底升腾起一个呼号：这哪是散文集，这就是一本厚实的论文集；这不仅是对婺剧的论述和探讨，而且是对戏剧，甚至是对传统文化的反思。

同时，王向阳在撰写这本书时，其实又是在诠释和追寻着人生的意义。

王向阳供职于一家财经报社，是一名资深记者。我想，干记者这活，一定很累，奔波于尘嚣中，追寻最新的行业信息。这是他的本职工作，安身立命之本，从低处言，为稻粱谋；从高处讲，建功立业。

而戏剧，作为地方戏的婺剧，似乎是那么不经意间与他相逢，于是，有了以后相当长时间的相恋，也许是终生的。这既有特定的时间点，特定的环境，也包括特定的人物了。真如书中所言：“家乡是个婺剧之乡，爹妈都喜欢哼几句，兄弟姐妹中怎么单单我成为戏迷呢？这就是跟性格有关了。我当时属于特别沉静、内向和早熟的孩子。”

不仅是王向阳，也包括整个戏迷群体，外人看来不可思议，在职业之外，有了那么一份爱好，那么一份痴迷，那么一份专注，这其实也是一种人生的美丽和幸福。

人生也是钟摆，一端是家庭，一端是事业；一端是职业，一端是爱好；一端是物质，一端是精神……这看似矛盾，其实也是迷人之处。

发表于《浙江文化》月刊 2012 年第 5 期。

发表于《中国演员》2013 年第 1 期。

同室文友

浙江省文化系统新农村建设题材文学创作培训班在竹乡临安举办，报到那天，与我同住的是一个中年男子，身子瘦长，脸膛黝黑，问起单位，答“我衢州的”，接着又说：“我是农民工。”这让我有点惊奇。

他搬出带来的一大摞手写稿纸让我阅读，用乡音向我介绍写作缘由和此书的大致内容。他说年少时，邻居阿婆讲述日本鬼子侵占衢州的情景，就浑身发抖，于是，他用更是乡音的语调学着阿婆的话：“这日本人太坏了。”这个阿婆当时还只有 14 岁，就亲眼看到一批日本兵强暴一个 17 岁少女等恶行。于是，他开始了解历史，创作衢州抗战时期的长篇小说。

凭着平时的阅读，我对衢州在抗战时所处的特殊地理战略位置有所了解，而且我在 18 岁那年曾经在衢县化肥厂有过 3 个月的培训，尽管至今还没有再次迈入衢州，但对这块土地还是有着牵挂的。

我和这个来自衢州柯城的叫周雨清的同室文友年龄相近，话题中更有亲切感。周雨清说，他只读了七年半书，高中一年级时，由于家在农村，兄妹多，经济困难就休学了。现在打工，安装户外广告。他的写作与阅读是紧紧联系着的，他说读金庸的《天龙八部》时还是手抄本，他只有十几岁，深深地被其中的英雄豪杰吸引住了，也偷偷地模仿着写起武侠小说。后来，读到路遥的小说《平凡的世界》，觉得这样题材的小说更接近他的生活，更能引起共鸣。再后来是刘绍棠描写北运河边的乡土小说，他激动地说，读着这小说，就犹如闻到了青菜的香味，听到了木桨划水的声音。而现在，他觉得陈忠实的《白鹿原》更接近自己的写作风格，是自己写作的标杆和追求的目标。

周雨清说，他从 1985 年（那时他刚 20 岁）开始写衢州抗战的长篇小说，把婚姻都撂在一边，直到 34 岁时才在他人的劝说下结了婚。当这部小说写到 45 万字时，由于经济、家庭等方面的原因，想把写作先放一放。这一放就好多年，年前，他惊觉自己眼睛老花了，49 岁了，等不起啊，于是拿出了那部小说稿子，要在原来抗战的基础上，以三大家庭的兴盛起伏为主线，以民族、民情、民风为内容，描写整个 20 世纪的衢州史，计划 100 万字。

一个农民，一个农民工，对于文学，对于当地历史如此苦苦追寻，让我一个在文化岗位上工作的人都感动和汗颜。一大早，我睡眼蒙眬中，看到他已经倚在床头冥思着、比画着。我不知道该不该称呼他为“作家”，毕竟他还没有发表过作品，哪怕是一个短文，但又有着凝聚着半生心血的一大摞文稿在。他说，他就是想利用这个培训班的机会，来见识一下，听听人们对这部书稿的意见。

由于时间的关系，还有这部书稿是手写的，尽管笔迹流畅，但在这个习惯读打字稿的年代，毕竟不习惯，而且其中还有修改的地方，因此，我终究只是看了个头。但听着他的写作经历以及写作构想，他的视野，他的思想，是有一定高度和品格的，并不像有些业余作者用有限的知识和能力在“硬写”。他说，如果能写成这部小说，死了也心甘了。

我向他提了两条建议。一是把书稿尽快输入电脑，既可防止丢失，也可打印出来供有关人士阅读；二是找找地方政府或有关部门，由有关人士对书稿和进一步的写作计划做一个评估，如果能列入当地“项目”“课题”之类的，对地方和个人，都是“双赢”的。

数天的培训很快结束了，我们也各奔东西，我与他也只是人生途中一个交错，但心中仍然祝愿这位心怀理想和追求的文友走好。我想，文学不死，真正的文学在民间。

发表于浙江省政协《联谊报》2012年11月3日。

甘为人梯　默默奉献

新时期，温岭乐坛星光灿烂，争奇斗艳，新秀辈出，好戏连台……而这一切都和一位老师紧紧地联系在一起。她就是温岭市文化馆副馆长、音乐辅导干部郑寄荃。

郑寄荃老师，为普及群众音乐，培养声乐人才，呕心沥血，殚精竭虑，谱写着壮美又艰辛的人生之歌。

郑寄荃老师没有惊天动地的举动，也没有曲折离奇的人生情节，但一位文艺老前辈在考察了温岭的群众文化状况后，深有感触地喟叹道："寄荃老师功不可没。如果每个地方都有一个像寄荃这样的老师，声乐就有希望了。如果乐坛上设个伯乐奖，郑寄荃老师受之无愧啊。"

1979 年，郑寄荃老师告别了工作 10 多年的县越剧团，走马上任，进入县文化馆，挑起了全县群众声乐组织、辅导工作。时值改革开放初期，百业待兴，乐坛更是一片冷落寂寥。重重的责任压在她单薄的身上，她夙夜难眠。万事开头难，但事在人为，郑老师咬紧牙关开始了艰难的创业。她靠着自己深厚的舞台表演和乐队演奏的功底，下乡搜集民间曲调，到工厂、机关选拔声乐尖子，印发讲义、资料，举办培训班、音乐会，组织"每周一歌"教唱活动，并组织成立了有三四十人参加的声乐小组和器乐小组。初战告捷，1981 年，台州地区在温岭召开了音乐现场会，温岭声乐小组进行了汇报演出，获得了上级和同行的好评。

郑老师把文艺演出看作培养声乐人才的好机会，每年组织的全县性活动就有十几项，如元宵节文艺演出，五一、五四文艺演出，国庆、元旦文艺演出，慰问部队演出，八大系统歌咏比赛，以及各单位、各系统内部的活动，在农村举行的活动。她事必躬亲，四处奔走，为歌手选曲子、分析曲子，指导歌手如何发声、如何处理感情、如何进行舞台造型。

郑老师如果发现声乐好苗子，便如获至宝，悉心培养。发现一个，培养一个。原县越剧团的朱飞是个敲鼓板的乐队人员，一次偶然的机会，郑老师发现了他的潜能，就对他进行精心培养，积极设法提供机会让他显露身手。终于，朱飞不但在本县崭露头角，而且多次在地区、省里获了奖。1993 年，朱飞参加全省“龙港杯”通俗歌曲演唱比赛，获得银奖。

郑老师热心群众声乐事业，培养了一批声乐人才，但她从不守摊子，卖老本。她在努力提高现有人才水平的基础上，积极辅导扶持新的人才，让舞台源源不断地出现新的面孔。这需要花费更多的心血，但她深知，只有这样，声乐才能永远充满活力、充满朝气。

台州地区第一届十佳歌手比赛，温岭选手获得第一、三、八名，总分第一。

台州地区第二届十佳歌手比赛，温岭选手获得第一、八、十名，总分第一。

台州地区历届音舞节，温岭声乐蝉联总分第一。

温岭选手在浙江省音舞节获奖，在省卡拉 OK 比赛中获奖，在省“龙港杯”比赛中获奖，在省文化厅、省教委举办的中小学生比赛中获奖，在省农行系统比赛中获奖，在省商业系统比赛中获奖……

这一切都离不开郑寄荃老师。她就像是一把人梯，任劳任怨地让声乐新人踩着她的肩膀上去，起飞。

郑寄荃老师，不仅教学要求严格，一丝不苟，而且以自己的品德、作风无声地影响、教育着学生。学生深情地说："郑老师不仅教会了我们唱歌，更教会了我们怎么做人。"

郑寄荃老师曾患过甲状腺功能亢进，身体一直虚弱，但她总是以坚强的意志，把工作放在第一位。每天学生来了一批又一批，紧张得连上医院也抽不出时间，上午推下午，下午推到明天，从来不声张。就是医院开了病假单，她也往往一塞进衣袋里了事。在浙江师范大学艺术系进修接近尾声时，她又发病了，经学校批准提前考试完毕，回家休养治病。当她一回家，得知县里正在筹办演出活动，欢庆即将到来的"八一"建军节而需要她组织声乐节目时，她二话没说，边吃药，边投入紧张的筹备排练之中。就是在写这篇稿子时，郑老师老病又犯了，头发晕，医院说要进行综合检查，在医院工作的学生已为她办理了一切手续，只要她人一去就可检查化验，可她的时间太宝贵了，依然未能成行。是啊，她太忙了，国庆节活动，乡镇社会公德教育文艺演出，城建局的"使世界清洁起来"歌舞晚会，两个学生就要去省里参加声乐比赛。她总是想着工作，想着学生。

郑老师平时早上班，迟下班，没有节假日的概念，但她仍觉得时间太少了。为了有更多的时间更好地做好辅导工作，郑老师用多年的积蓄，购置了钢琴、1 万多元的卡拉 OK 设备，家里一个大房间成了学生声乐活动的场所。这下好了，工作起来方便了，而郑老师则更忙碌了。每晚，郑老师家里歌声、琴声连成一片，特别是那些白天因上班、上课抽不出时间的学生，更是喜笑颜开，纷至沓来。有位学生说，以前想练练唱，只能到卡拉OK厅，花费太高了，而现在到郑老师家里可以让你尽情地唱个够，过足瘾。

郑老师待人和气，热情周到。教学上认真细致，与学生平等相待。她总是耐心地讲解、分析、纠正，从不高高在上，叱责训斥。纵有烦事缠身，她也不表露出来。实在有特殊的原因忙不开，她也是想方设法提早通知学生，改日又抽出时间补课。而对一些没有如约前来上课的学生，她总是分外惦念，一碰到人就打听探询。在生活上对学生更是关怀备至，每次带队外出参加比赛或演出，郑老师吃、喝、住、行一手包揽，嘘寒问暖，细致入微。难怪学生发自内心地说道："郑老师就是我们的亲娘啊。"

至今，郑老师的学生无论远在天涯海角，还是近在咫尺，总是忘不了郑老师悠悠的恩师之情，时常向她汇报学习、工作情况，表达感激之心。每逢节假日，明信片、贺卡更是载着学生的深情祝福如雪花般地飞来。

郑寄荃老师对学生奉以一颗爱心，学生也回报一片真诚，相互间建立了深厚的感情。在郑老师的麾下集合着一支强大的声乐队伍，每当有活动，如配合党的中心工作开展宣传等，只要郑老师一通知，学生们从不推托，可谓召之即来，来之能战，战之能胜。学生们说："郑老师平时为培养我们花费了多少心血啊，到需要我们的时候，还有什么话好说。再忙，也要来；再苦，也要上。"

郑寄荃老师从不标榜自己。她不因自己做的工作被湮没而唉声叹气，也不因自己得到某种荣誉而飘飘然，喜形于色。事业使她忘我，事业又使她崇高。她总是说："我只是做了一个文艺辅导工作者应该做的。"

十几年来，郑寄荃老师一直默默无闻地工作着。当人们欣赏台上精彩的文艺节目时，不会想到幕后辛勤操劳的她；学生的获奖证书上，也不会有她的名字。但她从不后悔，从无怨言。接触过她的人，都能从她纤弱的身上看到一种吃苦耐劳、坚韧不拔、无私无怨的精神。

郑寄荃老师仍旧固守着自己一方营盘，为造就声乐新人，为群众文化的开展，义无反顾地奉献着、奉献着。

发表于浙江省文化厅《群众文化》杂志 1996 年第 2 期。

一个家能承载下多少

这是一个周末的晚上，天空飘荡着秋天的雨丝，我踏上前往张宝祥之家采访的路途。

一踏进张宝祥家，顿时，音乐围绕，温馨弥漫。张家是一套大房子，上下两层。在大厅一边柔和的灯光下，张宝祥的儿子在吹奏着萨克斯，女儿在弹奏着钢琴。张宝祥，这个高大的汉子，这个有着30多年教龄的教育工作者，热情地带领我参观他家。

我恍如进入某个艺术馆。陈设的根雕作品琳琅满目，我端详着张宝祥的一件件根雕作品，不禁发出深深的感叹。

猛一见书房外墙挂着的，谁都以为是从西藏带回来的作为图腾的牛头骨骼，却是真切的根雕。两只高高翘起来的"牛角"，中规中矩的头部，还有残缺的左鼻子——也正因为这残缺，更增添了其逼真。这个名为《远古》的根雕，在2004年首届浙江省根石艺博览会上，引得专家、行家围拢过来品赏，他们纷纷予以肯定和赞许。最后《远古》夺得银奖。

"三个和尚没有水喝"的民间故事，在张宝祥的一截树桩《三个和尚》里，得到了形象的展示。大和尚面对一只水桶，把手一拂："你们去挑水吧。"左边的中和尚把头一梗，吼："为什么是我？"右边的小和尚伸着懒腰，打了个哈欠，就势往下倒："我要睡觉啦。"在张宝祥的讲解中，我哈哈大笑起来。

《沙漠之舟》，一只忍辱负重的骆驼，在艰难跋涉。

《牧童遥指杏花村》是一幅春天的山水田园画。

《残荷水鸟》又让我观赏到了秋后西湖的景象。

以张宝祥的话来说，在家的根雕只占总数的1/10。在此之前，我到过张宝祥所在学校的广场参观。哇，那真是一个巨大的工场啊。支立着高耸的三角葫芦，一个个四仰八叉的巨无霸式的根雕，高达两三米，宽达三四米，重达数吨。张宝祥兴致勃勃地规划着他的未来：建立一个根雕展示基地。喏，这个根雕可以作为一个大门，参观者先从这里进入，再是这个根雕作为一个大屏风，上面就有龙凤呈祥的图案……这些根雕既是一个个展品，又是一个个设施，构筑成一个根雕城。

而在市青少年宫则陈列着张宝祥另外一个巨型根雕《岳飞》，这根雕高3米，宽7米，重3吨，气势雄伟，展示了一个怒发冲冠、大义凛然的将军形象。下面的根须又雕成一匾，上书“还我河山”字样，昂然升腾起一种浩然正气。

细究张宝祥的根雕历程，得上溯到20年前。20世纪80年代初期，张宝祥所在的一个乡村中学，开设了当时刚刚兴起的花卉栽培班。张宝祥担任了这个班的班主任。由此，这个号称“万金油”的老师迷上了根雕艺术。课余时间，他跋涉在山野采集树桩；节假日他更是带着面包、水壶、锄头和保险索，翻山越岭，攀登悬崖峭壁，寻找被别人当作柴火烧的“废物”。平时一发现可用的树根树桩什么的，便如获至宝。一个春节，张宝祥去走亲戚，无意间在村头看见一只100多公斤重的黄檀树桩，马上找到主人掏钱买了下来，并放在自行车后座上，推着走了10多公里，搬回家。不了解的人还以为他头脑不正常，引为笑谈。

从原始的树根到根雕作品，这是一个化腐朽为神奇的过程，融合进了作者的心血和修养。张宝祥介绍说，一个根雕作品的完成，得先去皮，不同角度观察，再揣摩思忖，制作，打磨，上漆，最后命名。而张宝祥力求保持树根的原状，只小做修饰，不做大刀阔斧的“手术”，不愿成为一个平庸的“工匠”。每一件作品不满足于简单的形似，而是追求品位和内涵，能让观赏者从中得到启发和陶冶，进行审美和思索。

创作一件根雕作品，这也是一个修炼的过程，一次升华的过程，一个忘我的过程。有多少个日子里，张宝祥躲在自家的楼上，创作根雕作品。张宝祥的女儿多年前写过一篇《爸爸》，其中写到张宝祥对根雕的痴迷程度：家里的 4 楼、5 楼，是他创作的小天地，里面堆满了枯根朽木。要是他一头扎进去，那简直十头牛也拉不回来。你看他时而遐想，时而思索，时而皱眉，时而叹气，那表情着实丰富。一会儿又忙着拉锯，凿树根，打砂纸，擦亮油……

创作出这么多的根雕作品，张宝祥希望展示出来，让人们一起来享受他的作品，也让自己的作品接受大家的评定，更希望让学生在根雕作品中开发智力和提高动手能力。在 1997 年香港回归前夕，张宝祥举办了以“岳飞”为主题的根雕展，吸引了成千上万的观众。1999 年春节期间，“张宝祥根雕展”在市青少年宫举办，那大大小小的 250 余件根雕艺术作品，不仅富有诗情画意，而且包含历史典故，令欣赏者驰骋想象。其中《炎黄子孙，普天同庆 · 1999 澳门回归》的大型根雕作品的照片，在《人民日报》上发表。

张宝祥执教花卉栽培班，成为一位根雕艺术家，成为浙江省根艺协会常务理事，看似偶然，但又有其必然性。作为一个教师，他教过美术、音乐、体育、政治、历史、语文，曾被评为浙江省优秀科技辅导员，荣获浙江省“春蚕奖”。他擅长唱歌，会画画，能讲故事、演双簧，也能当编剧和导演，能拉二胡、大提琴，制作的一叠叠标本放满一箱箱，种养的盆景达数百盆……有话道，机遇只偏爱有准备的人。

在张宝祥家的墙壁上，挂满了书法、美术作品，美不胜收，令人目不暇接。细细打量，全署着他儿子和女儿的姓名。书法有硬笔、软笔；美术作品有国画、油画、漫画、剪纸……

在房屋顶层的陈列柜里，蛋壳、鹅卵石、饭勺、龟壳、酒瓶甚至是龙虾壳，全绘上京剧脸谱。还有据说可称“一绝”的，至今还没有发现类似的作品——用铅丝编织成的工艺品，有武士骑骏马，有绅士拉提琴……尽管属于抽象、写意类的，但很神似，富有情趣。这些全出自他儿子张中之手。张宝祥以自豪的口气评定他的儿子：“他动手能力强。”

而在女儿张申的闺房中，除了其他的艺术品，我看见她床头一张可爱的自画像——用记号笔画成的漫画——圆圆的脸，斜刘海，笑容可掬，两眼眯成了一条缝。自然，风趣，生动。那是女儿张申2004年在参加全市教师才艺表演时的开场作品——1分钟自我介绍时的即兴画。那次比赛，张申最后夺得一等奖。

还有音乐，张家光是摆放着的乐器就让我数不胜数。钢琴、古筝、笛子、二胡、萨克斯、爵士鼓、葫芦丝、吉他、小提琴、京胡、琵琶……真的怀疑自己是不是走进了乐器商店呢。

他们家时常开起家庭音乐会，十八般武艺，样样来比试。就说张宝祥吧，不但擅长乐器，而且会敞开喉咙歌唱，民族的、通俗的，京剧的、越剧的全会上。有时候还会拉上妻子来一段样板戏。

2003年，他们家被市委、市政府授予“文化特色家庭”称号。2003年在全市家庭文化表演上，他们家三人以精湛的表演获得“十佳才艺家庭”之首。那是怎样的情景啊，灯光闪耀，气氛高涨。张宝祥首先创作根雕作品，把一个树根，用一会儿的工夫，就雕成一匹仰天长啸的骏马，命名为《一日千里》。女儿张申挥毫泼墨，几杆欣欣向荣的毛竹跃然纸上，这幅国画名为《节节高》。儿子则在父亲和妹妹创作的过程中，吉他弹唱《执着》。而到张中创作书法“金曲歌政和　丹青颂年丰”时，张申则钢琴伴奏《春江花月夜》。最后他们来了个合奏，大提琴、萨克斯和钢琴一起上，唱起了《赞歌》。

离开张宝祥的家，我走在回家的路上，两旁路灯齐放出闪亮的光芒，指向前方。

我在沉思着，家是什么呢？家不就是屋檐下一个挡风遮雨的窝吗？在其中繁衍生息，几口人在计算着柴米油盐，吃喝拉撒，过着日出而作、日落而息的生活。

但人生需要超越，除了物质的保障外，还需要发现美，追求美，创造美。人类自从有思维以来，追寻着精神的愉悦，思想的自由，内心的富有；人类需要表达内心的渴望，抒发自己的情感，憧憬多彩的明天；人类需要领悟人生，品味生活，丰富心灵，在感动自己的同时，也感动别人。于是，艺术诞生了，于是，一代又一代人在追寻着，不懈地创造着。

张宝祥女儿深情地回忆说：“那时家里穷，父亲为了让我学钢琴，把家里的橘园都卖了。我家是当地第一户拥有钢琴的人家。”

张宝祥身体力行，影响、熏陶和牵引着儿女走上艺术的征途。有话道，随风潜入夜，润物细无声。

已经是“奔六”年龄的张宝祥雄心勃勃地规划着退休后建造自己的根雕艺术馆，并开始实施。职业有限，但艺术的追寻永无止境啊。

离开时，我笑着对已经到了婚嫁年龄的张宝祥儿女说，你们再找到志同道合的伴侣，那你们家的队伍就更强大，艺术种类就更繁多了。

这是多么让人惊讶和羡慕的家庭呢。

发表于《温岭日报》2005年12月1日。

2006年1月获浙江省文化厅主办的《海风》杯“走近民间艺术家”全省文学作品大赛一等奖。

以“倾心根雕　乐此不疲”为题，发表于浙江省文化厅《浙江文化》月刊2007年第3期。

探访温岭农村俱乐部

温岭，新千年中国大陆第一缕曙光首照地；温岭，改革开放中崛起于东海之滨的一方热土。近年来，温岭市委、市政府制定规划，落实措施，出台奖励政策，切实加强基层文化工作，建设农村俱乐部，积极引导健康有益的文化活动，再次成为全面建设小康社会进程中的一个亮点。在这个骄阳似火的夏日，我奔走于温岭市各个基层俱乐部探访……

渔村涌动文化潮

太阳跃出东海，朝霞映照在翠屏文化广场上，绚丽耀眼。

身穿红色运动服的渔家妇女“咚咚咚”欢快地打起了腰鼓；木兰扇队在美妙的音乐声中，翩翩起舞；太极拳队排列有序，一招一式，气定神闲；青年男女跳起了交谊舞，少年穿着溜冰鞋欢叫着穿梭……新的一天又开始了。

翠屏文化广场是松门镇幸福村投资300多万元兴建的，占地22亩，作为村级文化专用广场，在浙江堪称首屈一指。宽阔的广场，美丽的花坛，绿茵茵的草坪，还有渔区特色的风帆和罗盘造型，使人印象深刻。小河里，荷花盛开，鱼儿游弋。广场与翠屏山上始建于明代的文峰塔相映成趣。

这天，第二届台州市民间戏剧展演要在翠屏文化广场举办。第一届台州市民间戏剧展演就在松门举办，现在又花落偏僻的渔村。人们奔走相告，唤朋引伴，晚上，文化广场上，灯光闪耀，人流如海，欢乐如潮，包括台州市领导在内的数万名观众观看了演出。

为期五天的民间戏剧展演，台州市八个民间职业剧团登台演出了精彩的剧目，犹如一个盛大的节日，一次文化的盛宴。在翠屏文化广场，逢年过节，都会举办大型的群众文艺活动。

松门镇宣传委员梁军华介绍说，松门的文化工作有着良好基础，群众参与文化活动热情高涨，每次演出，观看者动辄上万，甚至有多达三四万的。这是令人激动和高兴的事，给文化工作带来了契机，同时，也带来很大的压力，每次都要投入大量人力。这真是快乐并辛苦着。

我在松门采访那天，恰逢椒江区 30 多位村支书在松门参观农村文化俱乐部，我也加入了其行列，先后走访了南一、胜南、胜北、松建、幸福等村，真是不胜惊讶。这些新竣工的村级文化俱乐部项目众多，功能齐全，建设的规模和档次，简直可以与洋房、别墅媲美。

有了先进的设施还需要丰富的文化活动来支撑。松门镇委、镇政府积极引导，规范管理，建立了书法协会、象棋协会、木兰协会、太极协会等群众性文化组织 23 个，每个协会都有百余人加入，文化活动成为松门群众自觉的行动，到处可见他们参加活动的身影。2003 年，松门镇出资 200 万元，成功举办了首届运动会。这个暑假，一个举办足球赛的帖子在网上贴出，松门镇立马组织起 10 支球队，在这酷热的夏天里厮杀了 20 多天呢。

农家乐

夕阳收尽了最后的光彩，夜幕降临了。

大溪镇，这104国道、甬台温高速公路穿境而过的台州南大门；这联合国开发计划署“可持续发展的中国小城镇”试点镇，被授予“中国水泵之乡”的工业重镇，仍然是一片繁华和热闹的景象。

上河头村戏曲俱乐部灯光明亮，优美的琴声和清亮的歌声飘荡：

日出东方红耀耀，
阵阵凯歌响云霄，
天大喜讯春风送，
道德建设有纲要……

这由上河头村戏曲俱乐部自己创作的大溪莲花《文明花开分外娇》，又上演了。

说起这俱乐部还有一段来历呢。张菊梅，当过幼儿教师，爱好戏曲，拉手风琴、弹月琴是她的拿手好戏，她的家人也都有音乐的天赋。她五十来岁了，热情丝毫不减，每天在繁忙的工作之后，就经常聚集兄弟姐妹、亲戚朋友你拉我唱，自娱自乐一番，后来加入的人越来越多。

还有一位叫叶东奎的村支书，他自己还开了一个装潢材料商行。他也从小爱好戏曲，以前参加过文艺宣传队，现在尽管工作繁忙，但每晚都会赶来参加活动，用他自己的话来说，这过得有意义啊。

村支部积极引导扶持这群戏迷，活动地点也从张菊梅的家中迁到村部，后来村里建立了俱乐部，就在俱乐部安营扎寨了。他们从自己家里拿来了扬琴、手风琴、二胡等乐器，村里出资1000元，为他们购置了一套打击乐器。这下，他们的热情更高了，参加活动的村民也越来越多，最大的年近七旬。他们白天忙着各自的事，每周五个晚上来到俱乐部活动，吸引了许多村民前来观看。他们排练越剧、京剧、流行歌曲，还自编地方曲艺节目。京剧《祖国的好山河寸土不让》在2003年全市老年节演出中获了奖，创作的大溪莲花《文明花开分外娇》在全镇主题教育巡回演出中，连演10多场。这些有地方特色，取材于身边的节目，让观众倍感亲切，受到了热烈的欢迎，收到了良好的效果。

上河头村戏曲俱乐部排练的节目也越来越有水平，越来越有名，不管是镇里的文化周、全民运动会、春节团拜会等，还是下村的各项演出，都有他们的节目，还尽力争取多上。文化站长林太富笑着对我说："他们恨不得把全场演出全包下呢。"

陈建明和他的艺术馆

新河镇具有丰富文化内涵，名胜古迹众多。

石破天惊的长屿硐天，是1600年来劳动人民勤劳、勇敢和智慧的结晶，是国家AAAA级风景区；纪念戚继光抗倭的戚公祠耸立于披云山北麓，内有《南塘戚公奏捷记》碑，虽然许多文字已经磨损难辨，但仍让参观者震撼，为省重点文物保护单位；寺前桥为台州现存最大的石拱桥之一，与附近明清建筑一起，让游人产生思古之幽情；有"乡村名校"之称的新河中学校园内锦鸡山上的文笔塔，也有着400多年的历史……

近来，新河镇又出现了一个"大阳光摄影艺术馆"，被人们及媒体广泛关注。

这"大阳光摄影艺术馆"的主人，是一位名叫陈建明的汉子，一位农民摄影家。

陈建明是一位土生土长的农民，少年时就对拍照产生了浓厚的兴趣。但那时家庭贫穷，照相机是一种稀罕物，只能心里痒痒，跑到照相馆偷看。

1976年国庆节，已在某厂做工的陈建明出差到上海，在这节日里赶上了照相机“不凭票供应”的好运，激动万分，马上排队，从这次出差带来仅有的200元中，花了80元买了一台“海鸥”照相机。

从此，陈建明真正开始了摄影，他一边学习摄影技术，一边自己学习冲洗，当时他的家乡还没有电，就在自家的屋顶上挖了一个小洞，让阳光透进来曝光；没有洗照片的盆，就用吃饭用的大碗；甚至把旧热水瓶的壳拿来做放大机……

这么多年过去了，陈建明种过田，做过工，办过厂，目前已是台州大阳光机械有限公司的董事长。在摄影创作上，陈建明凭着一股韧性和拼劲，不断追求着。他半夜睡，五更起，上高山，下海岛，几乎跑遍了温岭的每个地方，发现美，创造美。随着经济条件逐步好起来，陈建明投入摄影器材方面的资金已达20多万元。

至今，陈建明收获颇丰，他的20多幅摄影作品在全国各类摄影赛中获了奖，他加入了中国摄影家协会，发起、成立了温岭市文体局为主管部门、具有法人资格的温岭市摄影工作者协会，并担任会长。我在采访他时，他刚忙完由浙江省摄影家协会、温岭市委宣传部和温岭市文体局主办，温岭市文化馆和温岭市摄影工作者协会承办的“正骨杯”摄影大赛。此次大赛，省内三百多位摄影家云集温岭，进行以温岭“山（方山）海（石塘）硐（长屿硐天）”为主题的三天摄影大赛，获得圆满成功。

迈进“大阳光机械大厦”内有着300多平方米的“大阳光摄影艺术馆”，感觉走进了艺术的圣殿，光与影的世界，墙壁上挂着陈建明拍摄的100多幅巨大的照片，雪山、圣湖、土林、戈壁……心灵经历美的洗礼而得到净化；陈列着的陈建明各个时期使用过的摄影器材，让我触摸到了社会的变迁和陈建明艰难的摄影经历；办公室里摆着的有关摄影、美术、音乐、历史、宗教和风俗等的杂志和书籍，让我感受到了陈建明在艺术创作道路上不懈的跋涉。

陈建明激动地说，办企业是希望赚钱，但赚钱不是我唯一的目的。赚钱是为了生存，搞摄影是艺术。创建一个摄影艺术馆，是我的追求和梦想。

大阳光摄影艺术馆成为温岭市一个独特的景观，成为当地摄影者切磋技艺、交流创作经验的聚集地，艺术馆也以此为依托，与上级有关摄影组织联办摄影活动。到了温岭的摄影家、艺术家，包括领导，带着浓厚的兴趣，前来一睹风采，当然，更多的是群众络绎不绝的参观……

大山里的门球场

一踏入坞根镇的土地，我就觉得庄严和神圣。

坞根镇位于温岭西南部，群山连绵，面向苍茫乐清湾，是中国工农红军第十三军第二师的诞生地，第二次国内革命战争时期有代表性的革命老区。改革开放后，特别是近些年，坞根镇因地制宜，大力发展绿色农业产品和蓝色海洋经济，带领着群众脱贫致富。

听说坞根镇有个叫寺基的小山村，兴建了台州市第一个村级门球场。在我的印象中，门球就是在市委老干部活动中心，那些离退休干部玩的少见又高雅的活动，如今竟然进入了大山深处，引起我的好奇和浓厚兴趣。

平坦的水泥路沿着山坡攀缘。大山成“U”字形环绕，一片葱垄，村子坐北朝南，民居依山傍水而建，古朴，宁静，观望这山光水色，真是高朗又明净。

原以为只是一个简陋的门球场而已，但出现在我面前的却是一个富有现代气派的文体活动中心。

五间双层新房子，结实又漂亮，外墙贴着橘黄色的瓷砖闪耀着光彩，内设有乒乓球室、音乐室、多媒体教室、图书阅览室、老年活动室、棋牌室以及办公室等。院子铁栅栏围绕，大门挺立，屋顶和院子四周插满了几十面彩旗，在山风吹拂下猎猎飘扬着。院子里除了门球场外，还有健身路径，铝合金制成的精致宣传窗。

接待我的是寺基村民主任程如初，这位三十来岁的年轻人兴致勃勃地向我介绍着：建设这个文化活动中心，既是我们农村自身求知求乐的需要，也是上级加强农村文化建设的要求。建设文体中心，得到了上级的热情扶持和帮助，我们自筹了15万元，温岭市委宣传部补助了5万元，温岭文体局赠送了一套13件的健身路径和一副篮球架。

当然，我们谈论得更多的是有关门球的话题。

这门球场在2002年6月落成，那时谁也不会打门球，幸好，当地有位原来在市里工作的退休干部熟悉门球，于是请他来当教练。结果只是练了四五天就匆匆赶去参加温岭市第一届门球赛。他们是唯一的一支农民代表队，成绩可想而知，但他们从市领导手中接过“最佳精神鼓励奖”的锦旗时，乐不可支。

于是，他们的热情更高了，每天一早，文体中心就聚集起好多农民，有比赛的，有练习的，更多的是观看的，之后越来越多的观看者加入到了门球运动的行列中。不但有老年人，而且有中年人，还有年轻人，门球成为村里热门活动。

他们还走出去，请进来，加强文化联谊，甚至经常与椒江、路桥等地的门球队举办友谊赛，让这闭塞的小山村加强了与外界的沟通和了解，让农民充满朝气和活力。

程如初主任高兴地说，能够建设起这个文体中心，在于班子团结，村民齐心；建设起这个活动中心后，更凝聚了人心，提高了村民的道德、文化和身体素质。

对以后的发展，程主任更是激动地说开了，寺基是只有800多人的小山村，经济实力也不是很强。但我们有信心，把村里的工作做好，加强水电等基础设施建设，提高村民的生活质量，同时，我们也准备扩建这文体活动中心。

程主任指着文体中心外面的山坡说，以后文体中心要扩建到6亩地，新增篮球场、地掷球场等项目，还有扩大这健身路径……

阳光照射下来，金灿灿一片。

2004年11月获浙江省文化厅主办的“鹿鼎杯”全省文学作品大赛一等奖。

发表于《温岭日报》2004年10月14日。

发表于《体坛报》（节选）2004年12月11日。

点亮三百年前的大灯

一

石桥头镇位于温岭市区东面9公里，再向东10多公里，就是东海了。

行走在这老街和新市并存的乡村集镇，瞭望栽种着大片稻谷、甘蔗的肥沃田野，初秋的阳光照射下来，显得特别的宽敞和明亮，这个江南水乡给我的感觉并不是一般意义上的小桥流水的纤细，而是沉甸甸的厚实。

2003年和2006年元宵节，在湮没了近半个世纪后，那有着三百多年历史的石桥头镇王氏大花灯，重放异彩。

在镇文化站长的联络和陪同下，在山脚下的“王氏大花灯纪念堂”里，我们见到了王氏大花灯的传人——七八位老人，最年长的已经87岁，年轻的也已经60岁上下了。

我不知道中国是否有为一盏灯建立纪念堂的前例，但我要说，建立大花灯纪念堂并非上王村王氏族人一时心血来潮之作，而是已有近二百年历史了，只是以前称为大花灯寺。

二

王氏大花灯始于 1681 年，即康熙二十年，天下太平，百姓安居乐业，王氏公宗颂扬帝德圣恩浩荡，以此独特风格，制作八角大花灯一盏在元宵供人观赏。过了三年，又制作六角大花灯一盏，从此，王氏中就有了六角、八角两盏大花灯，六角灯代表男性，花纹以龙为主；八角灯代表女性，花纹以凤为主。同为上王村的小家桥蒋氏公宗，以睦其邻，亦以精巧独特手艺制作出荷花灯一盏同贺，并施放焰火、流星相庆，热闹非凡，故留有顺口溜一段 ：“上王桥头迎大灯，小家桥头雪流星，杨家桥头芥菜剥见筋，下黄桥头姑娘无处寻。”反映了元宵闹花灯的盛景，为招待客人把芥菜剥了只剩下一根筋了，连小姑娘都为观灯跑得不见踪影。

前人留传下《王氏花灯传略》一文，和各种口耳相传的故事，因此说起大花灯，王氏后人如数家珍。又流传着另外一个版本，将大花灯的来历故事化。

当时石桥头有个地方叫下宅，下宅太公有一年创制了一盏六角形的塔灯，形态雅致，邻近的上王太公王洪慕名到下宅观灯，然后叹息道 ：“可惜，可惜，这样漂亮的灯如果能走动才好。”下宅太公听后便对上王太公说 ：“老兄弟若能做得大灯会走，我便将这盏灯送与你陪衬成对。”上王太公一听，连声致歉 ：“都怪我一时失口，望勿见怪。”下宅太公真意再三，诚祝上王太公能研制成功。

上王太公回家后细心琢磨，动员子孙筹措钱物，请来工匠，齐心合力，终于在这一年做成了八角形能行走的大灯，接着又造出了六角大灯。下宅太公闻悉，敲锣打鼓将自己的六角形大灯送给上王太公。

到了1811年，即嘉庆十六年，王氏公宗为使后世对花灯得以稽考，且在本族建宗祠立碑，以勉世人，将有关制作资料记载立册，得以完整收藏于内。

再到了1886年，即光绪十二年，曾于1880年进士，授刑部主事，后进使国外，三年后回归省京的王氏族人王咏霓，亲临村里观灯，对王氏花灯在制作上进行了带有西洋式的更新。

抗战胜利前夕，一度元宵灯会上，温岭县长亲临观灯，玉环、黄岩、太平（温岭旧称太平县）三县百姓趁夜赶程观赏花灯，人山人海，热闹非凡，真是“门迎珠度三千客，王氏城南五尺天”。

新中国成立后，王氏花灯一展风采，在花纹图案绘刻上进行革新，都以歌颂党的丰功伟绩为主。在1956年，为庆贺合作化达到高潮的一次灯会上，得到温岭县政府和县文化局的好评。

但在“破四旧”和“文革”期间，流传了近三百年的灯座、灯骨和资料等都被烧毁，从此这省内有名的上王大花灯消失于世。

老人们介绍说，以前闹花灯都有着极其严格的规矩，每三年一次，正月初六把灯骨等从大花寺上移下来，初八上街购买纸张，开始做花灯，做花灯的人，要洗澡净身，不得接触污秽的东西。十三亮灯，相当于演出的彩排吧，十四至十六连着三夜闹花灯，在十六夜闹花灯完毕后，把大花灯运回大灯寺点火烧掉，剩下灯骨收藏起来。

三

这天，老人带我们参观他们重新制作的灯具。先走入一间放置大花灯底座的房间，这两个灯座，高约一米，一米五见方，用红木制作，每根红木足有二三十厘米见方。灯座上下两层，老人们指着上层说，这是放置大花灯的；指着下层说，这里放置发电机和石磨的，发电机是现在大花灯里用电灯代替了蜡烛，发电供电，石磨是用来起加固作用，不让风力吹翻大花灯。

我伸出双手试图去抬一抬灯座，可丝毫不动。老人们笑了，说，每只灯座得要十多人才抬得起的。

在纪念堂的大厅，我们见到了卧于横梁上的两只十来米长的灯骨，这灯骨的材料叫杠竹，来自黄岩的宁溪山里，只有这杠竹才适合做这大花灯的材料，因为这杠竹不但竹身挺立，有足够的高度，而且主要是耐火性好。让我们感觉好奇的是，历经二度火烧后，这竹体看上去白净，摸一摸，光滑，一点也看不出来火烧的痕迹。而老人们接下来的介绍，让我们更是不可思议。老人们说，那个自 1681 年开始使用的灯骨，一直到新中国成立初，历经这么多年，历经这多次的火烧，还完好如初，而且通体变得明亮了。

现在的灯骨与以前的相比，它的“主轴”是用钢管来代替，在“主轴”伸展出钢筋，把各支杠竹用螺丝绞紧，数了数，真的一支灯骨是六角的，一支灯骨是八角的。

也就是说，这花灯的“骨骼”是永久性使用的，这花灯的外形是年年新做的。

大花灯属宝塔式形状，取其镇妖避邪保佑太平之意。王氏大花灯分为灯座、灯身、沿寺、葫芦、蓝荷五部分，共分 11 层，其中灯身分为 7 层，最高处为数米高的葫芦。这制作可大有讲究了，包含了糊、贴、剪、刻、画等，极具艺术性。2003 年制作的大花灯是 13.8 米高，2006 年制作的是 16.38 米高，增加了 2 米多，1000 多公斤重。

四

这沉寂了近半个世纪的大花灯是怎么重放出灿烂光芒的呢？

今年已经75岁的王春海，这位土生土长，一直生活于此的农民，尽管头顶满是白发，但脸色红润，身体硬朗，正微笑着坐在我们面前。对于重新制作大花灯的事，他娓娓道来。

在2002年的某一天，他忽然萌生了制作大花灯的想法，但所有大花灯的资料消失殆尽，只有残存的一些记忆。他就“白手”起家，怕被别人笑话，就在家偷偷在纸上画画写写，拿起工具噼里啪啦动起手来。但毕竟记忆有限，他又暗暗地去请教年龄比他大辈分也比他高的王用堂、王伯仁等老人，这样，这事就慢慢地传开了，加入制作大花灯的人也越来越多，力量也越来越强了。

王用堂、王伯仁他们小时看父亲制作过花灯，也亲身动手做过。他们说，自己记性好，看出门道来，第一次还是为父亲打下手，第二次就亲自做了，大花灯寺里还有炒糕招待，那时可高兴了。

那时的大花灯是十来米高，花骨是64根杠竹制作的。有一张22级的扶梯，是专门跑到温州山里购买的木材，靠着这张扶梯，可以往大花灯上爬上爬下地张罗。

87岁的王用堂和82岁的王伯仁两位老人回忆起往事，激动得手舞足蹈：那时闹花灯，有幸被选中，打扮一新进入大花灯内，拉动大花灯内的木偶和其他工艺品的牵绳，使其处于动态之中，增加其观赏性，又为了避免花灯上的蜡烛掉下油来伤着身子，所以是戴着笠帽的，这样的“身份”惹得别的孩子眼红妒恨，拿着小树枝，跟着大花灯跑，时不时伸进花灯内戳着他们的屁股，好生疼哟。

在石桥头镇一家照相馆里，老板播放了用数码录像机录制的2006年元宵节闹花灯的全程纪录。

起程时，跪拜，念大灯经，五六十人扛着长龙似的大花灯出来，都要跨过燃烧的稻秆，以示烧掉晦气，锣鼓、鞭炮开道，龙灯、凤灯各领一支队伍，一支往村东，一支往村西，都要走到村界边缘；在田畈上，把大花灯竖立到灯座上真是惊心动魄，扣人心弦，一帮人抱着大花灯的底部，按在灯座上，一帮人拿着上端特制的木棍、竹棒把大花灯支撑起来，但不一会儿，大花灯就脱离了他们的控制范围了，在此对面的另外一帮人，拉紧撩风（一种斜拉以稳固中心物用的绳子），终于把大花灯竖立在灯座上了，一座“灯塔”就这么诞生了。

入夜，人山人海，锣鼓铿锵，大花灯通体发亮，鞭炮、焰火划亮天空，此起彼伏，小家桥送来了巨大美观的荷花灯相庆，还来了舞龙、舞狮的。更让人群沸腾的是，两盏大花灯下端用粗长如栋梁的木材，捆扎起“井”字形的架子，在每根支架上又“分叉”出，几十号人，扛着大花灯在田畈上“嗨哟嗨哟”犹如颠花轿似的在田畈上行走，把八角形的大花灯停到六角形的大花灯的位置，把六角形的大花灯停歇到八角形的大花灯的位置上，如此反复者三，成为真正会“走”的大花灯了。

在最后一夜，大花灯运回纪念堂时矗立起，用火把点燃，火势从下至上燃烧，完成了祈福的仪式。

五

如今，回忆这两个闹花灯的元宵节，老人们还是津津乐道，说：村里各家各户都来了许多客人，包括远道的、多年未来往的客人全来了；各家各户都鸣放鞭炮焰火庆贺；村里连续演出了五夜的戏；记者来了不计其数，连中央电视台都做了报道，原来还开来了直播车的，由于技术原因而取消；而且宁波、温州、扬州等地都有人包车赶来观赏这大花灯；每年来观赏的不下 10 万人。

老人们说，闹花灯，主要是表达喜庆、祥和和祈福，当时也有这样的意愿，就是引导人们参加健康有益的活动，有劝戒赌博的意思。而相近的石塘、箬山、松门等渔区，就流传着每当大花灯点亮时，出海打鱼的都能够远远地看见，称之为“神灯”，因此每次闹大花灯时，总会有好多渔民赶来祭拜，这样就有上升到宗教的意味了。

2006 年 6 月，台州市人民政府公布第一批台州市非物质文化遗产代表作名录，王氏大花灯名列其中。

至今，王氏共有 9 代人同世，可谓是有福，老人们更希望大花灯后继有人，并能够得到发扬光大。

2008 年 1 月获浙江省文化厅主办的天台山杯“走进民间艺术守望者”全省文学作品大赛三等奖。

发表于《台州晚报》2007 年 6 月 7 日。

三、默想

世上有很多事情，就如我与牛头山的雨，曾经互不相交，互不相识，但终于会在某一个交叉点相遇，然后，又挥挥手。真犹如总台大厅传来的歌声里，上演着人间的悲欣交集、生离死别。

华山道上

手　套

攀登华山的前夜，在导游的提醒和指点下，我们在宾馆商店里购买了手套。

棉纱手套，一人一双，每双 1 元，被我们那么不经意地扔进了旅行袋。

到真正攀登华山时，我们才感到这双手套是多么的重要。我们戴着它，握着铁索，拉着栏杆，摸着山岩，攀缘或者下山。只有靠着它，才保护了我们这双纤弱的手；只有靠着它，我们才踏上北峰、西峰和南天门。

这让我好好打量起这双手套来，洁白又单薄，口子上还镶嵌着一条草绿色的线圈，全身编织着无数眼孔。我想到，农民经过了多少日子的播种、培植、采摘和晾晒，工人又要经历多少道工序才加工为成品，然后进入流通，大批发、小批发和零售，而我仅用 1 元钱就把它拥有，它尽心尽职地为我服务。

叫我如何能丢弃这双手套，又叫我如何不去珍惜每 1 元钱呢？

彩 墙

攀上金锁关，一道道彩墙扑入眼帘，那么鲜艳，使人心灵为之一震。

那是一道道祈祷墙、祝福墙……一把一把金色的锁，红色的绸带，还写有美好愿望的话语，锁在横拉着的铁索上。

旁边的商店里就有出售这金锁，5元一把。这时，一对情侣举着金锁和飘带兴冲冲地跑到彩墙旁，面对东方，双手合十，再共同把金锁挂上铁索，合上锁，幸福荡漾在他们脸上，仿佛顿时来了力量，手拉着手，沿着阶梯向高峰跑去。

那对情侣远去了，但他们亲手锁上的金锁就会在这里“生根”了，会长久地经历着风吹日晒，还有游人欣赏的目光。

我无意否定这对情侣那份纯真的浪漫和祝愿，但我要说，爱情、婚姻、家庭，乃至人生，路很长，也会经历很多，包括生活的变故，甚至毁灭性的打击，但还是坚持和守望，还是携手并肩，需要的是全身心的投入，需要的是百倍的付出和呵护，并非一把锁所能比拟和表达。

所谓的“四季平安”“万事如意”只是人们的愿望而已，“升官发财”也并非每一个人都能实现，“长相守”则犹如一口深潭，包容、忍受，没有繁华，波澜不惊。

老 人

有话道，上山容易下山难，但这只是从其“安全系数”来说的；谁都明白，上山远远比下山吃力和艰难。

在华山道上，我见到一老人，穿着破旧的衣服，头上包着一条毛巾，佝偻着身子，背着一个竹篓，竹篓里叠得高高的物品，用绳子勒着，一手拄着拐杖，一手扶着栏杆，一步一步艰难地向山上登去。

我在他身边不禁打听起来。他说，已 75 岁了；为店家背物品挣钱，每背一斤 3 角 8 分；一天一趟，能挣十来元；儿子 9 个月就夭折了……

在这游人如织的华山路上，我知道，他是“异类”。我们这些人登机乘车远道而来，那是在消费，他却是在为生存而战。

我从他身边走过，对他说，小心；他转过头，用缺了牙的嘴对我说，小心。

伙伴在前面喊我，可我的脚却沉重得很。

发表于《温岭日报》2010 年 5 月 14 日。

发表于《作文新天地》2010 年第 10 期（节选）。

牛头山的雨

似乎注定，在牛头山要与雨来一场不期而遇。

还是晴朗的天，刚跳下车，就迎来了零星雨点。牛头山度假村，远离市区，204路公交车的终点站。度假村四周群峰壁立，在这个春天时节，苍翠清新，幽静一片。

这春天的雨水就那么毫无顾虑地下起来，而且渐渐地稠密起来，烟雾弥漫。雨点落在树叶上，落在草丛中，落在那水池和水泥地板的积水里，荡漾开一个个圆圈。那个下午，“戏剧工作会议”如期召开，室外竟然传来轰隆隆的雷声。我溜出会议室，迈步在回廊里，仰头观看，长空涌动着的雨水似找到了宣泄，在尽情地流泻、飘荡，也打湿了我的衣袖。

晚上，那班上了年纪的与会男女，搬出带来的乐器，在度假村的总台大厅里，举行了“音乐会”，除了总台几名服务员，他们自己就是观众。灯火辉煌，各个剧种轮流上阵，吹拉弹唱，一招一式，都是专业出手，如果说他们是对自己专业的喜爱，还不如说是对曾经流失岁月的怀恋。他们曾经在这个行业里有过风光，当然也曾经有过美妙年华，但这一切都已经远去。在这乐曲歌声里，他们是否回到了从前？

我没有久留，眼前的情景，我融合不进去，更显得我的浅陋，而且我会产生时空倒错的感觉，只好顶着飘落的雨水回到房间里。

但那牛头山的雨还是淅淅沥沥地飘洒着，滋润着那春天的大地，同样也那么清晰地飘落在我心头，不能忘怀……

世上有很多事情，就如我与牛头山的雨，曾经互不相交，互不相识，但终于会在某一个交叉点相遇，然后，又挥挥手。正犹如总台大厅里传来的歌声里，上演着人间的悲欣交集、生离死别。

无眠之夜，倾听着雨声，思念悠悠……

发表于《温岭日报》2008年5月5日。

石浦的风

石浦春天的风，就犹如夏天暴烈的台风。

走在石浦的大道上，那东边栏杆外，就是大海，风呼啸而来，冷得我们直哆嗦。

夜晚，要出去吃夜宵，但大家不敢去打听到的大排档，大家被石浦的风吓怕了。结果，一行人来到当地最高级的KTV。音乐响起，灯光闪烁，劲舞，还有一位竟然跳到音箱之上舞蹈，那气氛才叫热烈，还有生命的激情。我偶尔大笑，埋头喝酒。

一出KTV，大家钻进出租车就往回跑。在我们居住的宾馆，那个刚开张的“台胞宾馆”里，窗外那一排祝贺开业的条幅被吹得啪啪直响，犹如千军万马厮杀，惊心动魄。

我不明白为什么会有潮起潮落，也不明白为什么会有风吹来。现在时常能有机会出来走走，比如，今天参观了渔港古城，明天又要游览大峡谷，我说，其实我是一个活在内心的人。什么风光景色，包括今晚的音乐舞蹈，不过尔尔，不久将成为模糊的记忆。

那些，进入灵魂深处，却是无论走到哪里，走得多远，却反而紧紧相随。

今晚，那石浦的风，撞击在我的心头。

发表于《温岭日报》2008年5月5日。

丛林中的小路

丛林中的小路在山间延伸着……

丛林中的小路是隐约的，虽近白露时节，但杂草、藤蔓疯长，十分葳蕤，覆盖着山野。但只要往前探寻，迷蒙中总会给你送来惊喜，那路径还是会依稀可辨。

丛林中的小路湿湿的，铺着落叶，沾着露水，长着青苔，攀缘需要付出力量和勇气，稍有不慎，打个趔趄，甚至摔倒，那也毫不奇怪。既然选择了丛林中的小路，就得接受它奉献给你的一切，包括快乐，也包括风险，但面对困难，跨越挫折，本身也是快乐。

丛林中的小路，人迹罕至，冷落偏僻。但这曾经是一条“官道”，昔日的繁华和热闹印记在道路上的石头上，那一块块形态各异、颜色有别的石头，经过雨水和时光的冲刷，那么干净、清晰和亲切，还有厚实，就如同象形字、会意字，书写在大地上。

丛林中的小路，两旁站立着一棵棵树木，撑开着的繁枝茂叶遮天蔽日。走在丛林中的小路，就犹如走在绿色的隧道，清凉又舒心。偶有金色的阳光漏下来，落在地上，照着那小路、绿草和野花，斑驳陆离，有着强烈的对比效果，就好似欣赏到美丽的油画。

丛林中的小路，身处绿色的海洋中。行走在丛林小路，并不孤独和寂静，“瞿瞿”“叽叽”“吱吱”……的虫叫鸟鸣，此起彼伏；溪水长流的“哗哗”轰响，生机盎然，趣味横生，犹如美妙的交响乐。

丛林中的小路，不设防，不收费，但就在即将走出山坳时，却遇见一道“柴门”——在左是山坡，右是石墙的小路正中，类似于篱笆的大门关合着阻住了去路。满是疑惑上前查看，这是竹爿树木钉合的两扇门，却是可以自由打开的。满是喜悦地从中通过，心头却涌上了无数的猜测：这是一道分界线，还是想在荒野中给行人归家的感觉？抑或是山民模拟古代战争中设立的驿站或岗哨？

丛林中的小路，充满着无数的惊奇和奥妙，给人以无限新鲜的感受和想象。

发表于《台州晚报》2010 年 9 月 12 日。

在她美丽的背后

一株昙花，在某一夜竟然开放出800朵花。那碗口大的昙花，淡黄的花蕊，洁白的花瓣，挂满在绿叶间，压弯了枝条。这是日前发表在某报上的新闻，通过网络呈现在更多的人眼前。

这是何等的景观呵，我们面对着画面，惊羡不已，大发感叹，这美丽让人心动，简直是创造了一个奇迹。

但在赞叹这美丽之余，我们是否想过，这一株百年昙花曾经接受数代人的悉心照料，细致到每天浇水两次，而昙花每年则只是开放一次；更让我们唏嘘的是，那花朵开放只有数小时，等不到雨露的滋润，更等不到阳光的照耀，就凋谢而去，走完了她的一生。

在默默无闻和灿烂开放之间，我们是否愿意做个长期的链接？在美丽和短暂之间，我们是否有勇气承认这个残酷的事实？……如果前者不能，我们只能做轻飘飘的旁观者，永远也体会不到沉甸甸的成功的喜悦；如果后者不能，我们就成不了一个坚强者，不会继续走向前方。

我们都渴望惊鸿一现，天地灿烂，但人生有些东西，就像是昙花，需要长期地付出，需要孜孜不倦地追寻，她才会偶尔露峥嵘，粲然一笑，而且她还极有可能连个踪影也没有；同样，即使她出现了，美丽只是像出来透口气，往往只是瞬间，就如烟花般散尽。

由此，我们要明白，我们观赏到的那怦然心动的花朵，只是百年昙花的一个横断面，一个瞬间……由此，我们要有这样的胸怀，我们在历经艰辛，跋涉万水千山后，有了一个美丽的邂逅，来个热烈的拥抱，但也要做一个好汉目送她的背影，绝尘而去……

发表于《台州晚报》2009年10月9日。

从技术明星盼加工资谈起

某厂有位青年工人在操作技术比武中，过关斩将，获得某项目全省第二名，成为技术明星。当问及最大的愿望是什么时，他却出人意料地回答："加工资。"

乍一听，我的心猛地"咯噔"了一下，一个先进人物竟说出如此的话来，不是太自损了吗？但仔细一回味，不禁拍案叫好。

首先，我赞赏该技术明星的坦率。先进人物，也是一个正常人，也有家有小，也要买油盐酱醋，也想日子过得好一些。他直截了当的回答，比那些言不由衷的高话、大话、假话可爱得多，令人敬佩。

但最主要的是，该技术明星的回答，道出了一个深层次的问题。那就是多劳为什么不能多得？一些人以自己的学识、技术像牛一样拼死拼活地干；一些人不学无术、游手好闲，大事不会干，小事又不愿干。对这些，人们是那么习以为常，并坦然接受。当会干的人比不会干、不愿干的人多拿了一些钱，哪怕是工资加了半级，马上会被群起而攻之，成为众矢之的。

技术明星所取得的成绩，断不会是天生的，也不会是"神仙"一夜之间指点而成的。可以想象，他们是流了多少血汗学起来、干出来的。他们以自己的劳动想得到更多的收入，完全在情理之中，是正当要求。

"尊重知识，尊重人才。"这"人才"也应包括掌握了一定操作技能的工人。这“尊重”不仅应在政治待遇上体现,而且在经济报酬上也应承认他们的劳动。在加快改革发展步伐的今天,只有彻底打破“大锅饭”思想,真正体现“多劳多得、少劳少得”这一原则,才能使职工群众精神抖擞,充满朝气活力,使懒惰的变得勤快,勤快的更勤快,如此,才能事业兴旺,国家繁荣发达。

发表于《浙江工人日报》1994 年 7 月 25 日。

且慢“大力发展”

最初的感受来自改革开放初期。那时，打破了思想的禁锢，提倡大力发展商品经济，在江南一带兴起养殖珍珠热。一时，市场看好，珍珠甚至走出国门，冲向世界。尝到了甜头，摸到了脉搏，地方官员一再号召：“大力发展……”于是，河道里蚌满为患，有的地方甚至挖田养珠。连养数年，密度过高，珍珠吸收不到应有的养分，质量大为下降。更有不法商贩以次充好，甚至在珍珠里掺入碎石，让外商大摇其头，以致珍珠市场一落千丈，珍珠被弃若瓦砾，市场大好成为昙花一现。

此时，我读到一篇小文，大意如下：中国的珍珠市场落得如此下场，在于一哄而上，而某国某地就高明得多，他们20世纪50年代就开始养殖珍珠，开发了国际市场，产品供不应求，但是，在此情况下，他们严格限定数量，在培育珍珠的形状、色泽上下功夫，几十年过去了，产品仍畅销不衰，效益连年上升。

但是，“大力发展”仍在继续。某个项目一露发家致富的端倪，千军万马就会冲杀上去，而大多落得个人仰马翻。

于是，黄澄澄的枇杷挂在枝头无人采摘，任其腐烂，因价格低贱，采摘枇杷出售得到的钞票，还不够人工费。接着柑橘又滞销，连一两角也卖不出去，橘农只好含泪倾倒开始腐烂的橘子，仰天长叹：“这究竟是为什么？”以前从柑橘成熟直至年关，大街小巷上，人们用汽车拉，用自行车推，喜滋滋地把一箩箩橘子往家里搬，往亲友处送。这一道亮丽的风景也许只能在梦中重现。

此外，利用巨资大量引进彩电生产线，现在闲置55%；空调生产部门开工率只有30%，尽管如此，仍有10家空调厂正在建设；VCD大量过剩，仅仅是几年工夫呀。西南某地长年气候温和，近年来把花卉种植当作一大产业来抓，而今，鲜花论捆称，价格低于青菜；一些大城市往年一枝上好的玫瑰花怎么也得卖上1元钱，而现在仅卖1角，甚至5分……

“大力发展”的滚滚浪潮，淹没了多少光阴和财富。

人们也该理智一些了。

发表于《浙江日报》1999年2月12日。

旅　游

旅游自古有之，但那时只是文人雅士和高官显贵所能享受的活计吧；黎民百姓脸朝黄土背朝天，哪来这个雅兴和“品位”。

时至今日，华夏大地，政府倡导之，百姓腰包鼓矣，旅游大潮滚滚。

但旅游正在丧失旅之、游之的味道。

借助于现代的交通工具，直达目的地，但重要的过程之美却省略了。我曾经从杭州出发，坐上直达桂林的列车，尽管窗外呼啸而过山丘、田野、村庄……似乎少了什么呢？哦，原来是阳光、空气的交融。密封的窗户，我们似乎是在一个真空瓶里。在厕所里，微开的小窗吹卷进来异地春天潮湿的空气，尽管伴随着厕所的臊味，但我却贪婪地呼吸着，真有点不肯出来。

更有乘坐飞机的，其速度就是千里之旅一时完。懵懵懂懂地一下飞机，到了。似乎猝不及防，我们在电视画面上，在画报上心向往之、心仪已久的场景就出现在视野中了。体味不了追寻的过程，包含着焦躁、等待、甜蜜、欣喜的过程……

旅游的目标无非就是繁华的城市和优美的自然景观。以我等俗人，在走马观花式的行程里，面对几乎是千篇一律的城市格局和建筑，以及熙熙攘攘的人流，只有疲惫和烦躁。

人口膨胀，许多城市人满为患了。好容易还留着（或者发现、发掘出）一处自然风光，但是，在利益的驱动下，新建造建筑啦，雕塑啦，正像给一个清纯质朴的村姑披红戴绿，涂脂抹粉，游人纷至沓来，糟蹋掉的是一个宁静的环境。

恕我粗人说句粗话，我欣赏不了什么美丽风光，就是最奇特的景观，最繁华的场面，我也认为不过尔尔。我十分欣赏这话——景随心生。有好心境，或一个草坡，或一潭池水，或一片树林，或一座竹楼，就足够我好好地品味、体验、享受了，我将十分珍惜，不枉此时此景。时有报道，某某考察团出国，有职权者，纷纷往里钻，结果真正成行的专业技术人员却寥寥无几。我真的不明白，那些当权者，浮光掠影地走一趟，和被群众唾骂之间，孰重孰轻？

在旅游中，不时听到："哇，这里环境多么美，空气多么新鲜。要是能住在这里多好啊！"我说，要是真的让他（她）住下来，保证不出几天就会落荒而逃了。

我也多次冒出到一个偏僻的地方，过过类似罗梭在瓦尔登湖生活的念头，好好地体味自然，享受清静，思考人生。但细细地考虑，如果真的要去，问题出来了：我在家连做饭都是老婆做的，叫我在土灶上生火，我怎么做饭啊？起码得带燃气灶和液化气钢瓶吧。炒菜总得有油吧，时常跑街上买猪肉，这不行（有悖于这次"活动"的初衷），但总不能叫我吃没有油的菜吧，那就带上几桶油吧。还有洗澡呢，叫我用毛巾蘸着溪水擦身子，什么年代了啊？！夏天还好凑合；大冷天的，洗不干净不说，还不冻死我啊？那就安装一台热水器吧。可夜里照明也是大事了，不能眼睁睁地挺着干睡，总得看看书什么的，至于用松枝照明也是童话了，那一定要接上电线的。再说，要了解天下大事啊，要娱乐啊，对，再来一台大彩电……这成了什么"瓦尔登湖"的生活了？

我们享受着现代文明，同时被现代文明紧箍着。只是在面对一派山水时，发出“啊，这里的空气多么新鲜，我如果住在这里多好啊”这样无聊、不足信的话语来。

发表于《台州晚报》2013年9月8日。

我急忙更换了头像

新的一周又开始了，星期一刚上班，我就给省里的一位导演的QQ 留言，说明一个戏剧作品参赛事项。因为事情有点急，尽管不见他在线，还是先留言，这样，他一上来就会接收到信息。

不久，那边就来了“你好”的回应，说明我的留言已经奏效，我甚是欣喜。接着，那边说：“我叫你办件事，好吗？”我说：“请说。”

于是，一场“戏”开始上演，对方台词依次是：“我的朋友急需一笔钱。”“我一时走不开。”“你先给我打钱 2.6 万元。”“明天我就还你。”“账号是……”这样的“戏”我第一次亲身经历，如果我没有听闻过，也许信以为真；但这样老套的“戏”不知上演了多少次，在报章和坊间流传甚广。

我一边在应付“好的”“好的”，一边拨向那位导演的手机，得知他正在我们台州排戏，连忙向他报告：你的 QQ 被盗，骗子正在向好友借钱，你赶快上线把 QQ 控制回来。也许他正在忙着，叫我向 QQ 群（浙江省群文戏剧群）里做个说明，以免大家上当。

这下，我有点迟疑了。我想到了朋友讲的一个类似于笑话的故事。一天，朋友接到一个“你猜，你猜，我是谁？”的电话，后来对方就说是一个好久不见的同学，有急用，请打多少钱到卡上。我的朋友明知有诈，也假装应承下来，与他周旋。后来，骗子总不见钱到卡上，就打来电话大骂：“你这个骗子。”

我知道，这骗子控制了导演的 QQ，不会只对我行骗，我在 QQ 群里发个“告示”，是举手之劳，但我想到了另外一个“后果”：这骗子还控制着导演的 QQ，也会接收到我在 QQ 群里发布揭露他的信息，这个躲在阴暗处的骗子会不会报复我呢？比如，我 QQ 头像是我自己真实的头像，这骗子会不会复制去，发在网上，再配上文字：这是个骗子。还有，我 QQ 个性签名上是我的博客地址，这骗子会不会老是到我博客上来破口大骂；或者更可恶的是“编排”我的啥“恶事”“丑事”予以“曝光”，那我总不能每天 24 小时盯着博客删帖吧。

就在这时，QQ 群里的群主打破了平静，指出骗子利用导演的 QQ 在骗钱，显然他也碰到“借钱”并识破了对方。我也赶紧上去，指出骗子的伎俩，并粘贴上去骗子刚才骗人的鬼话。这下，QQ 群里炸开了窝，有的说，怪不得他刚才问我有没有开通网上银行；有的说，真是可怕。

我也赶紧把 QQ 上自己的头像更换成腾讯提供的“系统头像”，并把 QQ 个性签名上的博客地址删除。

片刻，我惊讶起来——这怎么好像刚才是我做了什么亏心事似的，在逃避，在隐藏呀？善良正直，见义勇为，急人之难，坚持原则，还有，敢于与坏人坏事做斗争等，我们从小接受这样的教育，做到这些，是做人之本，也是值得褒扬的。小时候不解，为什么有些人做不到这些，而且还走向反面呢？比如，袖手旁观，弄虚作假，见利忘义，背信弃义，同流合污……

随着年龄的增长，阅历的增多，也逐渐明白过来，这世界不是简单的，好的就是好的，坏的就是坏的，不然谁不想做好人，谁还想做坏人呢？比如前者，善良正直，见义勇为，与坏人坏事做斗争……会遭人攻击，付出代价，冒风险；而后者，袖手旁观，背信弃义，弄虚作假……尽管会遭到唾弃和厌恶，但会得到好处，享受利益。

孰轻孰重，每个人有每个人的判断；遇到具体事情，当两者只能选其一时，每个人也会有不同的选择。当我们选择了前者，就要直面可能带来的“后果”，这样，前者才显示出真正的价值；而面对诱惑，我们坚持不做后者时，一个人的品质才真正凸显。

当导演要我为他在QQ群里揭露骗子时，我迟疑了一下，比群主出来说话迟了几秒钟，但我还是做了。现在想起来，尽管我当时急忙更换了头像，删除了博客地址，但这骗子还是掌握着我的QQ号码，如果他要报复我，还是有办法的。所以，在这个世界上我们还是无法逃避的，重要的还是选择做怎么样的人，愿意并准备承担一切！

发表于浙江省政协《联谊报》2010年10月15日。

视金钱为稿纸

视金钱为粪土？我没有这样的气魄和洒脱，更没有这样的资本。小民过日子，油盐酱醋、衣食住行，花销都要计算着；哪怕掉了100元钱，我都会觉得惋惜。而依我观察，大凡视自己的金钱为粪土者，视人家的金钱更如粪土——花人家的钱从来不手软，更没有想到要偿还。

视金钱为粪土的对立面是视金钱如性命，拜金，攫金。一些人对于金钱永远也不会满足，绞尽脑汁、劳心费神，甚至铤而走险，不惜身陷囹圄，甚至送了性命。这其实在《红楼梦》里早有所言："世人都晓神仙好，只有金银忘不了！终朝只恨聚无多，直到多时眼闭了。"读到过这《好了歌》的人不少，但真正理解这个语言直白、道理浅显的诗句并能惊醒的并不多。

那么，视金钱为啥合适呢？这里仅指个人消费方面，至于搞建设、做慈善当然是金钱越多越好。我想到了与职业相关的材料——稿纸。写作需要稿纸，稿纸对于写作者来说，那是载体，那是舞台；没有稿纸，思维或者说语句只能憋在头脑里，显示不出来，呈现不到读者眼前，那是多么的无奈和可悲，还有辛酸。多有流传，以前（应该现在还有）因为生活艰苦和条件限制，有写作者把文字写在烟壳上、账簿的空缝上，甚至是地面上。

但是，稿纸就一定越多越好吗？这也并非如此。

有了充足的稿纸，当然给写作者带来一定的安全感——在以后漫长的写作生涯中，不需要再为稿纸担忧。但如果稿纸成间成间地堆放，远远地超过了写作需要的量，这个稿纸也就失去了意义，发挥不了作用，时光会让这些稿纸发脆、霉变、虫蛀、鼠咬。

稿纸太多，当然还存在着另外一种可能，那就是把稿纸不当作稿纸。把本来可以写300字的一张稿纸乱画几下，就撕了；把一本稿纸涂抹几笔，就扔了。这叫挥霍无度，暴殄天物。

稿纸太多了，还有一种去向。在中国的传统文化里，讲究庇荫子孙。把自己的财产传承下去，希望滚雪球似的，越滚越多，越多越好。但同时，我们不要忘记了中国还有一句古话叫"富不过三代"。记得不久前，一位著名的慈善家说，我之所以没有把财产传给子孙，是因为，如果我的子孙是有作为的，他们也不需要我的钱；如果他们是败家子，我把再多的钱给他们，也会败得个精光。（大意）现在，怀有这样想法的人有多少，有这样举动的又有多少呢？

那么，我目前对于这"稿纸"的感觉如何呢？还是让我说说自己的两个故事吧。一次是一个晚上在某地体育馆观看一个高级别的球赛，中间渴得喉咙冒烟，从座位上出来，大门口内，一对老夫妻不知怎么的通过值勤警察，运进两箱矿泉水就放在地上做起生意来，一群观众围拢着，可以用"疯抢"来形容，价格却是平时的两倍：2元。当我重新回到座位上，仰着脖子"咕噜噜"地喝着水时，除了爽快，心头还涌上一句话：有钱真好。

另外一次是到省城医院检查，在开了单子付了款后，就到医院对面一个店里吃了一碗拉面，再进去检查后，发觉肚子又饿了，原来这清真拉面，5元一碗，对于我来说量确实少了点，于是，又来到拉面店，再来一碗，"滋溜滋溜"地下了肚。同时，我想到的是：两个小时，下了两回馆子，我真有钱。

发表于《联谊报》2013年7月13日。

发表于《淮北晨报》2013年8月19日。

网络上传输的山水

有网友在 QQ 上上传过一幅动画图片，很漂亮的图——窗外，树木挺拔，雨丝潇潇……

这幅画让我惊呆了，感动了，这不仅在于这幅画的漂亮，而更在于画面所表达的内容。

近来，我内心萌发着一个愈来愈强烈的念头和冲动，那就是能够在一个山坡安家，一间小木屋，野草漫地，有溪水流淌，院子前筑着篱笆，不是用来防贼防盗，只是让藤蔓攀缘，山风穿隙而过，摇曳着牵牛花什么的……

我时常沉浸在回忆之中：田野迷蒙，屋檐的水“滴滴答答”地流淌下来，祖母的纺纱机“吱吱吱”地摇动，我们赤着脚在奔跑嬉笑；仰望夜空，引发着多少的遐想；后院，那株给我最早绚丽色彩和芬芳记忆的树……为了这棵给我深刻记忆的树，我希望能在某个时间某个地点找到或遇到时，好好地请教一下农民，这是一棵什么树。但这个愿望至今还没有实现。

我有时也会自问，我是不是老了呢？怀旧也是需要资格的，其实我还没有怀旧的资格啊。

生活在繁华喧嚣的城市，难得听到鸟鸣鸡啼，甚至看不到屋檐的水流下。走在热闹的街道上，好像行走在深渊峡谷中。可以看见些许可怜的花草，那是在公园里，栽在浅浅的盆里的花朵，有的甚至高悬在栏杆上，与大地隔离，尽管浇着掺了什么液的水，也用不了几天就枯萎，扔掉。环城路旁，春天到了，那一排桃花倒开放得耀眼，但听说这桃树是日本进口的，而且是被阉割了的，只会开花不会结果，说是为了增长花期。我无话可说，只是觉得悲哀和恶心。

大街上人来人往，越来越拥挤，人口密度越来越高，但大家很陌生，很遥远，甚至楼道相逢也是视而不见，老死不相往来。

于是，网络成为大众交流的场所。但远离了自然和生活，依赖现代科技仍然有点距离和陌生，和利用现代科技可以实现某个愿望并不能等同。比如，这制造出来的动画，带来了我的回忆和向往。可是，就是这幅动画我也嫌它太华美了，从画中的窗口感觉这是富贵人家的，富丽堂皇。而且这只是一个遥远或者说是虚无的场景。

我希望是这样，坐在木屋竹楼前，煮上山溪中的清泉，抓一把粗糙的茶叶，沐浴着阳光，听着山风掠过，如果真的是这发图片的网友来了，那也来喝一杯，斗嘴逗乐那也是一种莫大的快乐和惬意。

发表于《台州晚报》2004 年 8 月 5 日。

有趣的故事

酒席上有人讲了一个故事：

在我们渔村石塘镇，有一个渔民（为了叙述方便，我还是给他起一个名字吧，那就叫王老根）。这王老根靠着几年的硬拼，发了，购置了几条大船，雇用了船工，还把山坡上那小屋翻建成高层楼房，当起了老板，当然，也用不着自己亲自下海了。一日下午，天气忽变，转了风向，当地有民谣曰："南风转北风，岩头望老公，海鸥一声叫，心肝翼翼动。"（"翼翼动"，当地方言，意为心慌意乱、担惊受怕）王老根夫妻俩心急火燎爬上屋顶，眺望大海，惶恐地叨念着："怎么办啊，怎么办啊……"王老根的大船还在出海捕捞呢，要是船覆人亡，那可是灭顶之灾。正在王老根夫妻俩惶惶不可终日时，耳边传来悠悠的二胡声。原来就在王老根高楼的边上，一间破烂小屋里住着一个剃头佬。剃头佬平时也为王老根的船工剃个光头什么的，生意清淡，再加上现在刮大风没有顾客，就"呜呜呜"地拉起二胡消闲。

王老根的老婆羡慕又带点不平地说着："唉，还是这个剃头佬好啊，活得多轻松快乐，哪像我们肚肠落上落的。"王老根呆了会儿，对老婆说："我也可以不给他安生日子过，只怕你不同意。"王老根老婆不解，王老根就如此这般地说了。王老根的老婆顿了顿，说："行，反正现在我们也不缺钱了。"

大风过后的一日，王老根踱到剃头佬跟前，好像不经意地问道："生意好吗？"剃头佬叹气着："哪像你当老板的啊，大船好几条，钞票木佬佬，我剃几个头，能挣得几个钱。"王老根问："想挣钱吗？"剃头佬答："那当然啊。"王老根说："那好，你入股我的船。"剃头佬惊讶地说："还会有这等好事，骗我的吧？"王老根正色道："给你两股，8万。"这下轮到剃头佬犯难了：我哪里有这么多钱？但天上掉下的馅饼，千年难逢啊。于是，这剃头佬撇下剃头摊，拎起双腿，跑完东家转西家，四亲六眷借个遍，总算凑齐了8万元钱，搭上了王老根的致富船。

又是一个南风转北风的日子，这剃头佬气急败坏地闯进王老根的家，张望大海，脸色铁青喊着："怎么办，怎么办，没事吧，没事吧……"

这下，王老根笑了，对老婆说："你看，这下有比我们更心焦的吧……"

听着这故事，我们哈哈大笑。我连忙说："这是小说，是你改换了地名，移植到我们这地方的吧？"但讲述者断然否定，并说出了这老板家所处的具体位置和真实姓名……言之凿凿，只是我没有记住。

但我更希望这是真实的，原汤原汁的。因为这故事太有意思了。

发表于《温岭日报》2004年10月23日。

在严寒里疾走

我们一行 16 名驴友开始登山了。

此时，是新年后第一个休息日的早晨，天气阴冷，寒风逼人，据气象预报，晚上有雨夹雪。

但这一切无法抵挡我们的出行计划，我们全副武装地集合出发了。

这一年来，我是那么不可名状地喜欢上驴行，几乎踏遍当地所有山岭，以及周边县市的名山大山。

而在昨夜，听着房外北风呼啸，一个问题忽然在逼问我，那就是我为什么有着如此的热情，花费相当多的时间，去当驴友？

这貌似简单的问题，让我愣住了，于是脑海里开始翻腾。

是进行所谓的文化之旅？是的，我曾经踏上几条处在偏僻一隅，几乎已经无人问津的古道，我曾经到过两个国家地质公园，我曾经攀登到抗倭的烽火台遗址面前，我曾经站立在公元前是县治，接着是都尉治所，现在只是一个小镇的油菜花盛开的田野上，眯上眼睛冥想……探访古迹，追寻历史，似乎是当今寻根文化的套路，但扪心自问，这浮光掠影式的探寻，对深厚和复杂的历史，我究竟认识和揭示了多少？

是为了见识和感受大自然的丰富和奥妙？对的，跋涉山野，置身于那些数不尽、分不清的树木、杂草和野花中，见证了它们一年四季二十四节气中生命的轮回和精彩。我看到了蚁爬、蝶舞，听到了虫鸣、鸟叫，流淌的溪水，跌宕处如白玉，晶莹剔透，喷溅的声响，犹如音乐奏鸣，平静处又如翡翠，自己的内心随之生动和丰富起来。但是有话道："一花一世界，一叶一菩提。"一个智者，只要坐在一棵树下，就会感受到森林；面对一滴水，就会领略到大海。自叹劳筋伤骨大老远跑去观赏美景，也只不过是一个鄙陋者罢了。

是为写作寻找素材？"读万卷书，行万里路。"我也确实写过好几篇驴行文章。但对于写作来说，哪里不是生活，何处没有素材？李白斗酒诗百篇，但你为了写诗就拼命喝酒，这未免太功利，太可笑了。

是为健身？驴行作为一种运动，当然能强身健体，但强身健体方式多了，干吗非要选择驴行呢……

我直到凌晨 3 点才入睡，但仍没有理出个头绪来。

现在我们穿行在山上，讲究速度是驴行的一个重要标志。太阳曾经露出头，放射出弱弱的光芒，但只是一会儿就不见了。脚下有些是树叶、草叶铺盖着的黄沙泥土小径，有些是石阶，那些石条石块上依附着一层浅浅的绿苔，我知道，只要春天里飘落下几阵小雨，这些青苔就会复活，鲜鲜的、嫩嫩的。两边杂木挺立，荆棘丛生，我们用戴着手套的手拨开障碍物，上坡时，我们拉着草木，把身体牵援上去；下坡时，减缓我们下坡的速度，但也会冷不防脚一滑，整个身子倒下。

疾走中，我继续思考着昨夜的问题：我们为什么要驴行？

驴行增进了人们的交往？是的，因为驴行，因为互联网，每次活动，原来素不相识、毫不相干的人走到一起。但我们彼此之间，也许只是打个照面，也许会彼此熟悉起来，但大多不知道彼此的真实姓名，更不了解各自的工作、居所地址，活动一结束，就挥挥手说再见了。

那么，驴行应该提到精神层面上来？在这个喧嚣的社会，多数人追逐着权力和金钱，有这么一批人执着于心灵的宁静、身体的质量，行走于山水之间。这不无道理，但我又要说，凡事都有其两面性，都得具体分析。各个历史时期，总会有这样的人，清心寡欲，超凡脱俗，这是社会的稳定元素。而另有一类“激进者”，有着一定的“野心”，要做社会的改革和主导者，他为 GDP 增长多少和翻几番做出很大贡献呢。因此，不能把驴行当作如何高尚和高贵的活动，这只是生活和做人的一种方式罢了。

到此，我还是没有找到驴行的真正目的。但我认为，我，还有那些驴友，如此地热爱驴行，甚至到了上瘾和狂热的地步，一定有着深刻的原因。

今天绘制的出行线路有点长，要经过五六个“点”，凛冽的北风中，我们就像电影、电视上的突击队在密林中穿行，只是军人手上拿的是枪支或扫雷仪，而我们是登山杖。山冈的水池里和废弃民房的水缸里都结着冰，墙脚下还积着前几天下的雪。当我把厚厚的冰砸下山坡，“哗”的一声如玻璃粉碎四处飞溅，驴友们一片欢呼，我感觉回到了童年时，我的头脑里犹如产生电光石火，一下子跳跃到人类的童年，回到我为什么热爱驴行这个问题上来。

人类的开始，一个重要标志就是能直立行走；如今区别人类与动物的重要标准是人会直立行走。几年前，面对人们整天枯坐、以车代步的社会现象，我大为感叹地写道——现在真正属于人的活动，还有多少？

因而，我越来越觉得生活的平淡和心头的纠结，越来越感到一股躁动在萌发，要奔突出来。当忽一日，有人把我带入驴友行列时，不经意暗合和满足了我的渴望和冲动，只是自己没有感觉到而已。我回想起了自己的一个细节或者叫念头，驴行途中，要经过那些悬崖深涧，陡坡巨石，一有失足，后果不堪设想。我是一个怕死的人，但面对驴途中这样的险境和可能会产生的后果，我很坦然，甚至想到如果以这样的方式离开那是一种美丽。

只是，每当我们从山上下来，回到集合点各自散去时，我又不想打出租车回家，不然，我认为我是一个伪驴友。我这身行装以及沾着的泥土和树叶，大步行走在这光斑陆离、车来车往的大街上，无疑像闯进来一头“驴”——我与这城市还是有着一定距离和隔阂的，因此，有时候我仍愿绕着环城路回家。

现在我明白了，步行，只是回归到人的一种本质特征；驴行，那是找一个合适的场地实施这一种行为。

发表于《台州日报》2011 年 2 月 6 日。

琴 声

住进了这偏僻的新村后，夏日的黄昏，我会出去散散步。一次，不经意间，忽闻一阵袅袅的琴声飘进耳中，让我不禁驻足。

这不是现代什么VCD或DVD制作，通过什么数码音响播放的乐曲，这是一种“原始”的音乐——有人在拉二胡！

这是一种变得多么遥远而显得亲切的声音呵。

我抬头望去，这是一幢处于新村最边缘的房子，在三楼阳台的一角，露出了半个人头和琴杆的顶端——其余被阳台的墙遮没了。

那轻扬的琴声如清纯的溪流，流进了我的心田；又像一双充满温情的手，抚摸着我的灵魂……我确实被感动了。

我不知道他姓甚名谁，我更不知道他的职业、身份。只是在后来一次，他欠起身，大概是为了移动一下凳子什么的，就在那一瞬间，我瞧见他是一个胖矮的男子，五十多岁了吧，穿着白背心，裸露着臂膀。

在这个越来越喧嚣浮躁的社会里，同时也是越来越工业化的时代，这个大男人是怀着怎样的心情，在黄昏，拿起二胡，面对着前面宽阔的溪流，苍翠的山坡，还有那片辽阔的蓝天，拉奏着久远的乐曲……

琴声里，他重温着他年轻时的时光以及梦想、爱情，回味着经历过的快乐和痛苦？或者，只是为了获得一份真正属于自己的宁静的心灵领地?

此时,在色彩缤纷的电视面前欣赏着风姿绰约的女郎拿着话筒在演唱的儿子,或者在神采飞扬地看着动画片的孙子,是否明白他的举动?我想,正在厨房忙碌的老伴一定会听懂些许的。

他拉琴,不需要有人喝彩,更没有功利色彩。

在这个社会里,还有谁能操起琴来演奏,来表达什么啊。悠闲松宽的生活似乎已经永远离我们而去,大家像发紧了的陀螺,整日奔波;同时,这又是一个越来越商业化的社会,似乎一切都有人为你准备,一切都有人为你服务。就是你为了表达爱情,也只需点歌一曲即可——有人为你写好了词,有人为你谱好了曲,也有人为你(靓女俊男啊)演唱。

还有一些人在操琴演奏啊,钢琴、琵琶、电子琴……但这些人真是好辛苦呵,不仅是弄得身体疲惫,还要承受心上的压力。是为了考个多少级,获得什么奖,升学能加个多少分,特别是那些望子成龙的家长,手里拿着锥子、剪刀、尺子什么的,威逼着自己的子女:"练不练?快练,快练……"可怜那些孩子,眼泪双垂,弹奏着一曲"悲惨之歌"。

但那阳台上的男人,你是为了什么呢?

黄昏,我走过这里,似乎已成习惯,总是情不自禁地停下步来。如果那男人在演奏,我就会痴迷地倾听着;如果听不到琴声,我总是有重重的失落感占据着心胸。

发表于《北方周末》2003年6月13日。

片　段

樱曾经是我写作班的女生，白皙的瓜子脸，披着长发，羞涩文静。每次接送她的是一个高大的小伙子，这是她的舅舅。听说樱的父母在外做着很忙的工作，樱就住在这小舅家。

一天，到放假时间了，学生交上作文本陆陆续续地往外走。这时进来一个年轻的妇女，窈窕光华，披肩长发，娴静地站立在后面，注视着还在写着作文的樱。短暂的交谈，我知道这是樱的母亲。现代妇女的保养和装束，真猜测不到这是一个有十来岁孩子的母亲。

樱还在一笔一画地写着，樱的母亲慢慢地过来，坐在樱身边的空位置上，樱转头甜蜜地与她对视一笑，又专心地写了起来。樱的母亲慢慢地伸出右手，在樱的如瀑布一样飘散在身后的长发，轻轻地抚摩着，梳理着，似把万般柔情和爱意输送着。我忽觉得她的美丽和气质都显得次要了，或者说，她显得纯洁和神圣。

那个大年初一的下午，我们单位在公园的葡萄架下举办灯谜会，尽管天气晴朗，但起劲的寒风把悬挂的谜条吹得“嗯嗯”直响。红男绿女在其间穿梭着，还有活泼的孩子在奔跑着，呼喊着，洋溢着节日里的气氛。我在忙碌着，不经意中，瞥见一对老年夫妇相对坐在石凳上，面前一只一次性的塑料碗中盛着什么黑色的羹，还冒着热气呢，是刚从小摊上买来的。他们各拿着一只一次性的塑料勺子，你一勺我一勺地品尝着，是那么的默契，四周热闹的场面好像与他们没有丝毫的关系。也许他们一直相敬如宾，也许他们走过风风雨雨，吵过恨过，到如今他们感受着年老以后的温馨、体贴，相濡以沫；也许他们生活拮据，对于一碗小小的羹，只有到这隆重的节日才能细细地享用。这两位老人的容貌渐显模糊，但他们相对一碗羹默默地咀嚼着的神态，在我眼前闪现。

繁华的大街上，一个丑女，驼背凸胸，还拐着脚，可她身边是一个长得细高的男青年。她挽着他的手，而她的身高几乎只有他的一半。男青年没有丝毫的忸怩、难堪和躲避，敞开的衣衫，在风的吹拂下飘荡着。他自然安详，甚至有点神采奕奕，昂首挺胸地走在洒满阳光的大街上，承接着丑女一瘸一拐而倾斜的身体，坦然接受四周投来的惊奇目光和窃窃私语。他是她的情郎或丈夫，还是她的兄长？这也许并不重要。他们是普通百姓，生活在社会的底层，但他们同样享受着人间爱的芬芳和灿烂。愿他们一路走好。我望着他们远去的背影，由衷地祝福着。

岁月如河，可是这些片断犹如沙滩上留下的金子，在我的脑海里闪耀着光芒；这些片断又好比是陈酿的酒，在散发着醇香，沁我心脾，让我沉醉……

2002年12月获浙江省群艺馆、浙江文学院主办的浙江省文学作品征文比赛三等奖。

老屋的怀想

小城耸立起越来越多的高层建筑，从民居到商业大厦。但是，人们从最初的惊奇、赞叹以后，也渐渐习以为常，并失去当初的兴趣和新奇。因为这流光溢彩的建筑除了坚固和高大外，缺乏老屋的温情、个性和绵长的故事。

每当徜徉在那石板铺成的小街小巷时，我总是痴迷地审视着两旁的小屋及断垣残壁。小屋的脊背上，灰褐色又有些破裂的瓦片，接纳着阳光的照射，闪耀着光芒。这些瓦片经受了多少年的风雨，庇护了几代人的安宁？小屋最高两层，楼上笨重的木窗，多是张开着的，让大自然的光和风穿堂入室。我们可以想象，多少年以前，主人端坐在窗前，或许手摸着一壶茶，嗑着瓜子，俯视着小巷（不，那时是大街）上来来往往的人流，是何等的惬意。

更多的是屋檐低得人进去都要弯腰低头的平房。透过张开的门户窥望，往往是一张同样的上了年纪的四方桌正对着门口，上面放着罐头、瓶子……潮湿的地面，墙壁上糊满发黄的纸和数十年前的画片，桌子上方挂着几个遗像的镜框。我往往冲腾出有点唐突的念头，多么想径直跨进门去瞧一瞧，去体味这盛满了梦想、欢乐、忧愁和痛苦的小屋的氛围。

小屋的门前，时常有脸颊干瘦得像干核桃壳的老妪倚坐在小竹椅上，眯缝着昏暗、浑浊的眼睛，若有所思——是在怀想逝去的岁月？

我们可否设想，这老妪在青春年少时，穿红着绿地坐在轿子里被抬进这小屋。这丰润秀丽又羞涩得红霞满颊的新娘就这样开始了在小屋的人生历程。她历经夫妻的恩爱和磕碰，生儿育女的欢乐和辛劳，娶媳嫁女的操劳和幸福，丧夫的悲痛和无望，又在风烛残年之时，经受着孤独的噬咬，等待最后的归宿——像上代人一样，走上挂在方桌上的镜框里。

在这些小街小巷里，偶尔见到一个台门，台门里当然有一个院子。今天，我们见惯了气势雄伟的大场面，再看这些台门显得破落、低矮，这些小院也显得狭小。但以前，这台门一定是很威武的，这院子也一定会给人很空旷的感觉。

我们钻进时间的隧道，逆流而上：台阶上，坐着一群婆婆、妯娌，在织着布，做着针线，院子里一群孩子在游戏、玩笑，尤其是下雨时，这些孩子在雨中跑呀，叫呀，恣情欢笑——笑声犹在空中回荡，可今天这些人安在？只有院子里几棵树依然叶长叶落，体会着寒暑交迭。

发表于《北方周末》1999 年 7 月 9 日。

我家的矿灯回来没有

2000年9月27日晚，新中国成立以来贵州省最大一起瓦斯爆炸案在位于六盘水地区的木冲沟煤矿上千米深处的矿井下骤然发生。244名井下矿工除83名获救外，有关方面认为，由于爆炸猛烈、缺氧严重，失踪者生还的希望几乎为零。

矿工下井时，会拿自己的金属号牌在矿灯房换取充好电的矿灯，上井时，又要拿自己的矿灯换回金属号牌。而且，每名矿工的号牌、矿灯都是专用的，一溜溜排在矿灯房固定的位置上。这样就清楚地表明着上井下井的人员、人数。

于是，在激烈的、混乱的抢救现场，不时有神情绝望的女人在矿灯房前询问："我家的矿灯回来没有？"

而矿灯房那一溜溜的金属号牌总是孤零零地悬挂着。

这是多么撕心裂肺的场面啊。

我家的矿灯回来没有？

大千世界，芸芸众生，一个生命，特别是处于底层生活的人，显得那么的渺小和平常，但是，对于"我家"来说，又是那么的重大。

住着简陋的居所，过着俭朴的生活，数着捉襟见肘的钱，盘算着柴米油盐。也曾有过欢笑，也曾有过悲伤，也有过吵闹，甚至也有过相骂厮打，心存疙瘩，窝着一肚子的火。

但当骤然失去时，他就是一片天，一根主心骨呀。谁能体验得了她们的悲伤和痛苦。是千刀万剐般的痛苦，是天倾地陷般的覆灭。

我家的矿灯回来没有？是泣血的呼喊。

我也曾经历过类似的事件。妻子被医生疑诊为脑部患有那个可怕的东西，如果确诊，那等待我们的就是可想而知的残酷。在长椅上，我们相依而坐，等待进去做 CT，妻子的头默默地紧靠在我的肩头，我们感受到了彼此激烈的心跳。此时，我感到她对我是多么重要，我们一起走过了十多年的风雨路程。在此，我宁愿舍弃一切，换得她的平安。同时责骂着自己的种种不是：懒惰、暴躁……不相信神的我，在祈求保佑我们躲过这一关，哪怕是缺胳膊少腿的甚至只是一息尚在，让我们共度此生，也是幸运的。

当然，检验出来后，排除了原来的猜测，但那时的感受却是铭心刻骨的。

我们都有一个家，这家对他人、对整个世界而言也许是微不足道的，但对我们自己来说，却似乎是全部。

我家的矿灯回来没有？

面对着孤零零的金属号牌，我们是那么的辛酸，多少个家，父亲失去了儿子，妻子失去了丈夫，儿女失去了父亲……是用什么也弥补不了的失去。

我家的矿灯回来没有？

那破旧的被那粗糙的手摸得光滑的矿灯，对“我家”来说是那么珍贵。

发表于浙江省政协《联谊报》2000 年 12 月 19 日。

桥洞下的拾荒者

我居住的地方在环城路之外。但这里也是居住密集的地方。只是前面那条足有几十米宽的大溪沟，除了下雨天，都裸露着石块，给人一种很空旷的感觉。

不知什么时候起，这桥洞下住上了人。那伙拾荒的男人，把家安顿在这里。蓬头垢面的，沉默不语，在进进出出整理着拾来的废物。桥洞下，几块石头架起一只铁锅，烟雾弥漫，飘散出来。他们的家什也是拾来的，比如，坐的凳子、睡的床；比如“墙壁”——桥洞两边用木板、竹篾竖起，桥洞太宽了，他们只是遮挡了一半，其实另一半还流着溪水呢。他们烧饭的柴火当然更是拾来的。我每天骑着自行车沿着溪边那条水泥路上下班，从他们的头上踏过。

一夜下了暴雨，第二天起来，晴朗了，溪沟里可以用山洪暴发来形容，犹如白练舒展飘荡，轰隆隆的声音灌耳。溪里蹲遍了洗衣洗被褥的妇女，笑声、棒槌声此起彼伏，她们也迎来了这难得的时机，清洗一番。

就在那桥洞旁，还没有被流水淹没的石堆上，那个五六十岁的拾荒男人，竟然仰躺在一张塑料折叠椅上，歪斜着头在呼呼大睡。胡子拉碴，满脸乌黑，破旧衣服，但他睡得是那么安详，是那种没有丝毫担忧和防御的神态，犹如一个婴儿，身边的声响，来来往往的行人，丝毫没有影响他。

是昨夜风雨扰得不得安眠，还是因抢救自己的“财产”累极了，抑或是难得一个清凉的气候，没有蚊子来叮咬，终于可以好好地睡了？我盯着他，骑车离开。

后来，他们竟然上了电视，而且是专题片。

要申报卫生文明城市了，检查团要来了，全民行动，声势浩大，电视曝光那些薄弱环节，抓紧整改。那桥洞下垒成的家，拾荒者的窝，就是需要扫除的重点难点了。镜头晃过杂乱的“房间”，飘荡着的烟雾，晾挂在绳子上的衣服，那弯腰在整理着废物的拾荒者……镜头上还有附近市民发言，指出这些桥洞下的拾荒者“在造成污染”“是给城市抹黑”“必须清除”，云云。

果然，过了不久，桥洞下的拾荒者不见了，当然，桥洞下也没有杂物，畅通了。只是我没有看见他们是如何走的，是在怎样的情景下走的。

这是我多年前见闻的一段事，现在我也搬了家，离开了那个小区。但那桥洞下拾荒者的家，那在轰鸣的溪边睡得很安详的拾荒者，时常闪现在我的眼前。

发表于《台州晚报》2006年1月11日。

一个姚滨和一座城市的感动

2010年7月26日，温岭遭受特大暴雨，是1960年以来有记录的7月份降雨量最大的一次。城区一度交通瘫痪、电力中断，大部分街道成为河流，奔腾着浑浊的大水……

随着灾害的降临，一个叫姚滨（音）的名字也在这座城市被迅速传诵。在温岭一个叫三星大转盘的地方，这是城市中心区块，是交通要道，又是低洼之地，暴涨的洪水，把这里淹没成一个"湖"，"岸边"站满了打着伞，穿着雨衣，内心焦急，脸露惶恐神色的男女老少，也有下水的，他们在湍急的流水和脚下看不见的障碍物中，战战兢兢行走。

就在这个时候，一个大小伙子涉水过来，仰着头对"岸边"人们说，我带你们过去吧！人们神色疑惑，他接着说，不要钱的。还是没有回应，面对尴尬，小伙子并没有放弃，继续努力，终于取得信任。

从中午直到晚上10点钟他一直在帮助人们，第二天他又出现在这个地方……开始人们以为是警察或者消防队员，但不见穿制服，又以为是有组织的志愿者，也不见任何标识，比如，帽子或者袖装。被帮助者、路过的和住在旁边的市民，在他忙碌的间隙询问他的身份，只知道他是外地人，在温岭做销售推广，最后有人不断想办法，终于套出他叫姚滨（音），也不知道是怎么个写法。

这个消息的传递首先来自民间，网站论坛上有网友相继发上了一大串照片，也有市民向报社报料。这些照片不是出自专业摄影器材和专业人士之手，谈不上有多少艺术性，但直观地呈现出一个敦厚、朴实的小伙子的一个个画面，看着看着，就会让人感动：涌动的浑浊大水，淹没到大腿根，甚至是腰部，他一边肩扛自行车，一边抓着一个中年妇女；一手打着伞，一手抱着孩子；左手拉着一个，右手拉着一个；还牵引着两位外国人……就这样，他不断地来回行走在洪水中，好似汪洋中的一条劈波斩浪的航船。

在这个喧嚣的社会里，都说人心不古，世风日下，但姚滨事件，大众表达了一致的价值判断和取向，那就是对姚滨举动的感动和敬佩。要知道在互联网上对某一个人，某一件事，发表一致的看法，那是凤毛麟角。其中发有姚滨图片的一个帖子不过两天，点击数就超过一万，网友纷纷跟帖。有的称姚滨是最帅的小伙子，有的说他姓雷名锋，有的直是感叹，这么长时间泡在水里真的不容易啊，也有的是接受过帮助的人，在现身说法。有的甚至提议，下一届“感动温岭”评选要提名他，也有人要求在即将举行的“感动温岭”颁奖典礼上，邀请他来参加。甚至有人猜测他是来温岭干吗的，“来会女友吧，温岭女孩看了照片，绝对是非他不嫁。谈业务嘛，我坚信，业务单位假如获悉他的感人举动，肯定会爽快下个意外的大订单”。

同时，有人发出了感慨：姚滨在风雨下，或在日头暴晒下涉水帮人时，我们在干吗？对啊，我们在干吗？

也许更多的是像我这样的人，面对暴雨，想到的是如何从单位安全回到家，在家里如何防止漏水，保证电力畅通。而其实像我这样的更多人，本来是可以像姚滨一样勇敢地站出来，在暴风雨中，承担公共事务，做有益于人的事，但也许缺少那种契机或者是由于羞怯，我们只是囿于自己的圈子，只是成为暴风雨下的一个旁观者。

记者终于找上他,转达网友的愿望,希望能得到他的真实姓名,他却拒绝了,“就叫姚滨好了”。

我也觉得还是叫姚滨为好,既满足这个“姚滨”做好事不求回报的愿望,也代表这次暴雨中的许许多多的“姚滨”,同时也给我们千千万万希望做“姚滨”的人提供机会。

发表于浙江省政协《联谊报》2010 年 8 月 21 日。

项羽败于叔父项伯

项羽与刘邦是秦末两大起义军首领，是推翻秦朝统治的盟友。英国首相丘吉尔在“二战”时说过：“只有永远的利益，没有永远的朋友。”在秦王朝大厦倒坍时，一个现实和残酷的问题摆在面前：谁是这个世界新的统治者？

一山不容二虎，这个道理大家都懂的。昔日的盟友就自然成为敌手了。以当时的军事实力和威望，从常理推定，新的统治者非项羽莫属。但经历一番较量，却是刘邦建立起汉王朝，项羽战死他乡。

究其原因，可以用一句话来概括，那就是项羽打仗行，搞政治那是相当的低能。如果扩展一些讲，项羽膂力过人，骁勇善战，带兵打仗更是出奇制胜，但感情用事，好面子，直来直去，容易被表面现象所迷惑，看不到事物的本质；而对手刘邦出身低微，原是无赖，能屈能伸，善于随机应变，更会玩弄花招，为达到目的可以不择手段。

但项羽失败的直接原因，却可以归结为一条，那就是叔父项伯害了他。

当项羽知道刘邦攻破洛阳进入关中准备称王时，就愤然下达命令：明天发兵，把刘邦撕个稀巴烂。这完全是手到擒来的事，项羽拥兵 40 万，而刘邦只有 10 万。但就在当夜，项羽的叔父项伯偷偷地溜出军营，奔到刘邦阵地找到刘邦的谋士张良，将项羽明天进攻的军事机密相告。因为，张良曾经有恩于项伯，项伯怕张良吃亏而把消息传递。张良自然把这个特急情报报告给了主子刘邦。面对即将到来的灭顶之灾，刘邦大惊失色，亲自接见了项伯，认了亲家：许诺把自己的女儿嫁给项伯的儿子。于是，刘邦叫项伯带话给项羽：我刘邦守着关中，那是等待项羽来，并非我来称王，明天我亲自来道歉。

于是，第二天上演了千古传奇：鸿门宴。

把己方的军事行动传递给敌方，无论是当今，还是古代，都得按军法处置。但项羽竟然默认了项伯这个“和好”的传话筒。项羽气消了，虚荣心得到满足了，设宴招待刘邦一行，真是“相逢一笑泯恩仇”。

而项羽的部下范增等却比项羽眼光尖锐：“今日放虎归山，必定后患无穷。”于是，派上项庄，上演了一出戏：项庄舞剑，意在沛公。这个时候，项伯也拔出剑与项庄对舞，一再拨开项庄指向刘邦的剑锋。项伯要保护自己的亲家，以免他死于剑下。

刘邦也终于从鸿门脱险而去，之后，摆出对项羽称臣的姿势，被项羽分封在巴、蜀一带。项羽原意把刘邦的势力限制于偏僻的穷山恶水中，但他犯了一个严重的错误，就是把汉中这个地方也分封给了刘邦。汉中是什么？是巴、蜀通向关中，以及整个中原大地的喉咙和桥梁。也就是说，如果项羽占据着，就钳制住刘邦；如果刘邦占有着，那是一个攻可进、退可守的地方。其实，项羽原来也是不想把汉中分封给刘邦的，又是这个项伯为自己的亲家，向项羽说情，项羽做了让步，也为自己的灭亡挖下了陷阱。

仅仅是一年，被项羽忽略了的刘邦，在这个偏僻之地积蓄了力量，杀将出来，最终，项羽泪别美人，血洒乌江，终结了一生。而刘邦的汉王朝也开始了四百多年的纪元。

项羽失败当然有多方原因和背景，但如果没有项伯当夜向刘邦传递项羽进攻的消息，第二天，项羽大军的铁骑就踏平了刘邦阵营，给予刘邦一个毁灭性的扫荡；如果项庄舞剑，项伯不挺身挡住，刘邦也早命丧剑下；如果项伯不出来说情，刘邦拿不到汉中这个地方，就会永远被困在巴、蜀，没有翻身之日。但这些“如果”恰恰都发生了。这不都是巧合或者什么的，有话道，性格决定命运，在面对项伯的事情上，项羽的政治缺陷已经暴露无遗。这么说吧，即使项羽建立起了王朝，他也不会长久；项羽是那种把他卖了也会帮着别人数钱的角色。

而我倒惦记着项伯，因刘邦一句把女儿嫁给他儿子的话，就被笼络住，就会置自己侄儿的大业不顾，而处处关照着自己亲家的这个人，刘邦之后是否真的把自己的女儿嫁给了项伯的儿子——在现在我的阅读范围内，还不知道，哪位能告诉我？

发表于《海风》杂志 2011 年夏季。

赵匡胤黄袍加身的进步意义

应该是在读初中时，那本薄薄的历史书里，就有“黄袍加身”一节。这个故事给人的印象，一是阴谋，二是虚伪——赵匡胤明明自己想做皇帝，却让手下强加上黄袍，是一出自编自导的“闹剧”。

但细细地品味，这黄袍加身那是中国历史上的一个闪亮故事，有着非常大的进步意义。

还是回过头来，把历史脉络捋一捋吧。

唐朝之后，中国进入五代十国时期，分裂割据，社会动荡，朝代交替的时间短则数年，长则十几年。

在后周，这五代的最后一个小朝代里，赵匡胤是开国皇帝周世宗的得力大将，南征北战，战功赫赫，成为朝廷举足轻重的人物。也就是说，他是奋斗出来的，靠的是实力。

与之形成对照的是后周二世周恭帝只有七岁。可以想象一个娃娃何以治理国家，何以发展生产，加强军事，统一全国？国人特别是将领肯定不能信服，跟着这样的皇帝，个人还有什么盼头，国家还有什么前程？

“黄袍加身”是在一个叫陈桥的地方发生的，所以也叫“陈桥兵变”。

就事论事来说，这样的“黄袍加身”或者叫“兵变”是值得赞许的。在漫长的封建社会里，皇帝替换要不就是世袭，要不就是来一场武力争夺。世袭讲究的是血统,不讲究功绩、能力甚至是年龄,这当然不能最大化地有利于国家的治理和社会的发展。而武力解决皇帝和朝代的交替,那腥风血雨的杀戮,是无数人头的落地,是国家经济的没落。拥立赵匡胤当上皇帝的将领有希望自己从中得到好处的成分在内,赵匡胤当皇帝也有自己的意愿在内,但他们以非常和平的方式完成了这项重大的变动——有什么比变更皇帝更重大的事情呢?特别是赵匡胤在接受将领的要求当皇帝时,也对手下提出了先决条件:要保护好周朝太后和幼主,不许侵犯朝廷大臣,不准抢劫国家仓库,否则就要严办。

而皇帝"优胜劣汰",也有利于社会的发展。从实际效果来说,赵匡胤"黄袍加身",建立了宋朝,实现了中国的统一和强盛。

发表于《海风》杂志 2011 年夏季。

岳飞、秦桧只是宋高宗的两张牌

“青山有幸埋忠骨，白铁无辜铸佞臣。”这副对联，镌刻于杭州西湖边的岳坟石门上，更镌刻于世世代代百姓心中。

稍有历史知识的人都知道，这副对子写的是两个人，即岳飞和秦桧。

无论是史书还是文艺作品，还是坊间流传，基本事实，那就是岳飞是抗金名将，却被卖国求荣的奸臣秦桧陷害致死。

但在有意还是无意间，两者回避了这两个对立人物的共同主子——宋高宗赵构。即使出现，那也是宋高宗赵皇帝受到蒙蔽，还有是性格上的优柔寡断，胆小怕事，息事宁人，能力不济，是一个让人哀其不幸、怒其不争的人物。

但事实上并非如此。在南宋和金的战争中，是夺回国土，还是偏安江南这个大问题上，真正的主角不是岳飞和秦桧，而是赵皇帝，岳飞和秦桧只是宋高宗手中的两张牌而已。

宋高宗赵构所期待的理想就是既要保住江南，又不能收复中原，更不要直捣敌方黄龙。保住江南，这没有什么错，可一个皇帝却不愿意收复被侵占的国土，更不希望打败敌人，这从常理来讲，就有点奇了怪了。

但只要稍微向前探究一下赵构是如何当上皇帝的，那就不难知晓原因了。当初金兵南下，宋徽宗急忙传位给太子宋钦宗，但不久，金兵掳走宋徽宗、宋钦宗以及宫中后妃、皇子等数千人，宋钦宗之弟赵构因在外，幸免被掳，在南京应天府被人拥为皇帝，而成为宋高宗，也开始了南宋纪年。只有两年，宋高宗就被金兵从南京逼到扬州，再逼到临安（今杭州）。赵构尽管做了皇帝，成为宋高宗，但从当时的"政治体制"来讲，毕竟还只是一个"代理皇帝"，一旦他的皇帝兄、皇帝爸回来，他只有乖乖下台的份。称帝掌权真如一剂毒药，一旦沾上就会上瘾，就会放不下了。因此，宋高宗的"一切工作轴心"就是保住皇位，苟安享乐，纸醉金迷，而至于国土啊，百姓啊，是无关紧要的。

于是，当金兵逼人太甚，危及他的根本地位时，赵皇帝就会启用"抗战派"来抵抗反击。但一旦"抗战派"节节胜利，要直捣贼巢，有可能迎回被掳的两个皇帝时，赵皇帝就会撤掉"抗战派"，启用"议和派"，派"议和派"去谈判，仍愿向金割地称臣，贡献白银和绢帛。但当"议和派"太无能，搞得场面不可收拾，金兵轰隆隆地开过来时，赵皇帝又得向"抗战派"求救了。

岳飞是一个正统人物，从小就以"精尽报国"作为人生理想和价值观，一腔热血，终生操劳，胸怀祖国，心系百姓。作为君子当然也以君子度人，光明磊落，坦坦荡荡，夙夜思考的是国家大事，战略战术，但也许直至风波亭人头落地他也没有想到自己壮志未酬身先死的真正原因。而秦桧官至宰相，当然能够揣度到赵皇帝的心思，赵皇帝想到的但不能说出的，秦桧给说出了；赵皇帝想做而不敢做的，秦桧给做到了。

皇帝会轻易受到蒙蔽吗？也许在细节上，在某件具体事情上，会不明真相，但在主权、国土和皇位这样的大政方针上，他会不考虑清楚？即使在谈判时，金国暗示可以将掳获的两个皇帝送回时，赵皇帝也是装聋作哑，充耳不闻。

岳飞，以及以岳飞为代表的势力；秦桧，以及以秦桧为代表的势力，只是赵皇帝手中的两张牌，甩出，或者收回，那是他作为一个政治家，或者说是当权者的策略。他要玩弄这两股势力达到一个平衡，那他就能保住这个皇帝的位置。结果，赵皇帝成功了，他在位36年，有一首诗应该是他生活的真实写照："山外青山楼外楼，西湖歌舞几时休？暖风熏得游人醉，直把杭州作汴州。"

值得一提的是，赵皇帝之"后辈"慈禧太后在这样的问题上也是搞制衡的高手。在鸦片战争中，一边是风起云涌的农民起义军，一边是外国侵略者，慈禧太后清醒得很，起义军是要推翻一个王朝，而侵略者只是要"某些"利益，起码不会把她"连根拔除"。权衡之下，慈禧太后向外国侵略者奴颜媚骨，卑躬屈膝，订立议和协议，割地、赔款等等，而借助外国侵略者来制约起义军。

发表于《海风》杂志2011年夏季。

四、虚构

只是，黑皮表现了出奇的平静和稳定，那一套油炸饼的手艺精通熟练，认真得像在制作一件艺术品，专心得像在完成一项神圣的事业。对面摸奖处仍然热闹，吆喝声此起彼伏，黑皮似乎一点也没感觉。许是应了佛家那句话：开悟之前，砍柴挑水；开悟之后，砍柴挑水。

墙头那只钟

（小说）

毛头一上班，情不自禁地抬头看钟。阿门，今天上帝保佑。

毛头平时一见那钟，那只挂在办公室正对面墙上的石英钟，心就发怵，头就发眩。科头，即这科室的头头，干瘦的王老头的简称也，自己不戴手表，却对这只钟别有一番情谊，时不时瞄着那分分秒秒走动的钟，好像要找出某种感觉，某种满意，某种公正来，可谓情有独“钟”。特别是毛头步履姗姗来上班，或火急火燎地盼下班，科头就睁着那双小眼睛，透过眼镜上方的空隙，盯盯那只钟，再盯盯毛头的额头，使毛头浑身不自在，有最好的兴致也没了兴致。毛头几次摘下这只钟，高高举起欲把它砸得粉身碎骨解解恨，但到半空又停下了。毛头到底没这胆量。毛头有时恨恨地想，科头，科头，你有什么了不起，不就是一个小小的科头吗？我要是个局头、部头甚至是市头看你把我怎么样，准确地说，看我把你怎么样。想到这里，毛头来了劲，但看看目前自己的处境，顿时泄了气。有时，毛头甚至诅咒着：“科头，科头你怎么不生病，最好是慢性病、重病、疑难病，长住医院不回来，那我等上班就轻松得多了。”可科头看上去瘦骨嶙峋，却从不生病，也根本没有生病的意思。办退休科头还早了一点点，这一点点也以年计算，但对毛头来说，一日也难熬。毛头又想，科头怎么不出点事故，目前最多的交通事故，可科头从不骑自行车，也没资格坐轿车，在路上谨慎得像小朋友一样靠边走，看来出交通事故的概率也极小。毛头又有点感叹起来，科头不用交通工具，却从来不迟到早退，还同毛头截然相反：来之早早，去之姗姗。毛头又想，这科头在家一定是个油瓶倒了也懒得扶的大懒汉，没有一点兴趣爱好的大木头，没有亲情友谊的孤家寡人，只想在工作上拼死拼活往上爬，可到底也只捞了个科头。毛头笑了，有点幸灾乐祸地笑。想想自己生活真丰富，跳舞、游泳、逛街、看电影、谈天说地……什么都喜欢，独独厌恶这坐班，味如嚼蜡的勾当。

今天，毛头一进门，石英钟上的分针、秒针刚重叠在 12 上——8 点整。于是，毛头有说不出的得意，尽管科头愣着眼睛盯盯钟，又盯盯毛头的额头，毛头一副坦然自若的样子。这叫正点，科头，今天你无话可说吧。毛头支起二郎腿，点着一支烟，慢悠悠地吞云吐雾起来。一块石头落了地，可是，毛头另一块石头又悬了起来。昨晚，毛头和心中的维纳斯兰相会，兰告诉他，她明天乘 11 点钟的班车外出学习去，毛头讷讷地说："那，那我还在上班呢……"兰倒大度："不用送了，上你的班吧。"就应着这句话，现在毛头想无论如何也得去送一送，意外比如约更给兰一份惊喜，何况两人正处于微妙关系之中。可事实却是残酷的，11 点下班，是无论如何也赶不上 11 点的班车的。毛头在发着呆，科头支着眼镜拿着笔在一叠纸堆里画画写写，好像有干不完的事似的，几次抬起头愣着眼睛盯着毛头。毛头暗里骂着："科头，你神气什么，你管得了我早退迟到，可哪条规定上班不准吸烟，不准发呆？"墙上的石英钟正无情地一分一秒地向前迈进，听得见那"嚓、嚓……"的走动声，毛头心里似汤沸火煎。几次想向科头请个假，可话到嘴边毛头又咽了回去。明说，科头是不会准假的，他哪里能理解年轻人的心。说个谎骗骗他，也不是好惹的，你必须想得非常周密非常细致，经得起他穷追不舍的推敲，像地下党对付特务一样。以前几次露了馅，算是倒了八辈子霉。搜索枯肠，毛头也想不出一个美妙的方案来。“钟啊钟，你这个不近人情的东西……”毛头开始咒骂起来。突然，心头一亮，一道弧光划过，激动得快要跳起来。毛头哼起歌强按着兴奋，好不容易待到科头出去，也许是方便去了，毛头极好地利用这时机，摘下钟，迅速地把钟向前拨快了半个小时。科头进来毫无觉察，又埋头画写起来。

当石英钟指向 11 点时，毛头飞也似的跑出办公室骑上自行车朝车站疾奔。

下午，毛头回味着上午送别兰的喜悦，踱进办公室，这次，科头堵在门口喝道：“几时了？才来。”毛头抬腕一看表，不紧不慢地说：“咋呼什么，离 1 点钟还差 1 分 35 秒，早到多贡献呢。”“你昏了头啦，”科头指着墙头上的钟吼道，“你睁开眼睛看看。”毛头一瞧，心几乎停止了跳动，那硕大的石英钟正指向 1 点 30 分，不可抗拒。

“那，那钟是不准的，不准的。”好一会儿，毛头狂叫起来。

“不准？嘿，”科头冷笑了几声，说，“它跟随我十年了，还从没有不准过呢。”

“它，它确实是不准的，我，我……”毛头几乎是歇斯底里地叫道，却说不下去了。

“马马虎虎过日子，还这个态度，你写份检查来。”科头扔下一句话带着怒气走了。

“我，我……”毛头瘫坐在椅子上，十分痛苦的样子。

发表于《现在》杂志 1995 年第 5 期。

黑 皮

（小说）

黑皮占据街市一角，炮制出售油炸饼，日出而作，日落而息。一张小方桌，一脸盆的面粉，一只火炉支着的铁锅，这就是他全部的行当。只有饥肠辘辘的路人才会光顾这个不起眼的角落。这么多年，黑皮也渐渐地习惯了。忽一日，黑皮对面大厦前，一溜子地排列起长桌，大红横幅迎风招展，说是什么摸奖，两元一券，对中有奖，对不中算做贡献。人们像喝足了兴奋剂似的，拿着一把钱拼命往里钻。黑皮没有去摸奖，黑皮觉得自己辛辛苦苦挣的钱不容易，还得养家糊口。黑皮还是卖他的油炸饼。那些西装革履的男士，花枝招展的女郎瞅着他丢下一个鄙夷又怜悯的眼光，但摸奖几个回合下来，饿了肚子，也纷纷买起了油炸饼，黑皮因此也生意兴隆不少。摸奖处间或传来摸到奖品的消息，黑皮就亲眼看见一个年轻妇女摸到一辆自行车，泪珠直滚的情景。以致一听到欢呼声，黑皮就情不自禁地停下手翘首张望。但更多的是败下阵来的，叹息声、抱怨声、咒骂声不绝于耳，那些打扮得恰如外国人的女郎更不逊色，一把对奖券就地一抛，再踩上几脚："又泡汤了，又泡汤了。"由此，黑皮有说不出的欣慰和得意：谁叫你们当傻瓜呢？得奖的毕竟是少数。傍晚，黑皮数完油腻腻的钞票，挑着担子优哉游哉地回家了。喝它几杯，再睡一个安稳觉。

第二天，黑皮摊前来了个小后生，买几张饼，却摔出一张百元大钞，黑皮没有钱找，却不想跑掉这笔生意，小眼睛眨了几下，蓦地，一个念头犹如一道强烈的闪电，照亮墨黑的夜空。事后，黑皮总是想不透当时脑子为什么这么好使，又是多么的绝妙：这既可解决了找不出钱的难题，又可豁出去撞一下运气。于是，黑皮抓起百元大钞撒开双脚往对面跑，泥鳅一样钻进人群，摸了一张对奖券，找回98元。在把钱找还给小后生后，黑皮撇下冒着油烟的锅，站到对奖牌前，撕开奖券，一字一字往下对，猛地，黑皮的心脏几乎停止了跳动，之后，激动高呼："彩电，彩电，我中了大彩电啦！"

一台进口大彩电摆到黑皮昏暗低矮的屋舍里，黑皮还是热血沸腾。原来该来的来得那么容易，5000多元啊，该让我卖多少天油炸饼。以前为什么这么傻，如果早些去摸奖，我还卖他什么窝囊的油炸饼。看来好运找上我黑皮了。对，紧紧抓住好运，不能让它溜走。黑皮想罢，"噔噔噔"地又跑进摸奖处。黑皮花了当日的营业额，又花去了近期的收入，又从储蓄所取出多年的积蓄，但是，好运好像和黑皮捉起了迷藏似的，不再露面了。一次又一次的失望，黑皮很沮丧，但他没有气馁，反而充满了信心：得奖的也许就是下一张，下一张。黑皮仿佛看到，席梦思搬进了家，冰箱搬进了家，摩托车驶进了家，小轿车开进了家……都是我的，都是我的，哈哈。当钱囊如洗时，黑皮又打起了得奖彩电的主意。他不顾妻儿的哭泣拦阻，硬是把彩电搬出去低价卖了。舍不得孩子套不住狼嘛。但最后，随着钞票换成一张张对奖券，而对奖券像一片片枯叶飘落在地，黑皮颓然倒下。

黑皮躺在床上不吃不喝、不言不语，凹陷的眼睛盯着蚊帐发直。

三天后，黑皮撑着虚弱的身子，拾掇起丢弃一旁的行当，摇晃着重新出现在街头。只是，黑皮表现得出奇的平静和稳定，那一套油炸饼的手艺精通熟练，认真得像在制作一件艺术品，专心得像完成一项神圣的事业。对面摸奖处仍然热闹，吆喝声此起彼伏，黑皮似乎一点也没感觉。许是应了佛家那句话：开悟之前，砍柴挑水；开悟之后，砍柴挑水。

发表于《现在》杂志 1994 年第 4 期。

发表于《台州日报》1995 年 5 月 8 日。

陪　衬

（小说）

单位差劲，毛头成了在职的失业者。毛头遂有了机会，整日在家捧着书读，沉溺于另一个世界里。但囊中羞涩，毕竟没有好日子过。有时父母不免说些“总不能老是这个样”“书本能当饭吃呀”“你看人家……”之类的话，毛头更觉得烦躁和窝囊。

那夜，毛头辗转反侧，睡不好觉，身下铺的是厚厚的棉毯，更显得燠热难熬。毛头嘟哝了声：“也该买张草席换上了。”就在此时，毛头忽然来了灵感：现在天气转暖，我毛头贩些草席来卖，必有“赚头”。何况这生意成本低，周转快，最多付些地摊费，不像那些大店铺担大风险。

说干就干，那日一早，毛头把两大捆草席摆在一个空地上，真正练起摊来了。尽管这里较偏僻，但也是人来人往。但顾客都是来问个价，迟疑一会儿，就匆匆离去。接连几天，都是如此，毛头很是沮丧。冷清中，毛头又拿起一本杂志读起来。忽然，毛头眼前一亮。杂志载，美国某小镇有两个相邻卖草席的小店，摆着同样的草席，一个小店价格高，一个小店价格低，人们于是都向价格低的购买，带着某种满足离去，而价格高的小店总是不肯降低价格，人们都讥笑他不会做生意。后来，两个小贩都搬走了，人们才意外地发现一个秘密：两个小店之间有个通道。于是，人们也明白了，原来这两个小店是合伙的，只不过是耍了个手法，促销了草席。

毛头心里豁然开朗，原来做生意也是需要陪衬的。毛头急急地收了摊回来，逮住了小表弟，如此这般地说了。不想，小表弟很有经济头脑，眨眨小眼睛："可以是可以，不过，我也得吃点劳务费。"毛头连忙说："你也只不过是个摆式，没人同你做生意的，那我每天付给你辛苦费 10 元。"

第二天，毛头重新开张，只不过把斜对面小表弟的草席每张价格提高了 10 元。毛头暗自得意：读书还是有好处的，要不，我如何得此妙计。

不久，顾客开始在两个草席摊上来回走动，问价，看货。毛头偷偷瞧着在那里爱理不理，有一句没一句答着顾客问话的小表弟，心想，这下可有好戏了。

可是接着发生的事太让毛头吃惊。顾客全部涌向小表弟的摊位，还连声说："这个好，光亮，柔软……"把小表弟忙得团团转，倒把价格低、服务热情的毛头摊位晾在一边。毛头干坐着，眼睁睁看着小表弟投来求助的目光，但动身不得。

晚上，收了摊，一结算，小表弟卖出草席 50 张，而毛头为零。毛头唱着："不是我不明白，而是这世界变化大……"的歌，揣着钞票高高兴兴地走在回家的路上。毛头心里想，看来光靠书本上说的还是不够的。同时又盘算着，明天，把小表弟的草席再提价 10 元，还有重要一条，是该考虑提高小表弟的劳务费了，不然，起了"内讧"，这个伟大的事业就无法进行下去了。

毛头的嘴角泛起了美美的笑意。

发表于《台州日报》1996 年 9 月 2 日。

结　尾

（小说）

中午，毛头老师来到教室，叫正在捧读着厚厚的课外书的小美同学去一趟办公室。

像所有被“召见”的学生一样，小美跟在瘦长的毛头老师身边，忐忑不安，甚至充满惶恐。

来到办公室，毛头老师瞧着小美的神色，似乎明白了什么，尽量放低语调说：“小美同学，你写的关于为灾区捐款的作文，很不错。”

小美这才舒了口气，毛头老师把一本作文簿打开，说：“你再读一下。”

小美的作文是《一元钱》，大意如下：老师号召同学们为灾区捐款，可我犯了难，爸爸久病在床，妈妈下岗，哪有钱再给我呢？最后，我想了个办法，下午来上学时，不乘公交车，跑步到校，省下一元钱。捐款开始了，我拿着沾满汗水的一元硬币投进了捐款箱。

“停——”当小美读到这里时，毛头老师举起了手。但我们有必要先把小美的作文读完。

“随着‘啪’的一声，一元钱落入箱中，全班同学‘哗’地狂笑起来，又传来叽叽喳喳的议论声，‘嘻嘻，只捐一元钱’‘笑死了……’我坐在桌边难受着了，偷偷看着老师，老师也是紧皱眉头。我心里在流血，因我家穷，只捐一元钱，难道不也是对灾区人民的一片心意吗？特别让我不懂的是，老师上午说只要献出一份爱，不在于钱的数目，可现在竟这样对待我……”作文至此结束。

这时，毛头老师说话了：“小美同学，你前面写得很具体，很感人，但结尾要改一下。”

小美疑惑地望着毛头老师。

毛头老师于是说：“结尾应该是这样的：随着‘啪’的一声，一元钱落入箱中，全班同学都惊讶地张大眼睛，随之，教室里响起雷鸣般的掌声，老师大步跨上来，握住我的手激动地说：‘谢谢，谢谢，我代表灾区人民谢谢你。’我两行滚烫的泪水流泻下来……”

可小美摇着头说：“不，不是这样的……”

毛头老师耐心地教导：“好文章是改出来的。这样，主题就突出了，思想就升华了。市里举办作文大赛，我要把你的作文推荐上去。”

小美却争辩起来：“老师，你不是说，写文章要有真情实感，你的结尾我没有经历过。”

“可这是另外的事，适当的时候，也需要想象一下。”

“怎么是另外的事？其实是一回事嘛。”

也许是家庭的缘故，小美养成了孤僻的性格。毛头老师花了一番口舌，仍说服不了小美，只好说，你回去吧。但毛头老师实在不想让这篇只要改一下结尾就是一篇出色的作文，与评奖失之交臂，最后，还是把结尾改了，抄好，寄了出去。

一个月后，毛头老师满面春风地迈进教室，扬起手中的一张报纸，高声说道：“同学们，小美同学的作文《一元钱》在全市作文大赛中获一等奖，报纸都刊登出来了。”于是，毛头老师抑扬顿挫地朗读起来。

毛头老师读毕，喜形于色地看着小美，不想，小美慢慢地站起来，铁青着脸说："老师，这不是我的作文，请您同报社联系一下，把我的姓名更换掉。"

"什么？"毛头老师脸色剧变。想不到，这件事真好像这篇作文的结尾一样，还没有个完。

发表于《微型小说选刊》1999年第9期。

1999年10月获《微型小说选刊》第二届全国微型小说大奖赛纪念奖。

举 报

（小说）

毛头这下子可惨了。大白天从自行车上栽下来，摔断了右胳膊，你说奇怪不奇怪？

躺在医院的病床上，毛头很是懊恼和沮丧，失神的眼睛盯着天花板发呆。

这样躺了几天，毛头疑惑起来："怎么还不给我动手术？"毛头只是在进来时，由负责这个病区的那个大个子医生草草地看过一下，就再也没光顾。有几次毛头看见大个子迈进房间，刚要叫喊，大个子总是像没看见似的，到别的病床上检查开了。

这是一间8个床位的大病房，躺着的都是手脚上绑着绷带，打着石膏的伤残者。毛头只顾自己生些闷气，那些病友及家属也只是冷眼看他几下，又叽里呱啦地拉扯开了。

毛头看着越来越红肿的手臂，终于按捺不住，向邻床那位开了腔。毛头的邻床是位富态的中年人，沉静，干练，从来探望的人谈话中得知，好像是什么单位的科长。科长听罢，一只手轻轻地拍打着床沿，说："小青年，你是真的不懂？"

毛头一脸茫然，不知如何回答。科长一声长叹："看你年纪轻轻，出门不知行规也怪可怜的，那就向你直说吧。你要医治好伤，就不要在乎钱，你就要向大个子医生塞红包。"

毛头惊坐起，尖着嗓子争辩道："这是不行的。你不知道正在整顿行业不正之风吗？你没有看见医院门口挂着横幅标语'救死扶伤是天职，本院一律谢绝红包'吗？"

数十号人立时哄然大笑，一下围拢过来，这个说："你这个小青年真是太幼稚了，香烟盒上还会写'吸烟有害健康'呢。"那个说："我们全室7个病人哪个没送红包？不送红包大个子会给我们做手术吗？即使做了，也留点后患给你点颜色看看，叫你后悔莫及。"

还是科长说得入理："这种社会风气啊，也真是太不像话了。可我们现在是落难了，只求能顺顺当当医治好，也不得不低头啊。"

毛头思索了一个下午，晚上在病友的指点下，叩开了大个子家的门，用左手在口袋里哆哆嗦嗦地摸出红包。

果然，第二天，大个子就态度和蔼地给毛头做了详细检查，下午就完美地做了手术。

接下去，毛头也就和同室病友一样，耐心地等待着伤愈拆线。

平淡的日子于是又多了些话题。人们不禁怒斥起医风来，又心痛自己送掉的钱。大家七嘴八舌地痛骂着："我们不是照样付医药费，大个子不是拿国家的工资吗？干吗我们还要给他送红包？""我们辛辛苦苦挣的血汗钱啊，可大个子简直是吸血鬼，你们算算，他一年可以收多少红包啊？"

科长掸着本是整洁的上衣，发了话："抓行业不正之风叫得山响，可就是不真抓。送红包这公开的秘密难道非要举报才来查办，他们就不会主动来了解一下？"

"那我们为什么不去告他？"毛头大惑不解地叫起来，这下，大家你看我，我看你，一片寂静。

好久，科长开口说："我也见过大门口的布告上写有举报的电话号码，可这些事谁去干呢？敲诈又不敲诈在我们一个人头上。”

毛头想了想，猛地一声："你们不去，我去。”说罢跳下床“蹬蹬蹬”地朝外走。

不到一刻，毛头回来了。尽管他只是平淡的一句："我把他告了。”但脸上分明藏不住激动和庄严。病房里一片欢呼，科长拍拍毛头的肩膀，说："好样的，就该整治整治这不正之风。”

果然，没几天，大个子被停职检查了，医院从乡下借调来一个医生顶替大个子的工作。

毛头的房门口从此不时伸进几颗脑袋探望，脸上分明写着好奇、感激、尊敬。可没几日，病人怨声载道。原来，这乡下来的医师态度倒不错，但技术水平太差劲了。

又几日，那乡下来的医生，扔下一句“我干吗要受你们的怨气，我在乡下照样活得舒坦”的话，跑回乡下去了。

院方说，马上调医生来，可就是不见医生出现，这下，病房里沸腾了。

冬日的阳光从窗口照射到床上，毛头笨拙地数着一堆钞票，嘴里得意地嘟哝着："没想到举报还有奖呢，不但捞回了红包，连医药费也不愁了。”病友因没有医生拆线，滞留下来，心情糟糕极了，鄙夷地朝他翻着白眼。

正在此时，一个醉汉摇晃晃地闯进来，叫嚷着："谁是毛头，你小子有种的站出来。老子有钱行贿，同你有什么关系。”病友急忙拦阻，这醉汉粗着脖子诉说着："我女儿被大卡车碾断了腿，原是同大个子联系好了的，这下，被这小子告了，你说，谁来给我女儿开刀啊……”竟呜呜地哭泣起来。

醉汉好不容易被劝走了，毛头吓得脸色铁青，两眼发直，大家都阴沉着脸默坐着，好久，还是科长从牙缝里蹦出一句："毛头，你怎么不讲道德。你既然送了红包，怎么又去举报呢？你不但弄惨了大个子，也把我们都害苦啦。"

"……"毛头睁大眼睛，竟回答不上话来。

一片死寂，躺着的、坐着的、站着的，全像是冻僵的一株株枯木，一动也不动，时光似乎凝结了。

"啊哟哟……"楼下传来一阵撕心裂肺的哭叫声。

又一个伤者被抬进来了。

发表于《台州文学》1995 年第 2 期。

跳舞跳死人

（小说）

跳舞跳死人了。

“跳舞跳死人了。”
“什么时候？”
“今天早上。”
“哪里？”
“花花绿绿舞厅。”
“谁呀？”
“一个女的。”
“女的？哎……”

“跳舞跳死人了。”
“什么时候？”
“今天早上。”
“哪里？”
“花花绿绿舞厅。”
“谁呀？”
“一个女的。”

“女的？一个大活人怎么会跳舞跳死呢？”

“现在的社会呀，什么事没有。大清早老公的被窝不钻，却钻进黑咕隆咚的舞厅，钻进别的男人的怀抱，结果一疯狂……嘿嘿……”

“哎……”

“跳舞跳死人了。”

“什么时候？”

“今天早上。”

“哪里？”

“花花绿绿舞厅。”

“谁呀？”

“一个女的。”

“女的？一个大活人怎么会跳舞跳死呢？”

“现在的社会呀，什么事没有。大清早老公的被窝不钻，却钻进黑咕隆咚的舞厅，钻进别的男人的怀抱……”

“她老公怎么不管她呢？”

“管，管得了吗？这样的女人，吃野味吃上了瘾，枷锁也锁不住的。她跟上的男人有相貌，有钱财呀，谁叫自己的老公又丑又穷呢。那天夜里，她老公还痛打了她一顿呢。可天不亮，她就钻进什么花花绿绿舞厅。俩人犹如干柴碰到烈火，要干那种事，那个搂得紧呀，快变成一个人了，那个嘴合着嘴呀，5 分钟也不放开。5 分钟呀，经受得住吗？你看，不是出事了……”

“哎……”

“跳舞跳死人了。”

“什么时候？”

“今天早上。”

“哪里？”

“花花绿绿舞厅。”

“谁呀？”

“一个女的。”

“女的？一个大活人怎么会跳舞跳死呢？”

“现在的社会呀，什么事没有。大清早老公的被窝不钻，却钻进黑咕隆咚的舞厅，钻进别的男人的怀抱……”

“她老公怎么不管的呢？”

“管，管得了吗？这样的女人，吃野味吃上了瘾，枷锁也锁不住的。她跟上的男人有相貌，有钱财呀，谁叫自己的老公又丑又穷呢。那天夜里，她老公还痛打了她一顿呢。可天不亮，她就钻进什么花花绿绿舞厅。俩人犹如干柴碰到烈火，要干那种事，那个搂得紧呀，快变成一个人了，那个嘴合着嘴呀，5 分钟也不放开。5 分钟呀，经受得住吗？你看，不是出事了……可是关键的不是在这里，那个老公受不了这个窝囊气，在那天夜里打架后，在她的牛奶里下了毒，这是一种慢性毒药。她老公是算准了时间的，真是神不知鬼不觉……”

“哎……”

入殓了。晚上，那老公默坐在那房间里，形单影只，往日夫妻相处的情景历历在目。

洞房夜。

夫：“太委屈你了。跟着我，你可要受苦的。”

妻：“别说这些了。我们都有一双手嘛，一定会把家操持好的。”

夫：“你真好。”

一番风雨后，家庭日渐殷实。

夫：“看你这么体弱多病的，也不要太劳累了，要放松放松。去跳跳舞，健健身。”

妻：“哪里还顾得上这些，家里这摊子……”

夫：“我多操劳一些就是了。现在毕竟不同以前了，何况钱挣得完吗？放心去吧。”

妻：“你真好。小玲叫过我多次。她也不好意思同男人跳，要我和她做搭子……”

夫：“这不是要睡觉碰上枕头吗？可就是你同男人跳，我还会在意吗？这么多年了，我还不了解你……”

可三天前，妻子的头靠在小玲肩膀上，猝死在舞厅，一切都不存在了。

丈夫怆然，泪如雨下。

发表于浙江省文联《东海》月刊 1998 年 9 月。

转载于《作家文摘》1998 年 10 月 21 日。

转载于《微型小说选刊》1999 年第 2 期。

新四大美女图

（小说）

西西浣纱

天色迷蒙，西西还在睡梦中，窗外传来了黑妞的尖叫声。

“嗳——” 西西含糊地应了一下，伸了伸懒腰，很不情愿地支起身，磨磨蹭蹭地穿戴起来。

昨夜，西西独倚窗前，面对星星月亮，满怀心事不能入眠。她想，这些与黑妞是没有什么可说的。尽管两人是好朋友，但有些事是无法沟通的，还要受到黑妞的嘲弄呢。

高考落榜，西西卷起被铺回到了这个生她养她的山村，要不就无所事事地闲逛着，要不就蒙头昏睡。暴躁的父亲时不时做雷鸣状，更增添了她的烦恼。

后来，在南方打工的王二回家办起了纺织厂，招收一批女工，西西在儿时伙伴黑妞的撺掇下，一起报了名，做起了浣纱女。

黑妞从此兴高采烈的，尽管辛苦，但很是卖力，每月可有数百元的收入。西西则是无精打采的，还是郁郁寡欢。王二从南方学会了技术，也学会了精明。每当月底看见西西这计件工资总是比别人少许多时，从皱眉头，到后来斥责道：“再这样，你给我滚。”

太阳明晃晃的，那溪沟里，一片欢声笑语。浣纱女高捋着袖子，使劲地在溪水里搓洗着纱麻，黑妞淌着汗水的脸上，荡漾着笑意。西西有一下没一下地提着一束纱麻，凝视着溪水，发着愣。那清凌凌的溪水，映照着西西的倩影。

几个浣纱女也斜着眼，对着西西挖苦道："读了几年书，有什么了不起的，还不是和我们一样。"

"和我们一样？上个月，她的工资只有我们的一半呢。"

"长得漂亮怎么了，癞蛤蟆的命，还想变成天鹅……"

"哈哈哈……"

黑妞停住手，狠狠地瞪着眼，她们才没了声。

"啊——"不知是谁发出了惊天动地的叫声，大家抬头一望，只见溪沟对面，有好几个大男人，半跪着身子，拿着照相机对着她们拍摄呢。

"哇——"浣纱女抛下手中的纱麻，转身就跑，还在叫着，"不要脸，不要脸。""羞死了，羞死了。"……

还是黑妞知道得多，奋力抗议："你们这是犯法的。侵犯了肖像权。"

溪里只剩下西西了。她还是蹲着身，一动不动地，望着他们。拿照相机的惊呼起来："哎，好清丽的一个女子。"

过来一个人，温和地对西西说："小姐，可以让我们拍几张照吗？"

西西莞尔一笑："怎么个拍法？"

"你就照浣纱的姿态。"

西西一扫刚才的阴云，灿烂一片，行动起来。她想不到自己的浣纱手艺竟是这么娴熟和精湛。

于是，西西面前一片"咔嚓咔嚓"声。

最后，那班摄影男人，竟叫西西跳入溪潭中，供他们拍摄。

事后，那班男人拿出了一叠钞票，递给西西。远远站着的浣纱女惊讶得合不上嘴。

过了半个月，大家在王二厂里的一份来自省城的报纸上，看到了一张题为《出水芙蓉》的彩色照片。照片上，一年轻美貌女子浸在碧水中，半露着身，笑容如五月的阳光，那白皙的成优美弧度的半个乳房，沾着珍珠似的水珠。这不是西西吗？

正当父亲对着西西暴跳如雷唾沫四溅地骂着时，“嘟嘟——”一辆闪亮的轿车沿着泥路，小心翼翼地开到了西西家门前，下来了几个西装革履、头发油光闪亮的男人，有人认出他们就是半个月前拍过西西照片的人。其中一个男人，从腋下的公文包里拿出了一张介绍信，对西西父亲说：“我们要单独和西西谈谈。”

西西和那几个男人进了里间，“啪”地关上了门。西西父亲手捏着那张硬硬的介绍信，恨不得闯进去，但不过一刻钟，门“吱”地开了，西西按捺不住激动的心情冲父亲喊着：“我有工作了，我有工作了！”不带任何东西，就钻进了轿车，向着呆呆的人群快活地挥着手，“拜拜！”

西西走了，但时而写信、汇款来。乡亲们渐渐地知道了，西西在省城工作，收入很不错，过上了好日子。

后来，王二的纺织厂办塌了，浣纱女没事干了。一日，黑妞收拾了行装，乘着长途汽车到了省城，在车站，黑妞在公用电话亭给西西打了电话。不一会儿，西西开着一辆小轿车，接黑妞来了。在车里，黑妞打量着西西的打扮，几乎以为自己认错了人。

西西把黑妞带到一幢公寓的一个套房里，房子虽小，但挂满了各种鲜艳的服装，布置得也挺有情调，黑妞充满疑惑：“这，这房子……”西西不经意地回了一句：“租的。”

通过交谈，黑妞大致知道了西西的情况，先在一个美术学院里当模特，这也是一个挺累的活，收入并不令人满意，现在“跳槽”到一个演艺厅，白天休息，夜晚走秀，比当模特工作时间短，收入也增加了不少，关键是更能发挥自己的优势。西西满怀深情地说：“是金子总会发光，机会来了，就要紧紧地抓住。”

黑妞羡慕极了：“这下你总该满足了啊！”

“不，”西西坚定地说，“我的理想在前方。”

黑妞似懂非懂地睁大眼睛，接不上话来。

小蝉拜月

小蝉觉得从来没有碰到过这么棘手的事。

小蝉来回在这铺着红地毯的房间里兜着圈子，感到很沉重。

小蝉坐到那柔软的真皮沙发上，伸出白嫩的手从闪光的茶几上拿过一包烟，抽出一支叼在樱桃小嘴里，“啪”地打亮了进口打火机，重重地吸了一口。

小蝉又拧开一瓶法国葡萄酒，清纯的液体流入了那造型美观的酒杯。

小蝉仰起脖子一饮而尽，重重地叹了一口气：“谁叫我长得如此美丽呢？还是一句流行语说得好啊——都是漂亮惹的祸。唉——”

回首历程，小蝉走到今天可不容易呵。小蝉的故事三天三夜也说不完，纷繁又绵长，但又简单得一言可蔽之——还不都是男人捧着、宠着、爱着、护着，过上了美丽的生活。

男人对于小蝉来说，当然是过眼烟云。不断地过滤筛选淘汰，如今也只不过剩下两人嘛。

可现在，伟哥和钱兄都摆出了一山不能容二虎的架势。

小蝉觉得伟哥和钱兄都不错啊，她谁都离不开，好像大腿和手臂，大家相安无事不就是了？小蝉不明白伟哥和钱兄为什么非要她做出选择，非此即彼，而且就在今晚。

小蝉觉得无论去掉大腿还是手臂，都是太艰难太悲伤的事。

伟哥相貌堂堂，温文尔雅，有地位，有权力，让她出名，让她高贵起来，如果没有他，哪有她今天的成功呀。钱兄财大气粗，为人豪爽，花钱从来不眨眼，现在住的金碧辉煌的房子，驾驶的小巧玲珑的轿车，那时装，那香水，还不都是钱兄的。

如果伟哥和钱兄自行解决，譬如协商，譬如格斗，打得你死我活，也不用小蝉现在这么痛苦了。可伟哥和钱兄都是那么自信，要小蝉做出抉择。

小蝉不明白，男人为什么要把如此艰难的问题摆在她的面前，真是太伤她美丽的容颜了。

唉……

几乎是同时，挺拔的伟哥和胖矮的钱兄跨进了房间。他们脸色严峻，横眉冷对，但又容忍有度，毕竟都是有身份的人。

伟哥优雅地吸着烟。

钱兄从容地自斟自饮起葡萄酒来。

小蝉痛苦地踱到窗前，面对一轮冷月，不禁泪如雨下。生活竟是如此的残酷。

死一样的沉寂。

良久，小蝉心里打了个激灵，拍着手，欢快地说："两位大哥，既然命运到了这一步，我们就听天由命了。我有良策了。我们面对苍天，你们投骰子决定，点数多者为胜，如何？”

伟哥和钱兄沉吟了一下，最后都重重地答道：“行。”

三人下了楼，来到院子里，清辉洒在草坪上，小蝉虔诚地点燃两支香，合在手里，脸色凝重地对着圆月，口里念念有词：“月亮菩萨，今晚我小蝉有难，你可要解救我啊。你是最最最富有好心肠的神啊。伟哥和钱兄都是我的恩人，可我选择不了谁啊，这不是我的错啊，阿弥陀佛……”

念罢，小蝉把两颗平时搓麻将用的骰子郑重地放进一只彩盘里，对着站立在她两旁的伟哥和钱兄说：“进行吧。”

伟哥和钱兄推让了一番，还是由伟哥先来。年长者先，伟哥比钱兄大了三个月。

伟哥紧捏着骰子的右手高高举起，时光好像凝固了似的。良久，“啪啪”两下清脆的响声，两颗骰子落下，三颗脑袋赶紧凑在一起，睁大了眼睛盯着：一颗是“4”，一颗是“6”。

伟哥直起身，优雅地拍了拍手。钱兄心跳骤然加快，拾骰子的手在颤抖。

又是“啪啪”两下，三颗脑袋又凑到一起，忽地，钱兄抓起两颗骰子高喊：“是两个 6 点，我赢了，我赢了……”

伟哥脸色铁青，抓起钱兄的胸襟吼道：“你玩什么花招，是两个 4。”

钱兄挣扎着：“是两个 6，是两个 6！”

伟哥抓紧不放：“你作弊，你作弊！”

钱兄奋起一拳：“去你妈的小白脸。”伟哥跌倒在地，抓起那只彩盘，冲了上去，狠命地砸在钱兄的头上。

“哗”的一声，彩盘犹如礼花，破碎得四下飞溅。

两人扭打成一团，拳脚相加，上演着一场精彩的龙虎斗。

小蝉顿时号啕大哭。

不多时，围起了一群看热闹的人，大家互相打听了一番，明白了事由，不由得爆发出一阵哄笑。

小蝉朝着人们河东狮吼："笑什么笑……"

彩玉醉酒

华灯初放，城市展现着迷人的景象。

彩玉坐在张总的奥迪上，向花都大酒店徐徐驶去。

宾主推让一番依次入座。其实也不用多介绍了，李处等已在张总单位蹲了几天，几乎和在座的有头有脸的人物都分别谈过话。

彩玉虽然与李处等没有做过工作谈话，但彩玉却是与李处接触最多的了。作为秘书的彩玉，接待是她的工作。

其实在单位里，大家都已经心知肚明了，李处一行是受上级派遣来考察张总的——张总要升迁了。

一切都很顺利，考察取得了完满成功，李处明天就要回去了。

首先，张总代表单位对李处一行几天来辛苦的工作表示敬意。干杯！

接着，李处代表自己一行，对受到张总单位的热情接待表示感谢。干杯！

酒过三巡，大家就更加放松了。

突然，李处指着彩玉，来了兴致，说："哎，杨小姐，我可要特别谢谢你了，工作热情细致。来，斟上。"

彩玉站起身，端着酒杯说："那我，我……谢谢领导了。"

"砰——"酒杯轻轻地一碰。

“好好好。”大家欢呼拍掌。

李处又端起了酒杯，喊着：“杨小姐，来，我们今天有缘，再干一杯。”

“我真是差不多了。”红晕泛上彩玉白嫩的脸庞。

“叫你们的张总给个说法嘛。”李处笑着说。

“对对对，”张总连声说着，“李处难得光临，大家高兴高兴。喝，彩玉。”

彩玉瞅了瞅张总，重新端起酒杯，一饮而尽。

李处笑吟吟地说：“还是张总人才难得啊，前途无量，连这么美丽的小姐，都是这么有魅力。”

“李处，你夸奖了，我张某有今天，还不是有您老在提携我。来，我们感谢李处一行，共同干杯。”

“干，干，干……”

彩玉面对着手中的酒杯发愣，李处道：“呵呵呵，你杨小姐，是不是对我们有意见喽……”

张总也乐哈哈地说着：“李处大驾光临，兴致好，我的部下不会让你失望的。彩玉，你干了这一杯。”

彩玉瞧了张总一眼，张总微微颔头，彩玉端起酒杯喝了个精光。

掌声再次响起。

“好，”李处拍着手，“彩玉，你也得与你的张总干杯呵，你可离不开张总的栽培。”

“好。”张总自己斟满了一杯酒，“来，彩玉，这是李处的旨意，我们可不能违背呵。”

彩玉一手扶着桌沿：“干，干，张总，谢谢，谢谢你的栽，栽培……”

李处哈哈乐了："真行，真行，张总是强将手下无弱兵。"

彩玉摇摇摆摆着，端着酒杯："你们，你们……还，还差得远呢。来，再干……"

张总扶了扶彩玉的手说："你坐吧。"

李处道："杨小姐，我们可还没有谈过话呢，今天你就来个补充发言吧，你就谈谈张总是怎么培养你的。"

"张，张总，待我就是不一样。"彩玉摇摇晃晃着，"你知道，张总为什么待我这么好吗？还不是我长得漂亮。"

张总斥责着："彩玉，你喝醉了。"

"我喝醉了吗，张总？"彩玉弯过身抱着张总。张总掰开她的手喝道："你，你这是干什么啊？！"

"好了，好了。"李处知趣地打着圆场。

"我说啊，你什么李处，是十足的李痴啊，哈哈……"彩玉说着，"你们来考什么考啊，怎么不向我来考察呢？张总的事啊，我什么不知道，难道他只有我一个女人吗？还有他有那么多的钱，是从哪里来的……"

李处正色道："彩玉，你一个秘书，怎么能这样胡说八道的？"

"你，你好一个李处啊，我看你是被张总收买住了。张总昨夜就对我说，这个李处啊，就好像是一条狗，要好好地喂养他，只有喂养他，他才不会咬你，还会为你说好话，我知道张总这次已经送给你一副金手镯，两条金项链，还有……"

大家面面相觑。

李处喷着火的目光射向张总，张总无地自容地盯着已经趴在桌上的彩玉。接着，啪啪啪，大家掀开椅子，窜出房门。

彩玉还在喃喃着："张，张总，你在哪，哪里，我需要你……你不是说永远不会离开我吗……”

杨君出塞

向西，向西，向西……

火车发出“铿锵铿锵”的声响，在行驶着。

杨君就像一座雕塑，凝视着窗外，不知有多长时间了。

火车抛下城市，飞过乡村，穿过隧道，掠过山岭，杨君的视野里景物忽隐忽现，往事慢慢地在流淌……

大学毕业了，杨君真像没头的苍蝇在这座城市里乱奔，结果还是到处碰壁，想想在家乡小镇工厂日夜劳作的父母，把自己送上了大学，可到头来却找不到谋生的职业，沮丧到了极点，暗自落泪。同学小斌却抓住时机，条件实在诱人——小斌的父母能给杨君安排一份不错的工作。在学校里，小斌就没少对杨君献殷勤，杨君却找不到感觉，因为小斌不仅长得矮小甚至有点猥琐。人在无望的时候最容易被同情和援助所感动。就这样，杨君在清醒又几近麻木的状况下，与小斌登记结婚了，同时杨君也有了同学羡慕的工作。

杨君住进了流光溢彩的房屋，在一个专业不对口，但很高雅又清闲的单位上班，所不同的是，小斌开始摆出一副居高临下的姿态，特别是下班带回一大堆单位发的福利，包括卫生巾什么的。杨君时常想念着那贫穷的家，那老实又充满着爱意的父母。可一次父母来看望她，尽管家里空着房间，但小斌仍然把她的父母送到旅馆过夜。杨君知道，小斌认为她的父母不配住他的房间。

在外人看来，杨君有着这样的家，有着这样的单位，应该觉得满足和惬意了。但杨君总是落寞的，觉得空荡荡的，有时有一股莫名的骚动。

某天，杨君在报上看到一家颇具实力的企业招收高级员工的启事后，偷偷地去报了名。通过一番考核、面试，杨君居然被选中。当杨君坦然告之时，家里不亚于发生了一场地震，小斌包括他的父母竭力反对。但杨君还是义无反顾地辞去了公职，进入了这家企业。这项工作对杨君来说，也是非专业对口的，但极具挑战性。虽然很辛苦，但杨君觉得很充实。于是杨君大把大把地领取工资，也理直气壮地向父母寄钱了。每当杨君晚上回家迟了，小斌总是用怪异的目光瞧着她。家里笼罩着令人窒息的气氛，时不时爆发出火光。

可如今一件更大的事情摆在杨君的面前。

杨君所在的企业是一家进出口公司，与新建立合作的一个边远供货商有着广泛的合作前景，可在某一关节上出了差错，矛盾不断地升级，竟到了剑拔弩张的地步，杨君所在的公司汇了款，可他们就是不发皮毛货源，而且扬言，你们谁敢前来，就白刀子进，红刀子出。眼看出口的期限就到了，老总急红了眼。这些事，就是上法庭也难以分清子丑寅卯，何况时间也等不及了。当然，如果双方都能退一步互相谅解的话，也并不是没有办法解决。

昨天一早，老总撤了这个部门的经理，把杨君叫到跟前，不容分辩下了命令："你到那里去，保证七天内发货。完成了，丰厚的奖金，并升任这个部门的经理；完成不了，走人。"

杨君知道，她义无反顾，在这样的单位，这样的岗位上，没有讨价还价的余地，作为老总，只要结果，不要过程。她想，如果自己是老总也会这样的。何况，如果这笔业务不能如期完成，公司不但会受到巨额的罚款，而且声誉也会受到很大的损害，公司将元气大伤。就是老总不叫她滚蛋，整个公司也都没有好日子过了。她现在才深切知道了什么叫"风雨同舟"。

杨君也听说过，那里是一个荒蛮的地方，挨打受伤甚至弄出人命来都是说不定的事。也许经理采取的是以柔克刚的战术，但杨君同时也明白，柔有时是优势，但用得不好，柔在刚面前将会不堪一击，一败涂地。

昨夜，家里爆发了最大的战争，小斌包括他的父母是坚决不准她出门，小斌把以前喊过的离婚喊到了最高的声调："省得让我家名誉扫地，省得我给你收尸。"杨君知道，现在不是离婚不离婚的事，而是离婚，甚至连吵架的时间都没有了。她收拾了行装，到了办公室翻阅有关合同、资料到天亮，一早就匆匆登上了西行的列车。

杨君对此行，深知责任重大，还有家庭的重压，大有一番"风萧萧兮易水寒，壮士一去不复还"的气概。

列车在发着"铿锵铿锵"的声响，天色渐渐地暗了下来。

杨君凝重的目光注视着，有几盏灯在前方闪烁。

发表于《九龙》杂志 2002 年春夏卷。

幻 灭

（小说）

这个上午也许是8点了，也许是9点了，也许是10点了，这并不重要。我们的女主人公就这样躺在她的小床上，穿着薄薄的内衣，一动也不动。女主人公明亮的眼睛直盯着床顶发呆，桌上那只小电风扇正微微地转动着，拂动着女主人公乌黑的长发在白嫩的脸庞上舞蹈。

终于，女主人公跳下床，掀开碎花窗帘窥望——院子里静悄悄的，那强烈的阳光照在小树的叶子上发出耀眼的光芒，那条小黄狗匍匐在树荫下耷拉着耳朵，两眼警觉地张望着。“宁静预示着风暴的来临。”——我们的女主人公冒出一句富有哲理的话语，激发她去实现既定目标的信心。于是，她三下两下地把身上的衣服扯得精光，来到大立橱前开始打扮。镜子映出她美丽的胴体，她不禁顾盼自怜起来。但容不得她过多地欣赏，这一点我们的女主人公还是有克制力的——毕竟有重大的计划需要她去实现。

她套上了那条超短裙，穿上了那件低领又露肚的紧身衣，又和以前一样抓过床头那支朱红色的钢笔，塞进胸口。于是，胸部上隐隐约约地凸现出那支钢笔。她用手轻轻地按了按滚圆又柔软的胸脯，默念着：“委屈了。拜托了。”

我们的女主人公迈开修长的玉腿，踩着富有动感的步伐，甩着乌黑长发，神采飞扬地向这个世界亮相。于是，燥热、纷繁的大街上，多了一道亮丽的风景。那些年轻小子眼睛滴溜溜地围着她转，一步三回头，恨不得把她吞下去，连那些上了年纪的男士，也从内心发出惊叹：为什么自己不迟生几十年。

而我们的女主人公则异常清醒，她不屑于跟他们搅和。

我们的女主人公挺着胸，高跟鞋发出“啪、啪、啪”的声音，走在这夏日的街道上，向着自己既定的目标迈进。

我们的女主人公在一家宽大又装饰得金碧辉煌的店门口停住了。雄伟的“大世界超市”招牌在灼热的阳光下闪闪发光。我们女主人公的目光在店门口扫视、定格——那年轻的保安挺立着。

我们的女主人公昂首阔步跨进，在和保安擦肩之时，扑闪着大眼睛紧盯了保安一眼，保安的心怦然而动，布满青春痘的脸一下子泛红了。

女主人公在超市的货架之间巡视。尽管并不是第一次光顾，我们的女主人公还是激动不已，有着炫目的感觉，冒出以前在书本里读到过也在作文中时常使用的“琳琅满目”“五光十色”“应有尽有”之类的词语。

我们的女主人公开始在货架上挑挑拣拣。我们只要仔细地观察一下，我们的女主人公在超市里有如下细节：总是在一些贵重的货架边走动，比如化妆品之类的货架；总是频繁地拿起，但总是又放下；总是不时地回首张望门口的保安……

我们的读者此时不明白：我们的女主人公究竟要干什么？

我们的女主人公就这样走走停停，拣拣放放，张张望望，有时甚至背着身弯下腰在摸摸索索。我们要注意一下那个保安。（我们有必要注意他，因为他将是或者说已是我们的男主人公）我们的男主人公那目光已随着我们女主人公的身体移动。我们的男主人公也许已注意到三天两头有时甚至一天两次光顾又玩着如出一辙把戏的女主人公。女主人公娇美的身姿，使我们的男主人公惊叹不已。作为作者，我说明一点（因为我了解），我们的女主人公期待的并不是这种欣赏的目光。

磨蹭了一段时间后，我们的女主人公起身了，要停止在超市的行动，不，是继续着整个行动。她也感受到男主人公注意到她了，或者说一切前期行动产生了效果。

我们的女主人公把胸挺得高高的，似乎是夸张的，向门口走去，两只玉手轻盈地摇摆着——没提任何东西。我们的男主人公高大的身架，穿着保安服，扎着保安带，站立在门口，一副威风凛凛的样子。他的目光穿越人们的肩膀，远远地看到我们的女主人公迎面走来。尽管门口那巨大的空调呼呼地吹着冷气，但我们的男主人公仍觉燥热，来自内心的燥热。

我们的女主人公终于走到了我们男主人公的面前。我们的男主人公居高临下地俯视着我们女主人公那几乎是半露在外白皙、丰满的胸部。我们的男主人公激动得几乎停止了呼吸——这是小说中时常出现描写人们碰到此类情景的语句，看来，人与人的有些感情是相似的。而我们的女主人公把胸部挺得更高，仰着脸盯着我们的男主人公的眼神和神色，也抑制不住强烈的心跳：好戏开场了。

我们的男主人公嚅动着嘴唇，终于吐出一声：“小姐……”此时，我们的女主人公不知是真的激动，还是佯作慌张，脸发红了，等着我们男主人公的下一句。而我们的男主人公却一时找不到下一句，脑子里冒出的，觉得诸如“你真漂亮”“我们交个朋友吧”太俗套，又有点轻浮，好久，才吐出一句言不由衷的“请走好”。顿时，我们的女主人公失望到了极点——又一次落空了。她期待的根本不是那温和、友好、文绉绉的“请走好”之类的，而是坚定的甚至蛮横、粗野、幸灾乐祸的话，引得观望、哗然的场面。

我们的女主人公又鄙夷地瞟了一下我们的男主人公，走到了烈日暴晒的街道，狠狠地骂着：“白痴！白痴！！白痴！！！”

猛然间，一声沙哑的“停一停”。我们的女主人公抬头回望，只见我们的男主人公气呼呼大步追上来。我们的女主人公又是一阵狂喜。我们的男主人公跑到我们的女主人公跟前，哆哆嗦嗦递过一张小纸片，结结巴巴地说：“这，这是我的名片。”

我们的女主人公回到闺房，沮丧极了。也许，我们的女主人公还不知道“沮丧”这个词的意义乃至读音，但我们的女主人公心情确实是很糟糕。一进屋，她端起杯子一仰脖，“咕噜噜”地喝下一大杯白开水，又三下两下地褪下衣裙，横躺在床上。那只小型电风扇，根本吹不走那心头的燠热。

又一次无望而归。

我们的女主人公一直在诅咒着我们这个男主人公：白痴，傻瓜，老板雇你这个没用的东西是干啥的，如果本小姐是老板，早让你个二百五滚蛋……

过了好久，我们的女主人公火气也消了些，体温也降了下来，坐起身，从枕边摸出一包烟，抽出一支，点上火，叼在嘴上，慢慢地吐着烟雾，想着，或者根本没有想着什么……

突然，我们的女主人公好像想起了什么，在床上搜寻，找到了那张浸着汗水的名片。我们的女主人公一手拿着烟，一手拿着名片端详，几乎笑出声来。名片上几个大大的黑字：

忠诚卫士：毛头

还留有传呼号。

有了这张名片，使得我们这个故事能继续编下去。

若干天后的一个夜晚，我们的女主人公在公用电话亭给我们的男主人公打了传呼。

很快，有了回电。我们的女主人公拿着话筒，先是装腔作势："请问，你是忠诚卫士毛头吗？"

那边，传来毕恭毕敬的回音："在下就是，在下就是，请多多指教……"

于是，我们的女主人公骂骂咧咧起来："你装什么蒜，一个站大门的东西。"惊得大街上行走的人都回头张望。

"你是谁？你要干什么？"我们的男主人公立即警觉起来。

"我是小美啊，美丽的美啊……"我们的女主人公拖着柔软娇美的声调说着。（于是，我们知道，我们的女主人公叫小美，其实，名字对于我们来说，也是并不重要的）

"小美？哪个小美……"我们的男主人公愣愣地问。

"三天前的一个上午，你在超市门口递给我名片的小美啊，哇，你好高大英武哟……"我们的女主人公发嗲得厉害。

"是你啊，是你啊……"我们的男主人公急切地说着，让我们的女主人公似乎感知到对方拿着话筒的手在发抖。

当放下话筒，我们的女主人公，对，叫小美，面对华灯齐放的街景，发出了很有诗意的感叹："啊，生活是多么五彩缤纷。"

不到一刻钟，我们的男女主人公——毛头和小美见面了。

在接下去的日子里，我们的女主人公和我们的男主人公进了一趟茶座，溜了两回旱冰，逛了三晚夜市，看了四场电影，吃过五支雪糕，嗑了六包瓜子，拉过七次手……

于是，有一天晚上，我们的女主人公把我们的男主人公领进了闺房，真正属于两个人的空间。

我们的女主人公一进屋，直喊着“热死了”，连忙褪下外衣。我们的男主人公睁大眼睛看着几近半裸的女主人公，心房激跳，猛地冲上去，抱住她乱摸。

“住手，住手……”我们的女主人公使尽全力，猛地把我们的男主人公推翻在床上，训斥道，“规矩点。”

我们的男主人公犹如一团熊熊燃烧的烈火，一桶凉水根本不管用，喘着粗气，又爬起来，扑过去。我们的女主人公抡起右手狠狠地掀过去，“啪”的一声，手掌在我们的男主人公的脸上发出清脆的巨响。我们的男主人公才清醒过来，呆呆站在一旁，不知所措。好久，才讷讷地说：“我要娶你。真心实意的。”

“不要信口开河。白痴。”我们的女主人公喝道。

“不，我要向你发誓，我绝不变心。我可以立字为据。”我们的男主人公信誓旦旦，抓起桌上那支朱红色的钢笔。

“白痴。不是我担心你娶不娶我。你倒要问问本小姐肯不肯嫁给你。”我们的女主人公双手叉腰冷笑道。

我们的男主人公像许多电影上表演的场面一样，霎时袒露胸脯：“我要用我的真诚感动你。”

“真诚……”我们的女主人公反唇相讥，“一个请我喝茶不敢添一包鱼片的家伙，一个吃棒冰只能买五角钱大雪糕的穷光蛋，你的真诚用什么表达？”

我们的男主人公很痛苦，不知如何表达，捏着那支钢笔好像握着一把刀在乱划，做自杀状。

我们的女主人公慢慢地走过来，从我们的男主人公的手中拿过那支钢笔，然后，轻声地问："认识这支钢笔吗？"

"不认得。"

"可它多次在你眼前晃过。"

"……"

"想不想发财？"

"当然想。"

于是，我们的女主人公在枕头下翻出一张报纸，打开，摊到男主人公的面前，指着两行黑色标题说："你仔细看一看。"

小姐超市遭搜身

诉法庭获赔25万

文章报道的是发生在某大城市的一件真实事件。

我们的男主人公看了报纸后，还是不懂，嚅嚅着："这同我们有什么关系？这小姐又不会分点钱给我们。"

于是，我们的女主人公终于向我们的男主人公交了底："我每次到你所在的超市，都把这支钢笔塞在胸前，以期引起你的怀疑，好事就开始了。可是，你这个家伙，只盯胸部，却发现不了这凸起的疑点。"

"我，我看你露在外面的还看不够，怎，怎还看你包在里面的东西。"我们的男主人公又补充道，"你每次来都盯着我，我还以为你对我有意思呢……"

于是，我们的女主人公如此这般地说开了。

我们的男主人公屏气倾听，不住地打着寒战，最后，咬了咬牙，憋出一句："干。"还说，这老板有的是钱，就得敲他一笔。又骂这老板为富不仁，商品以次充好，坑害顾客。又骂老板刻薄刁钻，上班连坐一会儿也不许，一回他看了片刻报纸，竟被扣了100元工资。还酸溜溜地骂道，这老板夜夜做新郎，可自己却连女人的滋味也没尝过。最后，总而言之，这样的老板就该好好收拾他一番。

于是，我们的男、女主人公激动地构想着有钱后的日子。我们的女主人公说首要的是购买房子，最好是别墅。我们的男主人公马上接口说："对。别忘了轿车。"我们的女主人公主张去香港、澳门，然后去新加坡、马来西亚、泰国，好好游玩一番。而我们的男主人公则批评我们的女主人公目光短浅，要玩干脆去日本、美国，去西欧。这下，我们的女主人公来劲了，干脆做美利坚合众国的公民，移居纽约或华盛顿。我们的男主人公又马上反对说，都市生活太喧嚣，见不得舒适，还不如去风景如画、气候适宜的澳大利亚、新西兰。蓝蓝的天，绿绿的草，柔柔的风，傍晚，我们相拥着散步，生活是多么美好呀，反正我们有的是钱，外国又没有计划生育规定，我们就生一大堆的儿女，围着我们转，那是多么有趣，多么惬意啊。

我们的女主人公又担忧起来："这么多孩子，我们怎么忙得过来呀。"我们的男主人公提议："我们请保姆，而且不止一个，而且要请那些受过高等教育的金发女郎。那些女郎呀，气质高雅，婀娜多姿，善解人意，温柔体贴……啧啧……"

"怎么，你要吃野食？"我们的女主人公警觉起来，斥道，"你这没良心的东西。"

"不，不——"我们的男主人公连忙求饶，抓住她要接吻。

我们的女主人公喝道："优雅一点，傻瓜。我们将是一个有地位、有身份的人。"于是，我们的女主人公摆了一个姿势，装作羞涩的样子。

之后，我们男、女主人公又联系了多次，对行动做了更周密的安排。其中，我们的男主人公担忧："如果老板不认账，说是我干的，把责任推到我身上，怎么办？"

"傻瓜，"我们的女主人公胸有成竹，"这叫职业行为，我在报纸上看到的。你放心。"

我们的女主人公又嘱咐着："千万要下得了手，态度要更粗暴，手段要更残酷，造成的后果要更恶劣，这样，才能获得更多的赔偿。"

"哒，哒，哒……"我们女主人公的高跟鞋敲击着硬邦邦的街道，把腰杆挺得更直，把胸部挺得更高，目不斜视向前走去。今天的太阳更为猛烈，空气显得更为闷热，我们的女主人公显得更为激动——一种临战前的激动。

走到大门口，我们的女主人公看见了我们的男主人公穿着保安服，扎着保安带，背着手挺立着，冲着她惊惶地颔首微笑。我们的女主人公心里直骂："白痴，傻瓜。"把头一扭闪进了大门。

我们的女主人公在超市一番逡巡、挑拣之后，向大门走来。我们的男主人公远远地看见女主人公，紧张得心怦怦直跳，张了几下嘴，还是喊不出，最后，脸朝天花板，猛一闭眼，随之一声炸雷："站住！不准动！举起手来。"

顿时，周围的人赶忙放下手中的物品，面面相觑，不知发生了什么事情。10多步外，我们的女主人公暗暗叫苦，心里直骂，赶忙从人堆里钻出来，站到我们的男主人公面前，仰着头，问："是叫我吗？"

"对，就是你。"我们的男主人公盯着我们女主人公的头皮直叫，"你的胸部上有什么？你是女贼，快来抓女贼啊……"

人们的目光都盯在我们的女主人公丰满的胸部上，果真，薄薄的衣衫凸出一个条状的东西。

"这是一支金笔，好几百元呀。"我们的男主人公抓住我们的女主人公的前胸，叫道。

"扯，快扯呀……"我们的女主人公心里直喊，可我们的男主人公双手在颤抖，双眼看着我们女主人公亮丽的脸庞充满着柔情。

"钱——"我们的女主人公在乱哄哄中，急促地尖叫一声，我们的男主人公还没回过神来。我们的女主人公急中生智，两手紧抓住我们的男主人公的手，装作挣扎状，猛地把我们的男主人公的手往两边一拉。"噗噜噜……"我们的女主人公衬衣上的纽扣相继脱离衣服，跳起一个个弧度后，落了下来。这样，我们的女主人公衣衫敞开，两个小得可怜的文胸出现在人们的面前。

围观的人里三层，外三层，哄闹声不息，年轻小子打起了响亮的口哨。

当我们的女主人公第二次尖叫"钱"时，我们的男主人公彻底地醒悟过来了。

我们的男主人公又一次冲上来，一边叫道："你这个女贼，看你往哪里藏？"一边抓住我们女主人公的文胸一拉，一样东西也随之落地。人们伸长脖子一看，果真是一支钢笔。

我们的男主人公弯腰拾起钢笔，捏在手里，对大家说："看，这是罪证，这是罪证……"

我们的女主人公弯腰拾起文胸，抖动着，对大家说："看，这就是罪证，这就是罪证……"

"你还什么罪证，女贼。"我们的男主人公狞笑着，已渐入角色，按照脚本的安排，步步逼近。

“抗议，我要抗议……”我们的女主人公见势不妙，钻进人群，逃进旁边的一间办公室。

我们的男主人公紧跟而入，我们的女主人公向我们的男主人公使了个眼色，我们的男主人公赶紧去关门，但已有一部分人闯入。于是，玻璃窗上挤满了人头。

超市老板此时正在大酒店里惬意，闻讯后，乘车匆匆赶来，挤进办公室，把别的人轰出，只剩下我们的女主人公和我们的男主人公。镇静、干练的老板，拉上窗帘，并让我们的女主人公穿上衣服。可我们的女主人公赤裸的身子把胸挺得高高的，撇了撇嘴：“老板，我现在是死猪不怕开水烫。你的手下把我弄成这个样子，你看怎么化解？”

老板坐在转椅上，点了一支烟，深深地吸了几口，打量着面前这具活生生的胴体，不禁心旌摇动，内心产生强烈的冲动。老板也是风月场上久混的人了，但如此鲜活、有美感的玉体，还是第一次见到。但老板很快地节制住，他知道今天碰到了一件棘手的事，弄不好他的商场不但名誉扫地，而且会受到法律的严厉制裁，那么，只能关门大吉了。企业倒闭意味着一切都完了。能闯过这一关，腰包鼓鼓的，还怕弄不到什么美女。老板毕竟是久经沙场的老板，不是什么年轻小子。老板三言两语就问了个明白，其实老板在接到电话时就知道了个大概。

我们的男主人公连忙呈上那支笔，凑过身子说：“老板，可这钢笔刻有名字，不是我们店的。”

老板眯缝着眼，瞧见那支朱红的笔杆上刻有“小美”两字，且是陈迹。

我们的男主人公苦着脸说："老板，我这可是职业行为，不能怪我，你得负责啊。"

我们的女主人公双手抱胸，一副漫不经心的样子，问："老板，是公了，还是私了？"

我们的男主人公马上接口道："老板，我们还是私了吧。"

老板对我们男主人公的话充耳不闻，理也不理，继续同我们的女主人公说："你开个价吧。"

而我们的女主人公并不直奔主题，长长地叹了一口气，娓娓而谈："老板，相信你也是一个看书读报的人，对法律也了解不少吧。你手下的人所干的一切，态度更粗暴，手段更残酷，造成的后果更恶劣……这个分量可不轻啊……"随之话锋一转，伸出两个手指，脱口而出，"二百万。"

老板时不时瞧一下我们的男、女主人公，默念了一下，最后平静地对我们的女主人公说："好吧。三天以后，你再到我的办公室，我会给你满意的答复。现在，你穿上衣服可以走了。"

我们的女主人公走出超市不过50米，拦上了一辆出租车，钻了进去。我们的女主人公现在有理由、有资格消费了。我们的女主人公刚坐定，尾随而来的我们的男主人公也钻了进来。车未启动，我们的女主人公和男主人公就抱成一团，高呼："我们成功了，我们成功了……"

三天后，我们的女主人公和我们的男主人公如约来到了经理办公室。老板让我们的女主人公进去，把我们的男主人公挡在门外，最后，重重地把包着真皮的大门关紧。

我们的女主人公从容地在皮椅上坐定，双手优雅地搭在一起放在膝盖上。我们的女主人公此时在盘算着该不该再加码以及以何种方式拿到这笔款项。同时，我们的女主人公心里晴朗一片，感叹，这个世界其实挣钱也是很容易的，关键是看你的脑子聪明不聪明，只有傻瓜才一世受穷。

而老板没有坐，来回在这软软的红地毯上踱步，似乎是漫不经心地问道："小姐，您看这码事是公了，还是私了？"

"这就看你的了。"我们的女主人公用纤细光洁的手指轻轻地拍打着裸露的膝盖，笑吟吟道。

"不。"老板转换了语气，阴沉沉地说道，"这就看你的了。我可以把你送进监狱，也可以让你在这座城市里臭名远扬。三天时间，足够让我的手下把你们的一切都调查清楚。你同我玩，还嫩了点。"

老板走过来，两手按在两边的椅把上，弯下身子，伸着头，直逼我们的女主人公的眼。

我们的女主人公顿时像猫一样缩成一团，可怜巴巴地望着老板，更显得一副楚楚动人的样子。老板禁不住腾出一只手，托起我们女主人公的下巴。

老板一字一顿说着："如果要化解这件事，也为期不晚。只有你自己救自己。那么，你就要付出，也许，从此，你也能得到你梦想的一切。"

老板的手慢慢地抚摸着，往下移……

最后穿戴完毕，老板从办公桌里拿出一只手机，放在我们的女主人公手里，说："保持联系，随叫随到。"又补充了一句，"我不会亏待你的。"

我们的男主人公在外等着发急，竖起耳朵紧贴在门上偷听，但根本听不到一丝儿声音。我们的男主人公只好来回焦急踱步。

“吱——”门开了，我们的女主人公走了出来，我们的男主人公立刻跟上，急切地问：“怎么样，怎么样？”而我们的女主人公理也不理昂着头走了。正当我们的男主人公站着发愣时，一声炸雷从身后传来：“你这条癞皮狗，我再也不想见到你，从今天开始，你就给我滚蛋。”

我们的男主人公一转身，只见老板对他怒目而视，似喷射着烈焰。我们的男主人公顿时一身冷汗从头冒到脚，尽管不知道事情具体怎样了，但直觉告诉他：完了，完了。顿时瘫倒在地，真正像一条没脊梁的癞皮狗。

我们的女主人公走上了街道，这时金光四射，炫人眼目。我们的女主人公对刚才以及前些天发生的事似乎还理不出头绪来，好像在梦里一样，嘴里在喃喃着：“成功了？成功了！成功了……”头昏沉沉地难受。

“我好想睡啊……”我们的女主人公迷迷糊糊地嘟哝了一声。

是啊，我们的女主人公迫切地需要睡一觉。

发表于《台州文学》2003年第1期。

躁 动

（小说）

朝气蓬勃的春天迎面走来，谁也不可抵挡。

严冬夺去的，春天会加倍归还给你。

毛头说："总算盼来了，总算盼来了。"

胡来说："出头的日子到了，出头的日子到了。"

碧玉说："春天正朝我们微笑。"到底她有诗意。

从会议室出来，毛头他们回到办公室，群情激昂，喜形于色，春天的氤氲从窗口像潮水般奔涌进来。

只有马太太倒背着手，眉头打成了结。

早闻上头有新精神、新措施，现在终于见分晓。刚才头儿传达文件，为了深化人事制度改革，鼓励机关人员可以在保留公职的前提下，走向社会（俗称"下海"），自谋出路（高规格的可称得上大显身手，建功立业），单位也在各方面给予政策倾斜（如贷款、租房）；达到一定年限但尚未达到法定离、退休年龄的，可以提早办理离、退休手续。

似一声春雷激荡，催人振奋。总算解脱了——他们都重重地舒了口气。

而马太太则阴沉着脸嘟囔着："这不是乱了套吗，这不是乱了套吗？"

毛头的办公室有四张桌子，分别是毛头、胡来、碧玉和马太太所有，马太太是他们的科长。毛头曾戏谑，本来办公室搓麻将刚好，但现在是“三缺一”——马太太不会搓，也不屑于搓。

想当初，毛头是偏僻乡村的第一个大学生。乡亲们敲锣打鼓，为他披红挂绿送上求学之路。毛头是他们的骄傲，他们炫耀的资本。后来，毛头又是那么自豪，那么充满激情地跨进这神圣的办公室，坐上了象征着地位的办公桌。

可是，渐渐地而且越来越强烈地，毛头觉得生活过得平淡、沉闷，乃至悲哀起来。看着这日子无声无息、毫无踪迹地过去，不禁躁动又悚然起来。

可外面的世界真是太精彩了。偶尔碰见昔日的哥们儿，今日的“总经理”“大老板”之类的，他们一声惊呼：“啊？你还在搞这些行当？”似乎发现了天外来客，羞得毛头几乎想立马上吊跳楼。就是回到老家，乡亲们也会不厌其烦地上演着一个保留节目：“啊，现在每月有多少工资？”这绝不是当初的好奇、惊羡。当你报出了一个数目后，他们会一脸轻蔑、不屑一顾的神色：“嗨，不够我抽烟。”于是，他们得到满足，把毛头晾在一边品味尴尬、自惭形秽、无地自容。

毛头不是不想富，不是不想趁着大好时光搏击一番，而实在是身不由己啊。毛头是政府的人，头儿说：“你要下海就干脆退职好了，别啰里啰唆。”可赚了固然好，假如呛水了呢？回头无岸了，这叫死无葬身之地。

现在，可好了。几天来，大家热烈地谈论着，为自己的前程设计着，毛头的办公室也逐渐明朗起来。

碧玉说，已通过朋友介绍，到一家外资公司为老板当秘书，月薪三千，并负责三餐饮食。碧玉还是这个碧玉，可就是不一样。

胡来说，通过大量的调查摸底，了解到现在人们对新技术、新工艺、新产品趋之若鹜，但找不到门路；而大专院校、科研单位大量的科研成果、专利产品得不到应用，得不到开发，找不到买主，因此，他要办个科技中介服务部，当个小老板，而且雇员5—8人。

毛头更是当仁不让说："你们是小打小闹，本人不鸣则已，一鸣惊人。我的大舅在渤海舰队司令部任职，通过此关系，我要办个拆船公司，大量的退役兵舰源源不断开来，哗，我的财源也就滚滚而来。"

当晚，毛头就给大舅修书一封。首先谈改革开放形势喜人，形势逼人，接着谈机不可失，时不再来，再接着谈收购退役兵舰的设想，敬请大舅全力支持落实为荷，并补充道，待拆船公司开业后，同您老利益分享，这也是社会进步的表现，也不必遮遮掩掩，最后，此致敬礼，盼望回信。

马太太一副诚惶诚恐的样子："你们可得慎重啊。""笑话。"毛头乜斜了一眼，脱口而出一句，"没用的人才懒得走呢。"依马太太的年龄，足可当毛头三人的妈，但他们忍受不了她的颐指气使，不懂装懂。官儿不大，却整天倒背着手，阴沉着脸，从不见她写过半吊子文章，却总是指手画脚的。一次，毛头在一篇材料中，故意大段引入了中央一位重要领导的讲话，却不加上引号，然后恭请马太太"斧正斧正"。马太太可好，拿起那支大红水笔，在毛头那篇文章，特别是在那段领导人的讲话上勾勾画画，指指点点，皱着眉头说着："这个提法不妥当，这句话不够通顺，什么乱七八糟的。年轻人，要加强学习，要谦虚谨慎……"

毛头在一旁毕恭毕敬，唯唯诺诺。待马太太修改完毕，毛头像突然想起什么，从口袋里掏出那张报纸，摊到她的面前，涎着脸说："马科长，我这段文字好像是 ××× 的讲话，你看看再说吧。"霎时，马太太一惊，接着脸上涨得酱红，紧接着愠怒得铁青，连脸孔都抽搐得变了形。嘿嘿，痛快。到如今，每当毛头想起这件事，总是从心底里冒出"痛快"两字。

夜深了，毛头在外一顿穷聊瞎吹，慷慨激昂后，神采飞扬地回到家。妻子一见毛头进来，立刻放下手中的活，眼睛散发出柔柔的光彩，过来轻轻地握住他的手不放。

躺在床上，妻子紧紧地依偎在毛头怀里，万般柔情，仰起头问："你真的要干？"毛头激情满怀："生当作人杰，死亦为鬼雄。今日不干，更待何时？让所有窝囊的日子都滚蛋吧，滚得远远的……"妻子喃喃着，终于说出要说的话："你以后不会不要我吧……"毛头大度无比，抚摸着她光滑的脊背，开心地说："你放心，你放心。糟糠之妻不下堂嘛。这么多年，也太委屈你了，要好好补偿补偿你。"

这几天，毛头急不可耐地跑进收发室，高声嚷着："喂，老张，有我来自渤海舰队的信吗？"那收发老头热情异常，点头哈腰满脸堆笑："今天还没有，一有我会马上给你送来。"

毛头开始光顾各个办公室了，似有作别之意，毕竟大家相处日子不短，尽管以前有些瓜葛，有些不愉快，但现在都显得格外亲切，有点依依不舍的样子。大家都向毛头起立致意，嘴里说着："恭喜恭喜了。"毛头一边分着烟，一边说："以后还得多多联系啊。"于是，有的说："到底毛头有能耐。"有的说："我早就看出毛头不一样，必是一个干大事的人。"

头儿好像忽地发现了毛头存在的价值，找毛头谈心，转弯抹角地挽留，许诺说，不走的话，可以提拔当副科长，待马太太退休后，还可晋升为正级。

而毛头讪笑着，昂首挺胸地走了。蛟龙游大海，岂能为溪沟所动？

回到自己办公室，毛头舒适地仰坐在藤椅上，嘴里叼着一支烟，吞云吐雾。

胡来拿着电话筒，不断地拨号，没完没了地哼个不停。不就是办个什么服务部吗？毛头一看这家伙就没有好感，尖嘴猴腮，几撮稀拉胡子，一副猥琐相。

这边，马太太睁圆了双眼，阴沉着脸："别说了好不好，现在总还在单位上班吧，哟，这里还有一篇材料要写……"

"好了，好了。"毛头挥了挥手，阴阳怪气地说："谁有本事谁去写，我有本事早当科长了。"还管他什么，不吃你这碗饭，还受你这窝囊气吗？现在是什么时候了，也不想一想。毛头恨恨地想。

马太太愣了愣，想说什么，到底咽了回去，看得出她的底气明显不足了。

毛头在酣然大睡，在这春天的日子里，毛头也用不着像以前一样急匆匆地赶去上班了。毛头的前程已豁然开朗，不用再担心因迟到遭受马太太带刺的目光了。此时，怡人的春风穿过窗口拂面而来，毛头仿佛见到一个美妙的少女正对着他含情脉脉，风情万种……一阵"笃笃笃"的声音惊醒了毛头。毛头竖起耳朵细听，是富有节奏，而不失礼貌的叩门声，并传来女声甜润的呼唤："毛头，毛头……"毛头已分不清这是梦的延续，还是在现实中。毛头仔细一听，确实有人在叫，于是，披衣下床，抛下梦中的她，去接待真实的一个她。看来，人到时来运转时，女人也应接不暇。门一开，毛头微微一惊，竟是碧玉桃花含羞。毛头依稀记得，碧玉只为拿材料什么的，光顾过一次陋室。毛头一时慌了手脚，连声说着："难得，难得……"

碧玉俊俏聪明，更会打扮，从发式到衣着可谓日新月异。想不明白的是如此美妙的姑娘，至今还不见确定的男朋友。大好资源白白闲置岂不可惜！毛头往往冒出这样的感叹。

今天，毛头不明白碧玉为什么突然登门，竟不知说些什么。倒是碧玉怯怯地开了口："怎么，还在睡觉？"毛头忙道："对，对。养精蓄锐，调养生息嘛，等待大干一番，为四化建功立业。"谁知碧玉话头一转，红着脸说："毛头，你说我这个人怎么样？"石破天惊。"干啥？"虽然毛头对她有点想入非非，但绝想不到她提这个问题。"你的美貌，犹如天仙；你的纯洁，好比天使；你的声音，又像夜莺……"毛头涎着脸说。"说真的，"碧玉正色道，"毛头，这么多年了，我觉得你是一个靠得住的人。"此时，毛头确实激动异常，为自己值得一个红颜信赖而激动。

"你认真回答我的话，我将带给你一个喜讯。"碧玉嫣然一笑。

"好。"毛头大腿一拍，应允着。

"我，我想到你的拆船公司上班，你说行吗？"碧玉终于忸怩地说出。

毛头舒了一口气，爽快地说："行。我求之不得呢。小姐的才学，小姐的能力，让我敬佩。我就让你当个公关部主任吧。"

"真的？"碧玉大喜过望。

看着她的娇态，毛头差点冲上去，把她抱住，但突然毛头想起，问："不是外资企业聘你当秘书吗？"

"是的。"碧玉颔首答道。

"不是月薪三千吗？"

“是的。”

“不是负责三餐饮食吗？”

“是的。”

“可你今天跑到我这里，不是在耍我吧？”

毛头有点发怒了。

“不，不……”碧玉急忙分辩道，“那老板还有一个条件，就，就是还要我陪他睡觉……”

毛头不知怎的，不禁畅然大笑起来：“好呀，这个好呀……”

碧玉愣然。

片刻，毛头又俨然大怒：“臭老外，你以为有几个钱就可以到中国糟蹋我同胞了？”接着又斩钉截铁地说道：“碧玉，看在我毛头大丈夫的身上，你到我这里吧。我绝不会亏待你。”

许是受了毛头举动的感染，也许是感到老板污辱了她的人格，碧玉泪珠竟“啪啪”地掉下来，同时又抽泣起来。毛头不知不觉地拍着她的肩膀，像一个宽厚的长者说：“说定了。没关系。”

碧玉蹦蹦跳跳地走向门口向毛头告辞了，又忽地喊道：“光顾高兴，差点忘了大事。”说着从挎包里拿出封信递过来，说了声“给你了”，就风一样飘出了门口。

毛头拿着一看，天哪，是来自渤海舰队的信，翘首以待的喜讯终于降临了。毛头急急地拆封、展开、阅读——“毛头吾甥：舅乃共和国军人，兵舰乃卫国之军械，即使退役仍是国家之资产，谈何轻松，只要舅一调拨，就能开赴甥之公司。万望甥切莫异想天开，要脚踏实地，兢兢业业为党为人民做好工作……”

硕大的字体，笔力刚劲。书信像一发炮弹把毛头的梦想炸得粉碎；又像一把利剑，直刺毛头心窝。毛头浑身发抖，头晕目眩，最后颓然倒下。

转眼间，单位进入个人去向表态阶段，会议上，胡来说："生我是娘，养我是党，如今，我怎能说走就走呢？这不是忘恩负义还是什么？因此，我庄严地宣告：我永远也不离开党。"碧玉说："胡来你的思想认识还差一大截，还得继续、不断、深入、广泛、认真、孜孜不倦、入目、入耳、入脑地学习学习再学习。党就是我的爷爷奶奶外公外婆。党的怀抱是多么的温暖、舒适和富有安全感。"毛头说："我不合眼整整思考了三天三夜，最后咬紧牙关决定不走了。一人富，不是富。我党改革开放的目的就是要让全国人民都富起来。虽然我组织上还没有入党，但我在思想上要紧跟党，同党中央保持一致。亏了我一人，要让全中国的人民大众都富起来。政府机构要运转，虽然我不是个头，但我要做好螺丝钉的作用。虽然我个人损失大，但看到千千万万的人民富裕起来，祖国不断繁荣昌盛起来，屹立在世界的东方，我死而无憾。"

倒是马太太慢慢地站起来，尽量克制着内心的激动和复杂说："我就提早退休吧。我思想、能力也跟不上了，很愧疚。在以前工作中，如有差错、对不住大家的地方，请大家多多包涵，多多谅解了……"她眼窝里分明闪现着泪花。

一片沉寂。

春天说走就走了。那天，一条小巷口，毛头撞见了马太太。烈日下，马太太戴着一顶大草帽，守着一只冰柜在卖棒冰。毛头正欲转过头躲开，马太太倒大大咧咧地叫开了："毛头，毛头，这不是毛头吗？"于是，马太太打开冰柜取出一支大雪糕。毛头连忙说："哪能，哪能呢……我又不是小孩。”马太太说：“没关系，没关系，清凉清凉。”

毛头搭讪道：“生意怎么样？”

马太太亮着嗓子说开了：“刚干这一行时，挺难为情的，碰到熟人羞死了，大小咱是干部出身吧。可现在想开了，劳动取酬嘛，光明正大的，不是偷不是抢。再说，社会是现实的，你不能自以为干部出身，在家摆着架子，可不会有人给你送钱。现在虽挣不了大钱，但补贴补贴生活开支，给小孙子买些衣服、玩具呀，还是拿得出手的……”马太太晒得黑里泛红的脸荡漾着笑意，时而发出朗朗的笑声，与以前相比，简直判若两人。

毛头恍恍惚惚的，只好说：“马太太，有空来单位坐坐。”

马太太说：“会来的，会来的。其实我挺怀念与同志们相处的日子。毛头，你好好干。你，有文化、有能力，会有出息的。”

毛头吮着马太太的大雪糕凉丝丝的，但心里却燥热难受。于是，毛头向马太太告辞。马太太连声说着：“向胡来问好噢，向碧玉问好噢，向同志们问好噢……”

毛头低着头走开，差点和一辆摩托车撞了个满怀。

马太太离开，办公室成了名副其实的“三缺一”。群龙无首，但毛头和胡来时而瞅瞅马太太的空位置，有点心照不宣的味道，两人似乎都格外地卖力起来。只有碧玉有时舒坦地仰坐在藤椅上，双手抱在胸前，似笑非笑的样子。只要头儿一交办工作，毛头、胡来就不停地点着头：“好的，好的，马上办。”头儿没想到的，他俩就会争先恐后地跑到头儿那里，祈求着：“您看，这事应该办了……好的，好的，我来办。”

不断有风言风语传来传去：

以前领导交给胡来工作，胡来却拿烟巴结毛头，让毛头代写，自己却跑去跳舞喝酒……

不要以为毛头文章写得如何如何好，他大多是抄来的，报纸上抄，文件上抄，中央领导的讲话照样抄，最不能容忍的是单位里每年的总结材料，都是一年一年抄下来，只不过改动一些时间、数字……

胡来在领导面前是个马屁精，深更半夜掖着礼物往领导家里钻；背后却骂这个领导是周剥皮，骂那个领导是窝囊废……

你们知道吗？有一次毛头引诱一个小姑娘去看电影，黑暗中伸出手去乱摸乱捏，被那小姑娘“啪”地打了个耳光，全电影院都听见了……

……

貌似平静的空气里充满了火药味，似乎到了一点就炸的地步。那天，毛头独自坐在办公室里，叼着烟，双手抓着凌乱的头发，思索着如何再狠狠地反击胡来这小子。这时胡来气急败坏地撞进来，涨红着脸终于蹦出一句：“定了。”

毛头冷眼瞧了他一眼，懒得理他，但还是心不在焉地搭了句：“什么定了？”

“科长，我们这里的科长呀。”胡来几乎跳起来。

“谁？”毛头愣过神，惊得霍地站立起来，又觉得自己失态，直愣愣地盯着胡来。

“碧玉，”胡来几乎吼叫，“她算什么东西？”

“碧玉……”毛头的心猛地往下沉，以前自己怎么没有注意到碧玉的存在呢？

胡来喷着唾沫说道：“她找到靠山了，一个显赫的人物……”

“妈的，”毛头愤怒了，“这世道，怎么走了一个女的，又来了一个女的。走，这日子过不下去了。此地不留爷，自有留爷处。我就不信闯不出一条路来。”

“对。我也不干了。我跟着你走。”胡来气咻咻地说着。一下子两个人成了盟友。

“可……”胡来又仰着头问，“毛头，我们到哪里去呢？”

“到……到哪里去？”毛头一时语塞。

正在这时，碧玉踩着富有动感的脚步，昂首挺胸地走进来，从容地向毛头、胡来挥手、微笑。

毛头和胡来面面相觑，不知说什么好。

发表于《海风》1999 年春夏卷。

南郭新生记

（故事新编）

遥想当年，南郭先生在皇家乐队是多么风光。金碧辉煌的宫殿里，南郭先生等三百位吹竽手，吹奏起美妙无比的乐曲，享受着齐宣王丰厚的俸禄。

想不到好景不长，宣王的儿子湣王继位，这齐湣王也是一个音乐发烧友，也特别钟爱竽这种乐器，却喜欢听独奏。

这下可大事不好了，因为南郭先生只是一个音乐爱好者，哪里有国家级的吹竽水平呢，只是宣王喜好集体演奏，给南郭先生钻了空子，谋得这个职位，每次上朝吹奏也只是装模作样罢了。

在轮到自己演奏的前一夜，南郭先生携妻儿和一些细软，乘着一辆马车，从齐国出逃到吴越之地的一个小城悄悄安顿下来。

开始南郭先生一家还靠着带来的积蓄过日子，后来，渐渐坐吃山空。但南郭先生既没有强壮的身体，也没有劳动技能，又过惯了养尊处优的日子，面子薄，清高，到哪里找合适的工作呢？

南郭先生的夫人只好狠下一条心，在十字街头支起一口油锅，做起了油炸饼的小生意。这样，南郭夫人每天起早摸黑，忙里忙外的，而南郭先生只是坐着发愣，吃着闲饭，日子久了，夫人也会说些带刺的话，比如“一个男人整天窝在家，像什么样啊”。于是，南郭先生愈来愈觉得自己窝囊，长吁短叹中，摘下挂在墙上沾满灰尘的竽吹奏起来，终日相伴解闷。南郭先生真是百感交集，不知不觉把自己的情感融入音乐中，那乐曲也在“呜呜”声中生动起来。

多少年过去了，这天晚上，南郭先生落寞地坐在床头，瞟着对面桌上那台破旧电视机。突然，一条消息犹如一道闪光照亮南郭先生的眼前。原来，电视机里正在播放一条本市组建民族乐团招收乐手的消息。

一个激灵，南郭先生跳下床，连鞋也没有穿好，就狂叫起来：“夫人，夫人……”南郭夫人正挑着担子进来，黑着脸说：“发什么疯？”南郭先生高声说：“好消息，好消息，市里要建立民族乐团了，我要报名参加……”南郭夫人没好气地说：“你去啊，你马上就去啊，我看你连门都摸不着，这个社会没有关系怎么能办事？”南郭先生一愣，拉着夫人的手带着哭腔说：“夫人啊，我闲在家里，也不好受啊，这次是一个机会啊，我要……”南郭夫人想想也是，拍了一下大腿，叫起来：“这事得叫东门老板出马帮忙了。”南郭先生也一拍脑袋，说：“对啊，我怎么把他给忘记了。”

于是，南郭先生马上打通了东门老板手机，如此这般地说了。东门老板也干脆，说立马过来。

说起这东门老板可是南郭先生的老朋友了，而且和南郭先生进入皇家乐队有着直接关系。那时，他们多年轻啊，南郭先生发奋学习，每天一大早就到后山草坡上，练习吹竽，并立下誓言，要当天下第一吹竽手。但这东门整天向南郭先生灌输“学得好，不如活得巧”的“名言”，带着南郭先生游山玩水，喝酒跳舞，并拍下胸脯，南郭先生的前程他包了。于是，南郭先生练竽就松懈了，也沉溺于吃喝玩乐之中。后来，东门果然把南郭先生弄进了皇家乐队，原因很简单，乐队队长是东门的铁哥们儿，又打理了一些银子，事情就办成了。

现在东门在城里办了一个“百路通”经纪公司。东门既是老交情，也有门路，南郭夫人说请东门老板来是请对了。

当东门老板轰隆隆的摩托车出现在巷口时，南郭夫人也提着从熟食摊上买来的半只烤鸭、三两凉拌猪耳朵和几瓶啤酒兴冲冲地进来。在小桌上摆好，两个男人喝将起来，南郭先生急切地问：“你认识这乐团团长吗？”东门老板咽下口酒后，撇了撇嘴说：“你连基本的门道都不懂，现在这个民族乐团还没有建立，哪有什么团长？”说着打开了带来的手提电脑，进入他的“情报库”，边敲击着电脑，边说着：“乐团的主管部门应该是文化局……文化局长是……欧阳……这欧阳局长是不久前调入的。”

南郭夫人伸长脖子堆着笑说：“还是东门老板高明，这事能办成吗？”东门老板睁大眼睛，喷着唾沫吼道：“只要有钱，我这百路通公司没有办不成的事！”

说到钱，南郭先生和夫人蔫了，东门老板见此情景，也无奈摇了摇头，叹了口气说：“巧妇难为无米之炊啊。”沉默了一会儿，东门老板不甘心地提示南郭先生：“你以前在皇家乐队就没带出什么吗？比如书画器皿之类的。”

猛然，南郭先生急步来到墙角打开一只木箱，取出一个包裹，放到桌上，打开一层又一层，出现了一方橘黄色的绸缎。南郭先生颤抖地拿起说：“这，这是当年皇家乐队的乐谱，已经失传了，上，上面还有齐宣王的印。”东门老板在灯光下瞧着，连口水都流出来了，连声说：“好，好，现在时兴的就是雅贿。”朋友管朋友，东门老板与南郭先生签订了合同，但看在朋友的情面上，东门老板八折优惠收费。

东门老板拿着那皇家乐队的乐谱走了，南郭先生和夫人充满了期待。过了不久，东门老板传过话来，那边一切都已经打通了，这欧阳是新调来的，更容易搞定，南郭先生你按程序走就可以了。这下，南郭先生和夫人喜上眉梢。

南郭先生请别人在网上报了名，按照规定的日期去应试。当南郭背着竽出现在考场时，周围围满了好奇的人，问这问那，南郭不禁喜滋滋的。轮到南郭演奏了，面对着一排考官，南郭刚刚捧起竽，一个披着一头长发的男考官连忙挥手叫停："你不用演奏了。""为什么呀？"南郭先生简直懵了。"您已经超龄了，对不起。"尽管那考官说得彬彬有礼，但无异于一把利剑直刺南郭胸口。

南郭先生跌跌撞撞回到家，气急败坏地打电话给东门老板："你不是说关系打通了，怎么连表演的机会也没有给我？"东门老板风风火火地骑着摩托车赶来，听完原委，也叹了口气说："唉，也怪你了，年龄怎么不填小点呢，再弄张假居民身份证，不就得了。我已经把东西送出去了，一切都搞定了的，这事是你自己造成'硬杠'过不去的，我也没有办法。"东门老板又沉重地叹了口气："黑，收到东西却不给办事，黑啊。"东门老板对南郭先生深表同情，说看在朋友的情面上，那八折优惠的收费就免了。

南郭先生弄得个鸡飞蛋打的下场，南郭夫人气得直骂娘，说："反正鱼捉不到了，也要把水搅浑。"每天在油炸饼摊前，逮到人就叙说一番："黑，真黑啊，贪官局长，收到礼却不办事，这不是欺侮咱老百姓吗？你知道多重的礼吗，皇家乐队的乐谱啊，还有皇帝的印啊……"

那天傍晚，夫人还没有收摊回来，南郭先生想起自己多舛的命运，不禁又捧起竽吹奏起来，乐曲时而幽怨，如泣如诉，时而激愤，像疾风暴雨……一曲奏罢，一片寂静，突然，响起了鼓掌声，南郭先生抬眼一看，昏暗的光线里，门口不知什么时候站着两个人，一个是一头长发的考官，另一位是高大身材黑黑脸膛的中年男子。南郭先生擦了擦眼泪，还没有回过神来，不知所措。

还是那长发男人过来说："南郭先生，这位是我们欧阳局长。"说着指了指那中年男人。欧阳局长伸出右手迎了过来，南郭先生想起那天考场上，欧阳局长就坐在考官位置上，就恨恨地在心里骂了声："贪官！"站着一动也不动。欧阳局长见此情景，就把左手提着的一袋东西放在桌上。

欧阳局长自个儿坐到一条板凳上，又反客为主地指了指僵立着的南郭先生说："我们坐下聊吧。南郭先生，我刚调任过来，一些情况也不大了解，听说您在皇家乐队供职过……"这对于南郭先生来说，无异于揭他的伤疤，南郭先生额头青筋暴起，吼道："滥竽充数，那是过去的事，你知道我现在的技艺吗？"欧阳局长笑了，指了指那长发男人说："艺术我不大懂，但我会认真听取专家意见的。"欧阳局长又话锋一转，问道："听说你有皇家乐队失传的乐谱？"真是假正经，真是会演戏。南郭先生气得发抖，说不出话来。欧阳局长见他这样，便说："我们回去研究研究，你等通知吧。"又指了指桌上那袋东西说了句"物归原主"，就和考官一起走了。

南郭先生急忙打开那只黑色的塑料袋，见是一盒盒西洋参、青春宝等。南郭夫人收摊回来，听了南郭先生的叙述，狂叫起来："贪官，可惜今天我回来迟了，要不我就抽他三个耳刮子。"接着南郭夫妻俩分析起今天的事儿来。哼，收到国宝级的乐谱，却"回礼"这些东西，并当着这长发男人的面，说是物归原主，可长发男人并没有见到里面的东西，那以后就是出事了，长发也可以做证"物归原主"了。回去时，说研究研究，等待通知，分明贪心不足，吊人胃口，以为我们还有乐谱，再来敲诈勒索，南郭先生和夫人越想越来气，异口同声地大喊一声："多么狡猾多么贪心啊！"

过了几天，南郭先生真的接到欧阳局长电话，约定了时间，说去好好谈谈。想到以前送出这么珍贵的东西，却苦于没有证据，让欧阳局长贪去了，这次南郭夫人特地买来了录音笔让南郭先生带上，说可以把证据提供给纪委、检察院，再也不能让贪官横行霸道了。夫人不断给南郭先生打着气，说："不要怕，勇敢一点。"并嘱咐，碰到危险时，要及时打110报警。南郭先生怀着一腔悲壮的心情赴会，说："夫人，我已经做了牺牲准备，这是为民除害，消灭贪官，值。"

走进文化局大楼，南郭先生尽管心头怦怦直跳，但从来没有这么昂首挺胸过，推开欧阳局长办公室的大门，只见欧阳局长一个人坐在桌前批阅文件，屋里静悄悄的。欧阳局长见南郭先生来了，就站起身，连忙给他倒茶，南郭先生心里想，你假惺惺什么，分明藏着坏主意。你表演吧，你的末日来临了。

欧阳局长说开了："南郭先生，您报考民族乐团乐手确实超龄了，但鉴于您在民族乐器竽的演奏上有一定的造诣，特别是目前我们国家正在加强对非物质文化遗产的保护，对民族民间艺术的挖掘和开发，经过研究，特批您到乐团做辅导工作。"

这下，南郭先生简直不敢相信自己的耳朵。

欧阳局长接着说："南郭先生，皇家乐队的乐谱，这是怎么一回事？"南郭先生冷冷地想：狐狸尾巴露出来了吧。就笑着说："感谢局长大人录取了我，我唯一的乐谱送给您了，但我家确实再也没有这东西了。"

欧阳局长这时脸色大变，说："南郭先生，录取您，我们是公事公办，但今天您要把乐谱的事情讲清楚，我们不管当官还是做人，都要堂堂正正。"这下，南郭先生疑惑极了，就把事情的原委说了，欧阳局长听了这话，马上拿起电话拨打了 110 报了案。结果公安局那边很快传来消息，说抓到了正在与外商交易乐谱的东门老板，那东门老板一进局子就招供了。原来，东门老板拿到了乐谱之后，知道了这宝贝极有价值，就藏匿起来，自己另外买了一些滋补品送给欧阳局长“攻关”。

南郭先生感动不已，说：“局长大人，您真是光明磊落啊，以前我是为了进乐团而送礼，现在我是心怀感激和表示敬意，把那份追回来的乐谱送您作留念。”欧阳局长笑了笑说：“这份珍贵的乐谱是属于您的，但也是属于国家的。”并提议南郭先生将乐谱捐献给博物馆。

这样，南郭先生就进入了民族乐团，担任辅导老师，培养新人。南郭先生很卖力很敬业，发挥了很好的作用，不久就被提拔为艺术指导，享受专家级待遇。南郭先生还把博物馆给他的奖金赠送给了乐团，用于民族音乐的发掘整理。

后来南郭先生也了解到，这欧阳局长模样像个工人师傅，其实是位高学历的干部，不禁更加敬佩。有时候想想，自己没有什么背景，而且有历史“污点”，竟然不费“一枪一弹”就进入了乐团，真有点在梦中的感觉。一次南郭先生酒喝多了，醉醺醺地说：“欧阳局长大人，您让我焕发了青春，日子越过越有意思，越过越有奔头，叫我如何感谢您呢。”

欧阳局长笑了，拍拍南郭先生的肩膀说：“您对于我们来说，是一个宝啊，当然得珍重。您为发扬光大民族艺术做出了贡献，应该感谢您才是。”

南郭先生还深有感触地说：“要是年轻时，不荒废青春，也不至于留下‘滥竽充数’这千古笑话了。”

听说，南郭先生现在白天到民族乐团上班，晚上在家写《我与竽的恩怨情仇》一书，记叙竽的起源、发展、流派，同时通过自己的亲身经历，歌颂新社会、新制度，一个字，好，再加一个字，也是好。

2006年7月编入《廉政故事》。

房东和房客

（故事）

这是星期天，王大明一大早就醒来，在床上继续纠结着昨晚的问题，辗转反侧好久，终于一咬牙：去东坡湾！看看还不成吗？于是，一骨碌起来。

一番打理，王大明吩咐了妻子、儿子一下，开着那辆桑塔纳上路了。三月里来好风光，阳光金灿灿地闪耀着，但王大明心情可没那么好。

王大明是土生土长的城里人，自小就有一种优越感，没有为房子发愁过，可现在，却为房子的事苦恼着呢。王大明有祖传的房子，当同龄人为婚房焦急时，他悠然地结婚、生子。后来城市兴起商品房建设，接着是城市扩容，一幢幢高楼拔地而起，王大明也有点心动，就在这个时候，王大明所住的这片老城区被划为拆建对象。于是，王大明心安了，涌上更大的优越感。但是一年又一年过去了，房价像火箭一样直往上蹿，但这片老城区拆建的事，时而闻雷声，就是不见下雨。

而对于王大明来说，时间在推进，家里的情况也发生了变化，房子的事等不起啊。原来小两口，后来再添上个儿子，逐步添置家什，家里越发显得拥挤，连转个身，屁股都会碰到墙。还有一个原因是儿子读高二，接下来就要高考，你说焦急不焦急？王大明想把这二楼小屋翻建，但这一片已纳入拆建规划范围，政府当然不会批准。

王大明作为工薪阶层，也积蓄了一些钱，但远远赶不上攀升的房价；至于拆建的事，还是没有明确的时间。房子的事如何解决呢？前几天与同事谈起这烦恼的事，同事给他指出一条路：下乡。同事说，在城市四周的乡下，农民建造的房子挺不错，挺宽敞的，特别是一些偏僻的地方，租金也不高，专门用来租给城里人住的，不妨一试。同时推荐了一个叫东坡湾的村庄。

王大明昨夜想了个遍，觉得这是一条思路，也是一种希望，但又有顾虑，农村里的人现在时兴进城，我王大明这个城里人却要下乡，是否有点落魄的味道？我王大明毕竟是有文化、有身份的人，在单位里当着个科长，掌握着点权力，管着一些人。

王大明的车子在城里躲躲闪闪开了一阵子，出了城，就顺畅起来了。依照同事画的线路图摸索着往前开，但过不了多久，道路两旁就不断出现“东坡湾”的指示牌，所以也用不着多思量了。

两边青山苍翠，一条宽阔的溪沟从远山深处流淌而下，而溪边就是平坦的水泥路向上延伸，轿车在平稳地行驶着。王大明忽然觉得这个地方有点印象，但想不起来，思绪又飘到自己身上，人到中年了，却要“下乡”，却要当“房客”，不免有点苦涩，但又禁不住自嘲和自慰了一番：“我也曾经当过房东呢。”

容不得多想，路边出现一块巨石，只见上面镌刻并用红漆涂抹着一行大字：东坡湾欢迎您。王大明情不自禁地刹住车，开了车门走出来，一个山村的面貌也展现在眼前。这是一个开阔的村庄，背靠群山，溪水“哗哗”跳跃着，一垄垄菜园的作物长得鲜嫩，桃红李白掩映着一座座错落有致的房子，那房子外墙贴着或洁白或橘黄的瓷砖，分外醒目，好一个世外桃源。

王大明终于一拍大腿叫起来："我到过这里。"在二十岁光景，王大明参加团支部组织的郊游到过这里。王大明记得清楚，那天，天刚发亮，他们就骑着自行车，一路兴致勃勃而来。那是凹凸不平的石块路，自行车颠簸得叮当响，竹丛掩盖着一间间土屋，一直到这条小路的尽头，是一个宽阔的溪滩，溪水环绕着一块块巨大的石块，充满着野趣，当时号称"乱石滩"，也吸引着城里人来这里游玩。

这时候，有一个在菜园里拾掇的阿婆见到探头探脑的王大明，走过来问："同志，你要租房吗？"王大明有点惊奇，随口问道："你怎么知道？"

阿婆笑吟吟地回答："现在到我们东坡湾做房客的可多了。要不，你到我家里看看？"王大明心想，现在乡下人也真会做生意，这么会招徕顾客，于是打量着阿婆，忽然似觉相识，叫了起来："你，你是阿香……阿婆……"这阿婆呆了一下，惊喜地说："你是大明啊？"真是逢到老相识了，阿香阿婆连忙把王大明迎到了家里。

王大明与阿香阿婆还有一段经历呢。那时，王大明结婚没几年，把原来作为厨房的一间小房子，租给一对进城卖菜的农民夫妇，而把厨房搬进了自己住的二楼房子的底层。用王大明的话来说，是给孩子挣一份牛奶钱。这对农民夫妇就是阿香夫妻，他们夫妻在菜场里有一个小摊位，阿香租住在这小房子里，丈夫会在每个晚上用手拉车从家里载来青菜，他们在门前再做些清理、包扎，第二天一大早拿到菜场卖掉。

到了阿香家里，阿香又是让坐，又是倒茶，关心地询问起王大明妻子和孩子的情况来，王大明也毫不隐瞒地倾吐出自己的苦恼，以及想在这里租个房子住的意愿。

阿香阿婆哈哈大笑起来："到我家里算找对了。"阿婆马上拉着王大明上楼，但走了一半，又马上折回，拉着王大明风风火火出了家门，来到旁边一所房子前，打开锁进了门。

王大明不明就里，问：“阿婆，你这是干吗？一会儿要到那，一会儿又到这……”阿香阿婆笑了，说：“因为我房子多啊，刚才的房子，是我和老伴的，三楼四楼空着要出租，刚才一激动就想租给你住，又一想，你是知识分子要清静，就把我儿子的房子租给你吧。”

这是一套小康型住宅，通俗一点说，是别墅。阿香阿婆又拉着王大明一楼一楼地看去，真是宽敞明亮，装修精致，设施齐备，环境幽静，犹如星级酒店，王大明吓了一跳，这样的房子怎么租得起？但王大明只好说：“阿婆，那你家儿子不住呀？”阿婆说：“儿子长年在西安开店做生意，你放心住着吧，他们只是过年回来住几天，到时你腾出一间给他们就是。”王大明一惊，还要我“腾”出一间给她儿子住，好像这房子就是我的了。

王大明还是吞吞吐吐地说出心中的担忧：“阿婆，这房租，得多……多少钱？”阿香阿婆大度地说：“你看着办，给多少就多少吧。”王大明坚持说：“你说个数。”阿婆迟疑了一会儿，如实说开了：“这样的房子，我们这里一般月租金 800 到 1000 元，要不，给你就 700 元吧，不，就 600 元。”“那怎么行呢？”王大明推辞着。

阿香阿婆爽朗地说：“谁叫我们是老相识呢，以前我还租住过你家房子呢，不要在意嘛。”顿时，王大明想起以前租给阿婆的房子是又矮又小，还昏暗、潮湿，每月 200 元，阿婆曾还价 180 元，但自己没有让步。想到这里，王大明就觉得有点不好意思。

见王大明不语，阿香阿婆接着说：“俗语说，人是屋肚肠。房子不住人，容易腐烂损坏的。再说，房子空着，也是浪费，罪过啊。”阿婆向王大明介绍了村子的情况，由于这里环境优美，空气新鲜，现在交通也方便了，村民们造起的房子整洁宽敞，城里人慕名到这里租住、休闲，有的退休了的，就与村民订了长期协议，搬到这里养老。她还劝王大明道："你搬来我家住，也是给我们增加人气，如果我家里空着，人家还要说我家人缘不好。其实我家也不缺钱，我俩老只六十多岁，闲不起，还种点菜，老伴每天开车运到城里批发掉。"

听罢，王大明情不自禁地说道："既然这样，那真是太好了。"王大明看着这么多的房间，暗里在打算着，这间是夫妻卧室，这间儿子住，这间是书房，这间做会客室，这间可以做一个小酒吧……王大明可真要过神仙般的生活了，也看到了美好的前景——真如阿香阿婆劝慰的："你的老房子终究要拆建的，等着住高楼大厦吧，到时我来喝喜酒，现在你别慌，就住在这吧。"600 元租金，银行里存款的利息也足够付了。在送别王大明时，阿香阿婆还是说个不休："尽快搬来哦，这里家具、电器都齐全，你只要带点被褥、衣裤和洗漱用品就行了，当然，你们知识分子还要带上书。以后要吃小菜啥的，你尽管在菜园里拔去就是，你们城里人说，这是绿色产品呢……"最后还不忘加上一句："你有朋友、同事要租房的可以介绍来，我两间房子的整个三楼四楼可以出租。"

王大明在车子里拨通了妻子的电话，叫道："老婆，我们要住别墅了。"妻子骂了一句："你神经病啊。"王大明继续道："新鲜，昔日的房东成为昔日房客的房客了。"妻子吼道："什么乱七八糟的。"

"回家说。"王大明收了电话，心情好舒畅，开车疾驰。

获浙江省第六届新故事作品征文大赛一等奖（浙江省文化馆 2012 年 6 月）。

重 逢

（故事）

仲春的阳光，洒在豫南这个小县城，洒在披上翠绿新装的大树上。新兴汽车修配厂老板郭老兴哼着小曲，曲子里有掩饰不住的兴奋和激动。郭老兴这几天的好心情，与来自浙江的那个司机有关。三天前的深夜，一阵剧烈的敲门声把郭老兴惊醒。对于这样的不速之客，作为修车老板的郭老兴也是见怪不怪了，打开门，只见路灯下，站立着一个惊魂未定的年轻人。一问，原来年轻人由于道路不熟悉，驾驶的轿车冲进小河里了。郭老兴连忙叫上徒弟，开上卡车，带上这个年轻人，来到了出事地点，经过一番周折，把轿车拉上了岸，并拖到厂里。

这年轻司机在轿车落水后，机灵地钻了出来，但衣服都湿了，还有，那手机什么的，全放在车里一个小包里，被水一浸，估计都坏了。郭老兴二话没说，给司机拿来衣服，让司机用自己的电话与家里联系，安排床铺，还三餐酒肉招待，那边，抓紧修理轿车。

酒席中，那叫赵明的30多岁的司机开玩笑说："你给我吃喝，供我穿住，就不怕我跑了？"郭老兴哈哈地笑了："你跑得了人，可跑不了在我这里修的车。"沉吟了一下，又说："即使你开车跑了，这也是你的事。如果我不为你做这些，我心里会不安的。"年轻司机来自浙江，郭老兴更是兴趣浓厚，得知司机的家是台州一个叫大溪的集镇，更是问这问那，几乎成为忘年交了。三天后，轿车修理好了，赵明说郭老兴够义气、够朋友，一定要邀请郭老兴去他家乡玩玩，说自己的家乡有山有海，是21世纪中国大陆阳光最早照到的地方，想不到郭老兴竟然答应了。

郭老兴把厂交给徒弟打理，第二天一大早，带上行李，坐上赵明的轿车。这么多年来，这个瘸了一条腿的郭老兴只是默默地操持着这个厂，言语不多，更是很少出门，只有他老伴隐约地感觉到，他这次出行不是去游玩，更不是去图报恩的。

轿车在高速公路上奔驰，郭老兴没有了前几天的兴致勃勃，变得脸色凝重，怀里抱着那个鼓囊囊的皮袋子，注视着前方，似乎陷入了沉思。当落日余晖映红天边时，就到了赵明的家乡。

指示牌不断提醒前方就是大溪出口，郭老兴显得越发紧张，却叫赵明继续往前开。赵明有点不解，但高速行驶中，也不容他多想多问，一会儿就穿过了那长长的大溪岭隧道，那雁荡山秀美景色扑面而来，接着就是开向温州了。郭老兴叫道："不对啊，怎么就过来了呢。我是到岭上去。"赵明笑了，说："大叔，你是犯迷糊了是吧，高速公路是逢河过河，逢山穿山，又不是以前的盘山公路。"

"对，我就是要到以前的盘山公路。"郭老兴拍腿叫道。"哦，你怎么不早说呢，不就是104国道吗？这还不容易。"赵明答道，到了一个出口拐了下去，接着掉了个头，开上了104国道，往回驶。

只一会儿工夫，轿车就在宽阔平坦的公路上转了几个弯，从岭上平稳地下来了，就到了大溪镇。郭老兴喊叫着："停，停。"赵明把轿车停在路边的大树下，问道："大叔，你葫芦里究竟卖的是啥药啊，把我都搞糊涂了。"

郭老兴哆嗦着从口袋里掏出香烟点上，降下车窗玻璃，猛吸上几口，凝视着外面的世界，平静了好一会儿，说："小伙子，我给你讲讲我的故事吧。"于是，他慢慢地道来。

20 世纪 80 年代初，商品经济刚刚兴起，郭老兴这个从部队退伍的汽车兵，也有了用武之地，从乡下来到县城，被一家企业招用。后来，郭老兴所在的企业与福建一公司挂上了外贸生意，因此，郭老兴得把产品长途拉到福建。郭老兴来自华北大平原，开的全是开阔平坦的大道，现在的运输旅途就不一样了，尤其是浙江崇山峻岭上的盘山沙石公路开得那叫一个胆战心惊。其中台州与温州的交界处，车子开过一个叫大溪的集镇，就是一个叫大溪岭头的山岭，山又高，路又陡，更要命的是不断出现大角度的转弯，真是如在鬼门关上走。之所以对这个地方这么了解，是因为太险峻了，郭老兴对着地图时常琢磨，车子开到这个地方更是多多注意，有时候在紧张开车的途中，瞟见散落在山岙里的用石块垒起来的房子，心里就会浮起怜悯之心：这些山民是如何生活的呀。

但在第四趟送货时，郭老兴还是出事了。那是一个深夜，天黑、路险，再加上紧张，车子冲向悬崖，坠落山涧。车子砸得面目全非，产品散落一地，郭老兴头破血流，更要命的是身子卡在驾驶室里出不来了，迷糊中，心想是死定了。也不知过了多久，郭老兴被一个声音叫醒，一个中年山民打着手电筒安慰郭老兴不要慌，接着跑去叫来了乡亲，奋力把郭老兴扒了出来，用树木绞起担架运下山，送进医院抢救。

郭老兴激动地说："那个时候，我已经不能动弹，也不能说话了，但还是有意识的，当那中年男子安慰我时，我知道我有救了；当我躺在担架上，我感觉到他们手电筒和火把光影的晃动，感觉到了他们奔跑的气喘……如果没有他们，我早没命了，如今，我年过六十，我要找到那些恩人，表达我的感激之情，现在这岭头变得多么平坦，可，可，怎么连居民也没有了呢，我到哪里找呀……”

不想，赵明听后，哈哈大笑起来，说：“大叔，你算找对人了，我就是岭头村人……”郭老兴激动地抓住赵明的手，说：“快告诉我，那中年男人是谁，他们现在都到哪里去了呢？”

赵明又笑了：“这是上一代人的事了，我怎么知道啊，去问问我爸吧，他应该了解。你怎么不早说呢，多兜了一个圈子。”

赵明重新开动了轿车，迎面是高楼林立，宽阔公路，大溪虽说是一个镇，却犹如城市，接着驶进一个气派不凡的小区，在一幢屋前停下。赵明帮着打开车门，郭老兴走了下来，抬头一望，是一个别墅区。

赵明向屋内高喊：“爸，爸，我回来了。”这时候，一个干瘦但精神矍铄的老人迎了出来，赵明指着还愣在一边的郭老兴说：“这就是我在电话里与您说的恩人，这次全靠这郭大叔帮救了。”

郭老兴上前紧紧地握着赵明父亲的手说：“我哪里称得上是恩人呢，老哥，我才是来寻找恩人的。”于是，把自己的事情向赵明父亲一五一十地说了，希望赵明父亲能帮他找到恩人。

赵明父亲呵呵地笑了，说：“老弟，以前我们碰到这样的事情，也真是太多了，恐怕不好找。”

郭老兴抓着赵明父亲的手，使劲地摇动着：“老哥，这个忙你一定要帮啊。”忽然，郭老兴像发现了什么似的，把赵明父亲的手抓到胸前一看，叫道：“恩人，你就是我的恩人。”

这把一旁的赵明弄糊涂了，连忙道：“先坐下，慢慢说。”又叫妻子和母亲烧菜上酒，一家人和郭老兴围坐着拉开了话。

赵明父亲问：“老弟，你怎么知道是我救了你呀？”郭老兴答道：“当我卡在驾驶室里痛得死去活来，快要昏迷时，发觉有人拉我，我费力睁开眼睛，见到这个中年男子，拽着我，手电筒光下，我看见这拉我的右手是缺了半截食指的，今天看到你的手了，我想一定是你喽。”

赵明父亲说：“刚才听你这么一说，我也想到了似乎是有这么一回事。至于我这半截手指，也是在一次抢救伤员中被钢板夹断的。”

郭老兴着急地说：“以前你们在那山旮旯里，现在怎么……你快给我说说。”

赵明父亲拉开了话：“我们这个岭头村原在台州、温州交界的高山上，两百多户人家，却散落在 17 个自然村里。尽管 104 国道穿越而过，但这里地势险恶，时常发生交通惨案，那时，我是村支书，也就时常成为救险队队长。那次我也是在村里开了会议，回家途中发现你出了车祸。现在可好了，你看，甬台温高速公路在这里贯通了，104 国道也改造了。我已经从村支书岗位上退下来了，也不是救险队队长了，不是我不去救，而是因为再也不会发生类似的交通事故了，多高兴。我们大溪是一个工贸重镇，也是全国重点镇，10 年前安排我们高山移民，整体搬迁到集镇上来了，全住进了这小康型住宅，大家经商办企业，都有好收入。”接着指了指赵明说：“他把我们当地的水泵推销到全国各地，有十几个销售处，年收入就上百万呢。”

接着也关切地问郭老兴：“老弟，那你后来呢？”

郭老兴接着说：“出院后，瘸了一条腿，驾驶的活是干不成了，就在路边搭了个店铺，修理汽车，逐步发展成一个修配厂了。”

赵明父亲点着头：“这好，这就好。”

郭老兴激动地说：“老哥，我这么多年，企业的发展壮大也有你的功劳啊。”

赵明父亲愣了，说：“你的企业与我有什么关系呢？”

郭老兴缓缓地说着：“我从开路边店，到办企业，也是要赚钱来养家糊口，但我时刻记想着是你们救了我这个素不相识的人，因此，我总是以诚待人，人家有危难我总是伸出援助之手，想不到这为我赢得了名气，赢得了生意。这么多年了，虽然我身在千里之外，但我一直记着你们，总想有个机会来表示感谢，无奈忙于生计，又手脚不便，今天总算实现了。”

赵明父亲哈哈大笑起来：“以前我们救了你，现在你救了我儿子，那扯平了，都不谈感谢了。”

在赵明父子的挽留下，郭老兴住了两晚。赵明和赵明父亲带着郭老兴在小区里转悠，向每个遇到的村民介绍，郭老兴对不管是否参与了抢救他的村民都表达谢意。在村史陈列室门口，郭老兴看到了一副对联“山民变市民贫穷变富裕，山区到平原农村到城镇”，横批是“新农村好”。

终于要回去了，郭老兴向前来送行的赵明父子和村民深深地三鞠躬，跨上了客运班车。这次重逢，郭老兴终于实现了几十年的夙愿。他提着鼓囊囊的皮袋子，一直没有拿出，里面装着的全是钞票，原来想拿来表达心意的，但看到他们过得这么好，打心眼里高兴，钱已经是不需要，而且也是拿不出手的东西了。

获“蔡东藩杯”浙江省第五届新故事作品征文大赛二等奖（浙江省文化馆 2011 年 6 月）。

又名《恩人》，获首届浙江省故事会征文三等奖（浙江省曲艺家协会 2012 年 3 月）。

寒夜追踪

（故事）

进入“三九”时节，遭遇少有的寒潮，一到夜晚，北风呼呼地刮着，寒意袭人。郭辰腰插电警棍，手握手电筒，警惕地在街头巷尾巡查着。你瞧他，光一副高大的身子骨就是一块干公安的料。大学四年，郭辰不管是理论知识，还是擒拿格斗，样样都是一流的。如今警校毕业安排他到这小镇派出所，他暗暗下定决心，一定要干出一番业绩来。

一条小街走到底，进入一个散落的居民区，连路灯也没有。晚上10点多钟了，不见一个人影，每扇窗户也都是漆黑的。郭辰下意识地使劲跳了跳，耸了耸衣领子，摸了摸差不多冻僵的脸，但出于职业习惯双眼还是扫视着。

突然，郭辰的眼睛像雷达一样，发现前面一个黑影一闪而过。目标出现？郭辰头脑里马上冒出紧急信号，同时迈开双腿追击。当郭辰追到转弯时，前方已经没有踪影，郭辰那个急啊。近期连续接到报案，有多个单位和居民家被盗，这么冷的深夜还有人在这个偏僻地方飘荡，就值得怀疑。

郭辰察看了地形，思索了一下，拔腿朝右边一条小巷冲去，追了两三百米，那黑影终于再次显现。这时，黑影似乎也发觉了，转头看了一下，加速奔跑起来。郭辰眼尖，这黑影个子不高，怀里分明抱着什么。

于是，在这个寂静的寒夜，上演着一场惊心动魄又无人观看的猫捉老鼠游戏。两个黑影憋足了劲，在清冷的月光下奔跑，只有“嚓嚓”的脚步声，如敲打起来的急鼓，在小巷里回荡。前面的黑影渐渐招架不住，两者的距离在缩短，而郭辰正跑得欢呢，心里蛮有把握地说了声：“跟我玩还差了点。”

黑影拐过几棵树木，闪进了一个小院。此时，郭辰心里说不出来的惊喜：竟然把自己带到窝点来，这下，人赃俱获，连窝端。黑影拼着最后的力气推开门，冲进去，黑暗中只是“噼啪”一声，接着传来一声“呀——”的尖叫。郭辰马上跟上，喊道：“不准动，我是警察。”同时摁亮手电筒。

手电筒光下，郭辰才看清这是一张年轻的脸，也就十五六岁，脸上满是汗水，怀里还紧紧地抱着什么，再往旁边一看，一张板凳倒在地上，那刚才一定是这少年撞到板凳后跌倒。郭辰再次喊道：“你叫什么名字，抱着什么东西？”“奶奶——”这时，少年哭着喊了出来。只听里屋里，传来“窣窣窸窸”的响声，一会儿，又传来“啪”的开关拉动声，有灯光照射过来，一个老太婆轻缓的声音响起：“小星，你回来了？”这少年放声哭起来：“奶奶，奶奶——”像是遇到了救星，在释放恐惧。

郭辰愣了一下，扶起少年。少年跌跌撞撞向里间走去，郭辰跟着进去。昏黄的灯光下，床上躺着一个白发苍苍的阿婆，少年连忙掀起衣襟，掏出一个食品袋裹着的搪瓷罐，再把搪瓷罐从食品袋里取出。食品袋里盛着一些倾倒出来的汤汁，少年小心地把袋里的汤汁倒回到搪瓷罐，拿着一个勺子，递到老人跟前，说：“奶奶，馄饨，还烫着呢，您快吃。”

奶奶抬起头，看了看站在一边的郭辰，说：“我老了，眼睛也看不清了，你是帮着小星回家的好人吧……” 郭辰不知道如何回答，也想不是一句话可以说明白的，就说：“老人家，您先吃吧。”

郭辰看着小星服侍着奶奶吃下馄饨，接着就和奶奶慢慢聊了起来。

原来，小星爸妈到外面打工去了，留着小星和奶奶一起生活，但奶奶年老多病，一次脑血栓后留下了手脚不便的后遗症，那家里的事务就全靠还在读中学的小星了。奶奶说：“小星这孩子话语不多，可懂事了，每天一早就起来烧火做饭，放学后还要回来料理家务，人家这样年龄的孩子还只知道玩呢。这几天我又发烧，吃不下饭，小星怕我饿着，不顾夜深，跑去给我买馄饨。” 接着奶奶叹了一声：“唉——都是我拖累了小星啊……”

郭辰终于全明白了，直怪自己鲁莽，就对小星说了声：“对不起啊，刚才……” 小星红着脸，低着头，不好意思地说：“我也是怕啊，看到你追上来，以为是坏人。”

当晚回去后，郭辰心里很不平静，一夜没睡好。第二天，郭辰走访了小星的邻居、村干部，大家说小星和奶奶是一个特殊的家庭，父母双双出去打工，也是为了家，寄来的钱也够祖孙俩基本生活，但叫一个在上学的孩子照顾着老人也真是难为他了。人们都说小星好，可孝顺了，更会吃苦，深夜为奶奶买馄饨只是一个例子呢。

郭辰找小星聊天时，小星总是说奶奶对自己从小是如何疼爱，现在奶奶身体不好，自己照顾她是应该的，奶奶身体安康，是自己最大的心愿，再苦再累也要承担。郭辰深受感动，自己初来乍到，却因为一次意外的追击了解到这么一个动人的事迹，于是，做出一个决定，并向所长做了汇报，所长也大力支持。

从此，郭辰与小星以兄弟相称，郭辰经常到小星家，和小星一起打扫卫生，烧饭做菜，洗衣缝被，送奶奶到医院等，引得人们啧啧称赞。小星也开朗活泼多了，笑声在这个小院子里回荡。奶奶也是乐呵呵的，时常在院子里晒着太阳，与邻居拉着家常，一家人过着其乐融融的日子。

这真是：

爱幼尊老代相传，
人间珍爱祖孙情。
警民共谱孝德歌，
中华民族万年青。

获“王龙杯”中华孝德新故事征文比赛二等奖（中国文化报国家公共文化发展中心、浙江省群众艺术馆 2010 年 12 月）。

2011 年收录于西泠印社出版社出版的《中国孝德新故事》。

神秘的电话

（故事）

那天晚上，王有树吃了饭，正准备外出，客厅里的电话响了。王有树跑过去接，“喂、喂”了好几声，没见回音，因为事急，就放下话筒，赶忙出门了。

第二天，几乎是相同时间，电话铃再次响起，王有树拿起话筒好久，那边就是没反应。看看来电显示，是一个陌生的手机号。

第三天，王有树从外面回来很晚了，还喝了点酒。当他一推开家门，妻子迎面上来就是一顿数落：“你就知道自己在外面快活，那个电话没完没了地打来，就是不说话，烦死了。”就在这个时候，电话机响起，王有树跌跌撞撞地走过去，拿起话筒，舌头打着卷说：“你，你是谁，有，有啥事……”只听“啪”的一声，那边重重地挂了电话。

王有树似乎酒醒了好多，俯下身子拨过去，显示出来的号码就是昨晚的手机号，刚打通“嘟——嘟——”了几下，就被对方掐断了。

日子继续着，那个神秘电话继续打进来，王有树曾轻声地询问过，也严厉地责问过，但对方就是不回话。王有树也逐渐地找出这个电话的规律，每晚总是吃饭前后打进来，如果是王有树接了，那这晚就可以相安无事了，如果是妻子或者儿子接，那个电话就会重新打进来，依照妻子的说法，如果王有树晚上不在家，那个电话差不多半个小时就一次，直到王有树接了电话为止。有一次，妻子忍不住吼道："我老公出差要一星期，你要怎么样？"说来真怪，一星期里这个电话竟然没打进来，但第八天晚上，电话又响起了。

妻子有时候用异样的眼光瞧瞧他，有点酸溜溜地说："是哪个痴情女子看上你，每晚得听听你的声音才睡得着？"王有树好一个委屈："我哪有什么痴情女子，即使有，她怎么会打家里电话，不打我手机？"

这电话打破了家的宁静，更打乱了王有树的生活秩序。那手机号码王有树默记在心中，但一直不知道是谁的。白天，王有树用办公室座机拨打过去，对方都是关机。王有树在电脑上偷偷地搜索了这个号码，结果是，除运营商公布的，告诉你这个号码是本地的外，没有获取任何信息。王有树做了各种猜想：难道是有人恶意骚扰，但想想自己任职副局长一年多来，也没得罪什么人；难道是一个神经不正常的人，随意地选择了我这个电话，非要搞得我不得安宁，而自己得到乐趣……

那天王有树上班，公安局的张科长来联系工作。王有树与张科长也挺熟的，于是把自己一个月多来，受到一个手机骚扰的苦恼事倾倒而出。张科长说："保护公民的合法权益，是我的本职工作，这事还不是手到擒来？"

不出三天，张科长交给王有树一张打印纸，上面有那个手机机主的信息：姓名、身份证号码，还有住址。王有树一看，脸色刹那变了，呆若木鸡，好久才回过神来，结结巴巴地对张科长说："这，这事就到这儿为止，谢，谢谢……"这下张科长很惊讶。

这天夜里，王有树翻来覆去睡不着，又不好与妻子说，那张白纸上的黑字清晰地跳跃在脑海里，这些信息对于他来说，是那么熟悉，熟悉得不能再熟悉了。他只有在心底里反复地问自己：这是为什么，这是为什么……

第二天正是星期六，王有树顶着有点昏沉沉的脑袋开车出了居住小区，往老家驰去。王有树家在农村，远离市区，但现在交通方便，只三四十分钟就到了，远远地看去，父亲就坐在自家屋子前看报纸。父亲当过多年的村支书，如今年龄已高，但还是关心国家大事。

车子停下，王有树跳出车，叫了声“爸”。父亲只是“哦”了一声，照常坐着，从口袋里掏出一支烟点燃，埋头抽起来。王有树也只好拉过一条板凳坐下，却不知道如何说起。

张科长向王有树提供的那个手机机主就是父亲。

王有树转过头，望望父亲的满头白发，心头涌上伤感，父亲七十岁了，就轻声问道：“爸，身体可好？”

父亲头也没回，吼了一声：“死不了。”

父亲还是满肚子气，两个月前，王有树来探望，不到一小时，先后接到四个有关“喝酒”的电话，打来电话的都是啥“陈局”啊，“张工”啊，“周总”啊，有的约请时间重叠了，就重新排定日期。在儿子匆匆告辞时，父亲沉着脸说：“你就不能多待一会儿？”

儿子却回答：“这喝酒对我们来说太重要了，我还是先走了。”

父亲吼叫着：“你走吧，我就当没有你这个儿子！”对于好不容易来一趟家的儿子，竟然把喝酒看作比与父亲多待一会儿还要重要的事，父亲觉得儿子变了，你说能心平气和吗？

王有树带着歉意上了车，开走了。父亲在他的身后还自个儿大骂：“你再喝下去，没有个好结果。”

父亲从来就是性子倔，自从母亲因病去世，王有树觉得父亲更孤独了，更沉默了。这个时候，王有树心里“咯噔”一下，父亲每晚打电话来难道是“返老还童”，以小孩的心理，来“报复”自己，或者精神真的出了问题？

“爸，你，你有事吗？”王有树终于鼓起勇气说，但又不便把话挑明。

“现在酒量长进不小吧？”父亲板着脸问。

“哪里呢，”王有树不明白父亲为什么问这个，赔着笑，“爸，您也不是不知道，我一喝酒脸就红，头就晕……”

“你脸会红还好，我就怕你喝晕了头，”父亲抢过话，吼叫起来，“你当局长了，整天吃吃喝喝，不洁身自好，总有一天要出事。我是农民，讲不出大道理，但我知道，一个蚂蚁洞会让大堤倒塌，一只梨子蚊子叮一口就会烂掉……”

王有树愣了，不知道今天父亲为什么会发这么大的火，只得小声说：“爸，我只是应酬时喝几口，有时候完成工作了，几个伙计高兴，聚在一起庆祝庆祝。”

“还死争活赖，”父亲斥责道，“你上次来，那么多的电话都请你喝酒，我当村支书二十年，什么时候喝过人家的酒。你喝酒都忙不过来，哪还有时间工作、学习，哪有时间陪陪妻子、儿子……”

“上次……电话……喝酒……”王有树被搞糊涂了，正在这个时候，手机响起，接起刚听了一下，说了句“喝酒的事先不谈，我在父亲处，等会儿我回你电话”就收了手机。

“还是离不开喝酒。”父亲瞪着眼说。

王有树听罢，终于明白过来，一拍脑袋，说：“爸，您误会了。我说的不是喝酒，是合久，合力的合，永久的久，那是我市一个扶贫工程，叫‘合久计划’，简称为‘合久’，当初起这个名，意喻大家齐心合力，让村民过上永久的幸福生活。您一定把我们通话中的‘合久’听成‘喝酒’，把‘合久计划’，听成‘喝酒去了’……”

王有树对着父亲说开了。有一个叫茅岭的山村，地处偏僻，居住分散，交通不便，经济自然就落后了，但那个地方区域宽广，土地肥沃，于是，市里提出了一个多部门配合的“合久计划”，王有树长期做的是工程专业工作，又是一个局级领导，就被任命为负责人。由于大家来自各个部门、各个单位，工作繁忙，“合久计划”大多事务放在双休日和晚上进行，搞调研，做设计，引进资金，还要建设好村班子……按规划是先造大路，建水库，接着发展种、养殖业，开发“农家乐”旅游休闲项目……

“噢——”父亲不时地点头，听罢，说，“是我错怪你了，你是个好儿子，这我就放心了。”

王有树见父亲心情舒缓了，首先检讨自己因为工作忙，近来没有来探望父亲，接着就直接问了：“爸，您打我电话，怎么就不说呢？”

父亲紧张地问：“你，你怎么知道我打你电话？”

王有树笑了，说：“现在科技发达着呢。”

父亲红了脸，像做错了事被揭穿的孩子，说：“爸是生你的气，发誓不理你了，但终究放心不下。你上次走后，我到镇上买了只手机，就是想了解一下，你每天在不在喝酒。爸并不是说你不能喝酒，但一个人长期浸泡在酒精里，终究要出问题，爸这么大的年纪，见得多了。每次我打电话去，得知你在家吃饭，我就心安了；如果你不在家，我就猜你又在外面喝酒，心头就怦怦直跳。”

王有树心头一热，叫了声：“爸，现在我全懂了，我明白您的一番苦心。”王有树真正感受到深沉的父爱，尽管是一场误会，但对自己绝对是一种警戒，一个勉励，告诉自己做什么样的人，当什么样的干部。

神秘电话揭晓了，王有树也觉得心头一片亮堂。

获台州市“民泰杯”第三届廉政故事大奖赛二等奖。（中共台州市纪委、中共台州市委宣传部、台州市文联 2012 年 7 月）

获“空港新城”杯浙江省第七届新故事作品征文大赛三等奖。（浙江省文化馆 2013 年 6 月）

瓯越情

（故事）

话说，春秋末期，在华夏东南部，上演了一出吴越争霸大戏，历经二十多年才落幕，结局是越王勾践灭掉了吴王夫差。勾践取得胜利后，一是为了奖赏有功将士，二是为了巩固地位，守护疆土，开始分封子弟为公侯。其中大将三持被分封为东瓯王。

东瓯在如今温州—温岭一带，濒临东海，境内山峦起伏，树木丛生，藤蔓遍地。三持大将从会稽山下，一下子来到地处偏僻的东瓯，面对战乱后的残局，稳住脚跟是首要任务。为此，他开始部署军队，围剿夫差残部，安抚民众，恢复生产。但东瓯是岚瘴之地，痢疾流行，各地纷纷禀报乡人死亡事件，接着蔓延到军中，士兵接二连三地倒下。这不仅威胁到人民生命安全，还会严重威胁到政局的稳固。

这日清晨，三持将军身披盔甲，手握利剑，挺立在城门上，像一尊雕像。这三持将军三十出头，戎马半生，练就了他威武的身材。他极目海色苍茫的前方，陷入深思中。昨夜有部下报告，在东瓯遭受瘴气之害，死病四起时，只有一个叫苍岙的海边小村，乡人竟过着平静的生活。

一队人马集合完毕，三持将军一个箭步跃身上马，一声令下，骑着战马率领士兵向二十里外的苍岙疾奔，去探个究竟。

这队人马出现在苍岙，“得得得”的马蹄声惊动了小山村，老人们倚立在门口张望，更有小孩好奇地跑上来看热闹。三持将军下马，拦住一个刚从海边捕鱼回来的大汉，问道："此地民众安康，没有病毒之害，这是为什么呢？"不想，这大汉惊恐地看了看三持将军，连忙摇了摇手，急匆匆地走了。再逮住一个打探，又是这样。接着，面前的小孩被大人拉走了，然后，各个房门关上了。

三持将军和士兵们大惑不解，面面相觑。三持将军牵着战马，带着士兵在村里转悠，但村庄一片宁静。中午时分了，三持将军只好下令，在一个路口安扎下来，烧火开饭。当士兵狼吞虎咽吃起来时，三持将军却坐在路边的屋檐下，眉头紧锁，忧心忡忡。

这时，小屋的门慢慢地打开，一个长相清瘦、白须飘飘的老者探出头来，三持将军见之，马上起立，抱拳作揖。老者小心地探问将军到此的缘由，三持将军情之切切地陈述他们深受瘴气之害，为寻找预防、医治方法而来。老者听之，沉思良久，欲言又止。三持将军恳求再三，老者把三持将军拉到一边，悄悄地说："我村庄之所以能抵御毒雾瘴气之害，盖因喝了村头张老三家酿造的老酒，他家的老酒乃是祖传秘方配制……"三持将军马上拉着老者的手，急切地喊："快，快带我去找张老三。"老者道："私自酿酒，当重罪治之。上午将军来到，大家以为不祥，张老三闻之，已带着老婆、女儿逃亡山上。"

三持将军一行，即刻飞身上马，加鞭疾奔，按照老者指示的路线追踪而去。到了山路陡峭处，他们又弃马而行。在一个三岔口，举棋不定，搭手遥望，只见右边山脊上，有身影在晃动，三持将军下令追去。又追了一个时辰光景，前头的两个士兵把一个人扭送到三持将军面前，三持将军吃了一惊，这是个少女，二八年华，绯红的脸颊上满是汗珠，犹如桃花带露，明亮的双目瞪着三持将军，散发着怒火。三持将军马上命令放开少女，亲自上前扶起，询问："你是谁？"

少女紧抿着嘴唇不答。

三持将军沉吟了一下，说："荒山野岭的，你一个女孩在这，是张老三的女儿吧，那你父母亲大人在哪里？"

少女更是把头扭向一边。

三持将军说了来由，并说："现在最重要的是救民救士兵，保护江山社稷，对于以往私自酿酒之事，既往不咎，绝对保证你们家安全，还重重有赏。"

少女听了三持将军的话，渐渐地放松下来，目光也变得柔和，反问："你说的都是真的？"三持将军说："我是越王分封的东瓯王，哪有戏言？现在事关重大，所以亲自前来苍岙探访，寻找抵御病毒良方。"

少女这才整了整凌乱衣衫，向将军鞠躬致意，道："我乃张老三之女，名娥娘，将军前来我闭塞山村，查问免疫之事，父母大人以为暴露了酿酒之事，带我出走避祸。见将军追得紧，为护父母大人，我引将军到歧路，让父母在另一山道上逃走。"

三持将军终于明白过来，说："那你快带我去见你父母。"娥娘说："我与父母约好见面地点，但与你们一起去，这一大队人马在山间行进多有不便不说，父母远远地见着一队人马开过来，会早早地避开，我们反而会见不到的。这样吧，明天上午，我带父母来见将军大人，让父母向将军大人详细解说酿酒之道。"

三持将军尽管心急，但想想也是，就要带领士兵原路返回，再三嘱咐娥娘，明天一定要带父母前来官邸面谈。娥娘也连连应允，从另外一个山道上走了。

入夜，十分安静，三持将军在大厅坐着，异常清醒和激动，想着马上就可以免除毒雾之害了，十分欣喜，还在盘算着，明天如何与娥娘的父母谈话，得到他们的信任。就在这时，外面传来站岗士兵的吆喝声和渐近的脚步声，裹挟着一阵风，几个人冲了进来。三持将军定睛一看，前头的分明是娥娘。三持将军刚要开口，娥娘已经怒吼："你名为将军，名为东瓯王，怎么口是心非，怎么背信弃义……"三持将军丈二和尚摸不着头脑，连忙说："别急，别急，有事慢慢说。"娥娘却连珠炮似的放开了："你们明说是请我父母来，可怎么把我父母绑架去了，你们有没有诚信可讲，你们把我父母关押在哪里，我要见我父母……"

三持将军一再劝慰，娥娘才稍微平静下来，原来，下午待娥娘下山来，到达与父母约好见面的一个山庙时，已近黄昏，左等右等总不见父母身影，向一山民打听，才知道在她来到前，父母曾经出现在这山庙里，但被一队士兵捆绑起来，押走了。

三持将军很震惊，自己并没有下令做这样的事，再传令下去查问，军中各路人马回复，并无此事。那么，到底是谁干的呢，究竟是怎么回事呢？三持将军下令，便衣密探星夜紧急出行。

夜更深，娥娘累了，趴在桌前睡着，明晃晃的灯光照着她秀丽、苍白的脸庞，脸庞上还挂着泪珠，还笼罩着忧伤。三持将军不禁升腾起怜爱之情，把自己的衣袍披到娥娘的身上。

天边亮了，便衣密探回来，禀报：捆绑走娥娘父母的，是原夫差部下的一个小头目，叫木登，其目的有二，一是不想让三持将军得到酿酒的秘方，这样让疫病蔓延，造成混乱，三持将军就会站不住脚了；二是赶走东瓯王后，建立自己的地盘，使这个酿酒秘方为自己所用。

三持将军吓出了一身冷汗，如果这个叫木登的家伙只有第一个目的，娥娘父母肯定早成为刀下鬼，酿酒秘方也就永远失传；幸好这木登还有这个野心，给了自己解救娥娘父母的时间和机会。

密探还得到的情报是，娥娘父母已经被木登一伙关押在葫芦岛上，这是一个离陆地有十几海里的小岛。

三持将军安慰了紧张、焦虑的娥娘后，召集有关将领，研究解救和作战方案。鉴于特有的地理位置，木登一伙如发现有武装船只出现，一定会先下手杀了娥娘父母，来个鱼死网破，所以只能夜袭，偷偷接近后，杀对方个措手不及，解救娥娘父母。

是夜，一百多号精兵强将在三持将军的带领下，分乘三只大船，从三个位置登上小岛，再从三个方向朝那座石屋前进。接近目标，和木登一伙来个兵刃相见，激烈厮杀。

当三持将军等人满身沾着鲜血，握着刀剑，冲到捆绑着的娥娘父母跟前时，娥娘父母惊恐万分，冒出的念头是出了狼窝又入虎口，这下死定了。

容不得多说，三持将军给娥娘父母松了绑，携扶着他们登上船，胜利回归。在大厅里，娥娘与父母抱头相见，痛哭一番。

安顿下来后，三持将军与娥娘父母一番长谈，娥娘父母被三持将军的真诚所感动，救民于世那是天下第一大事，表示愿意将祖传酿酒秘方奉献出来，但酿造这样的酒，只有苍岙的山泉才行，同时，现在的酿酒量也很有限。三持将军一拍手说："这好办，我们会稽山下，有着先进的造酒技术和工艺、众多的造酒师傅，还有大规模的造酒设备，合作起来，就好办了。"

这样，一种浪漫与激情并存，而且能免除病疫的老酒就源源不断地酿造出来，大家争相饮品，民众安康，社会也稳定下来。为铭记越国与东瓯的关系，以及纪念这酿造的合作，这酒起名为"瓯越情"，后来，这三持将军与娥娘也喜结连理，其乐融融。

这个“瓯越情”的美酒，穿过岁月的风尘，到如今越造越醇，越酿越香。

获浙江省第二届故事会征文二等奖。（浙江省曲艺家协会 2013 年 5 月）

五、论述

我认为，所谓的文艺人才，可以低学历，但一定要有文化；既具备一定专业特长，又要兼备各种知识；不只是掌握着一些基本功，更要有思想，更要善于创造。

由“9分考生”说文艺人才

日前，一条新闻上了各网站的首页。说的是浙江省某文广新局选调事业单位工作人员，在公布进入面试的名单中，笔试9分的进入，而50多分者未进。由此，遭到了民众的质疑，而该局向记者发出的一份“情况说明”是：他们这次公开选调工作人员6名，其中文化馆选调的是男女舞蹈演员各1人。结果，男舞蹈演员报考为3名。根据选调公告1∶3的要求，3人都应入围面试。笔试成绩9分的考生，正是报考男舞蹈演员的3人之一。而50分未入面试的，因为那个岗位报考的人多，自然分数高了。

应该说，这个“情况说明”是令人信服的，他们选调是在规则中运行的，并无“猫腻”。如果说有缺陷的话，那就是公布进入面试的表格上偷了一点懒，或者说不专业。他们大概是以准考证号（也是报名序号吧）来公布成绩的，把几个岗位的人员和成绩混在一起；如果他们把各个岗位的人员分开来，标出来，而且按高分到低分排列，读者就一目了然了。

以上只是我今天这篇文章的一个背景，我并非来讨论选调公正不公正问题，我要说的是这个舞蹈工作者，或者是以舞蹈为专长的人，为什么会考出“神”一样的“9分”来；在我们文艺界或者文化界还有多少“9分”们；“9分”们在文艺界或者说是在文化界有着什么样的影响？

为什么考出“9 分”来？该局回应是：“专业舞蹈演员自小以参加专业训练为主，文化课程相对较弱。”“文化馆招的是舞蹈专业的，文化程度低。”我想，这与其说是对该考生推测性的评定，还不如说是对一个现象的“归纳”。

这篇新闻中，尽管录用者还没有最终公布，但透露，按笔试和面试综合成绩，笔试成绩 9 分的考生，已确定出局。这似乎有着“避嫌”“洗白”的意思，也就是说不可能录用“9 分”考生。但我想，采用“选调”的方式，是能将“9 分”们阻挡在大门外，但如果采用一对一的“调动”，各地不是同样能将“9 分”们以“专业人才”的身份调入？同样，在当前文艺界和文化界的体制内，我们有多少的“9 分”们——也许会考到 19 分，29 分，但性质是相近的。他们只做着自己的“专业”，不看报，不读书，不做案头工作，不加强理论学习，这绝对不是个别案例。

最后我得说说，“9 分”们在文艺界或者说是在文化界有着什么样的影响？任何艺术都需要学识、修养来滋润，来培育，这个世界上没有“纯粹”的艺术。长期以来，文艺人员只要在专业上有特长，文化课程可以不做过多要求、高要求，甚至可以省略，却不知道这是本末倒置，甚至是标准的“竭泽而渔”。爱因斯坦曾说过：“用一个大圆圈代表我所学的知识，但是圆圈之外有那么多空白，对我来说意味着无知，而且圆圈越大，它的圆周就越大，它与外界空白的接触面也就越大。由此可见，我感到不会的地方还多得很呢！”连伟大的科学家都有这么一股孜孜以求的精神，做艺术也应该如此，如果不去把周围的搞明白，你的圆圈也做不大。没有一定的文化学识、艺术修养来支撑，所谓的“艺术家”也只是一个“技工”，掌握着一些技术性的东西而已，要想创作出反映这个时代，或者挖掘历史，并有着深刻内涵的精品力作来，那是做梦。

在当前文化大发展、大繁荣的时期，文艺人才尤为重要，我认为，所谓的文艺人才，可以低学历，但一定要有文化；既具备一定专业特长，又要兼备各种知识；不只是掌握着一些基本功，更要有思想，更要善于创造。

发表于《钱江源》2013 秋冬季。

公共文化的“空间”

进入21世纪，公共文化有着越来越萎缩的趋势，失去了计划经济时期所受的关注和荣耀，对这一景况，大多归结为文化娱乐的多样化，人们忙于赚钱，生活节奏加快，等等，大有“无可奈何花落去”的味道。不久前，我们一行慕名参观厦门图书馆后，真的很受触动。厦门图书馆的成功，告诉我们，不是人民群众不要公共文化，远离公共文化，关键在于我们对公共文化的观念、投入和服务。在此，我想谈谈公共文化的“空间”问题。

一是公共文化要有优越位置的空间。厦门图书馆处于闹市中的体育场路上，门外车水马龙，高楼林立，门内一方净土，宽阔的路径，碧绿的草坪。更重要的是，这里是总建筑面积13万平方米的文化艺术中心，除了图书馆外，还有博物馆、文化馆、美术馆、科技馆、展览馆等，是一个“集束型”文化区，给市民参与文化活动带来极大的便利。

二是公共文化要有优美的空间。在去厦门图书馆的途中，我得知那是由厂房改建而成的，心里就在估摸着在一个个灰不溜秋的车间、工棚里陈列着图书是怎样的模样。而一进入图书馆，我们大吃一惊，根本看不到工厂的痕迹，而是一座座现代、宽敞和明亮的建筑。据说，图书馆光是装修就花费了1.5个亿。该图书馆建筑面积2.57万平方米，馆藏设计300万册，阅览座位1560个，网络结点

1450个,各种设施更是先进和完备。进入图书馆就感觉进入了一个图书的世界,遨游在知识的海洋里。

三是在公共文化空间里要有优质的服务。在厦门图书馆里,你不用花一分钱,不用专门办证即可自由出入。全年365天开放,在这里,你可以查阅和浏览图书和资料,用“市民卡”就可以借阅数本甚至是数十本的书回家。我们去的时候,正是冬季,已是下午5点多,暮色降临,此时应该是最冷清的,但我们看见幼儿在父亲的指导下看着图画书喃喃细语,妇女提着一篮子挑拣来的图书在自动借书机前刷卡,穿工装的年轻人在翻阅着图书,西装革履的白领在电脑前检索,工作人员在引导、指点着读者浏览和借阅。

厦门图书馆因为有着优越的地理位置、优美的空间,并有着优质的服务,所以才占有民众生活和心灵的空间。据公布的数字,厦门图书馆日均客流量达1万人次。这是一个多么让人难以置信又让人振奋的数字。图书馆不仅仅是读书人的场所,也成为市民的精神家园。我想,不仅阅读、借书时可以来这里,即使在苦恼或者思考时,或者是无所事事时,也可以来这里坐坐。受到书香的熏陶,可以使人精神宁静,或者豁然开朗,或者心生激情。后来无意中在网上看到,他们的理想就是要把图书馆做成厦门的新景点。这是多么让人眼前一亮,精神为之振奋的创意和目标。

厦门图书馆或者说是厦门文化艺术中心的成功,首先来源于当政者的眼光和指导思想,把文化建设当作是义不容辞的责任,把珍贵的土地资源和财政收入,投入文化建设。大手笔和有规划地创建公共文化区,厦门做到了,值得敬佩。但同时,政府建设公共文化,把取之于民的财政还馈于民,是应有之义,但也是高明之举,因为这个亮丽的“空间”,赢得了群众赞赏,提升了城市的形象。

无可否认，在一些地方公共文化馆舍建设存在着一定的问题和欠缺。比如，“黄金宝地”是舍不得给公共文化馆舍建设的，而是“好钢用在刀口上”——进行商业拍卖，这样就会获取更大的经济利益，而把这些不能直接带来经济效益的公共文化馆舍建在偏远的地方。住建部、国家发改委批准，2010 年 12 月 1 日开始实施的《文化馆建设标准》就对文化馆的选址、规模和设施等做了具体规定，其中有：文化馆选址应将方便使用、安全环保放在首位，选择在人口集聚、位置适中、交通便捷、环境及地质条件良好的地方，以便为更多的市民提供便捷的服务，提高文化馆的使用效率。这对公共文化馆舍建设做了政策上的保证。

日前，文化部、财政部出台的《关于推进全国美术馆公共图书馆文化馆（站）免费开放工作的意见》明确指出，2011 年底之前国家级、省级美术馆全部向公众免费开放；全国所有公共图书馆、文化馆（站）实现无障碍、零门槛进入，公共空间设施场地全部免费开放，所提供的基本服务项目全部免费。这对于人民群众来说无疑是利好消息，但是，这些公共文化单位，你们准备好了吗？或者说，你们将以什么样的“空间”去迎接和接纳人民群众？

发表在《浙江文化》月刊 2011 年第 2 期。

在低处，甚至更低

“在低处，甚至更低”，是借用了我朋友江一郎的一首诗的标题。

八艺节全国第十四届“群星奖”戏剧决赛在湖北黄石磁湖剧院拉开了帷幕。按照原来的抽签，今晚共有 9 个节目参加了决赛。现在我想谈谈的是来自江苏省常熟市文化馆的锡剧小戏《分家》。

舞台上是农家小院，鲜花盛开，背景是江南山水，风景怡人，人物是大嫂兰花，大哥春发，弟弟春生，事件是不分家——分家——并家。

剧情比较简单。兄弟俩父母早亡，哥嫂俩抚养弟弟长大，现在一起经营鲜花种植业务，生意兴隆，弟弟也就要结婚了，哥嫂也在谋划着等办了弟弟的婚事后分家。这天，弟弟春生从未婚妻的母亲那里得到消息，哥嫂把 11 万元划到某某处去了，这分明是在暗地里转移财产。弟弟气愤难当，急匆匆地赶回家，要求哥嫂马上分家，但哥嫂坚决不同意现在分家，弟弟更坚定了自己的想法，于是恶言相加。这样矛盾冲突起来，兄弟几乎要厮打起来了，是大嫂忍让、相劝，既然弟弟一定要现在分家，就把已经谋划好的财产分割方案说给弟弟听：把好房子分给了弟弟，好花圃分给了弟弟，存款也一人一半，但哥哥的存折上少了 11 万元，大嫂解释说，那是一笔划出去了的业务预付款，算是他们的了。这时弟弟才知道错怪了哥嫂，表示坚决不分家了，但大嫂说，这家是一定要分的，只是原来想把弟弟的婚事办了再分家，作坊式生产已经不适应了，要改成股份制企业。这样，弟弟就热烈响应了，结局皆大欢喜。

锡剧是地方性剧种，那吴侬软语，带着浓浓的江南风味，传统风韵的唱腔，我的心为之颤动。弟弟的年轻冲动，哥哥的敦厚朴实，特别是大嫂“长嫂如母”的慈爱容纳，这三个人物形象十分鲜明和生动。

为什么此剧深深地打动了观众，我认为在于编剧深入生活，深入百姓之中，熟悉社会底层的家长里短，熟悉民众的性格和思想，摸到了现实社会生活的脉搏。

有些评论说此剧是描写了兄弟俩通过分家打破旧的生产模式，走上股份制的现代农村新型致富之路，展示了当前社会主义新农村建设的成果。我却认为这结尾只不过是一个安上去的光明“尾巴”而已，并不是主题，不需要拔高；此剧真正的意义在于有着乡土的芬芳，生活的原汁原味，表现出了人民群众的喜怒哀乐和真善美。

据悉，此剧的编剧是文化馆馆长，从事群众文艺工作34年，编写了40多个小戏作品。一个长期生活于基层，长期从事群众文化工作的人，才有着他的感情，他的视角，他的优势。

我想，一个从事文艺创作的人，应该是普通的人，一个熟稔民众生活的人，一个把自己的姿态放得很低的人和把创作的题材放得很低的人，是一个善于描写俗事、平凡事的人，这才会创作出具有鲜活的贴近人民的作品来。

因此，我们的文艺创作应该是在低处，甚至更低。

发表于《温岭日报》2007年11月26日。

从闹剧中凸显深刻主题

由谢丽泓编剧的话剧小品《奴才明白》发表于《剧本》月刊 2008 年第 3 期，随后获华东六省一市戏剧小品大赛金奖、“中国戏剧奖・小品小戏奖”（业余类）最高奖。

《奴才明白》叙述的是这么一件事：何编剧来到自己编写的一部古装戏的拍摄现场，见到女一号牛姣姣台词胡编乱诌，就不断喊“停”，后来见到牛姣姣竟然冒出一句“来福牌老白干，喝完有点儿甜”的广告词，表示坚决反对。牛姣姣发怒了，甩手不干，这下可把胡导演惹急了，因这牛姣姣是投资拍摄这部电视剧的曹总的“那个”，换句话说，曹总就是为了捧红牛小姐才投资拍摄这部电视剧的。何编剧向牛小姐道歉，而牛小姐“复工”的条件是要求何编剧演太监，台词就是一句，当牛小姐说“小顺子，拿来福牌老白干来”时，演太监的何编剧就喊：“喳——奴才明白。”何编剧最后没办法，也就接演下来，喊：“喳——奴才明白。”

《奴才明白》揭示了金钱与尊严这样一个深刻的主题。

何编剧说什么也是一个知识分子吧，知识分子是什么，好像新近有个新的“定义”：不但有专业水平，而且有着独立的思想和尊严。何编剧也曾有他的执着和认真：不能轻易变动自己的剧本台词。也有他的愤怒和威严：你牛小姐不演，真好，早该换了。但当胡导演指出这牛小姐是什么什么人时；当胡导演指出牛小姐不演你的戏，你的剧本就演不了时；当胡导演说牛小姐不演你的剧本，你就要退还曹总给的稿费时，何编剧退缩了，妥协了，甚至有求于牛小姐。牛小姐让何编剧演太监，其实是对何编剧的报复。但让何编剧演太监，何编剧也真是苦不堪言，这真是赶鸭子上架啊，这不只是演技上的，还包括气质上的、心理上的。但何编剧在金钱面前溃不成军，于是，在牛小姐“音调要柔软些”“太监是被阉割了的”反复指导下，这何编剧也不断达到“要求”，最后竟然有点进入角色而且上瘾了，收不住了，反复地说着：“喳——奴才明白！喳——奴才明白……”

这最后，戏应该达到了高潮，这也是作者的希望吧，观众也会开心大笑。但我在想，在笑过之后呢，观众会涌上无奈、辛酸，甚至悲凉：此剧表现太沉重、太深刻了。在此剧中我看到了金钱的无情，金钱的“力量”，和何编剧这样可怜的人物，灵魂受到扭曲的悲哀。

这下我想到了在曹禺先生的《日出》中，黄三省被裁员，孩子饥寒交迫，他跪倒在地上请求重新给予工作的情景。

这又让我想到了王蒙先生曾经说过：“没有文化的人富起来是很危险的。”此剧中，那没有出场的曹总占有金钱就能蹂躏一个编剧精心创作的剧本，曹总占有金钱又衍生出这个无知又盛气凌人的牛小姐。金钱不但摧毁了剧本，而且摧毁了何编剧的尊严。

这又让我想到了莎士比亚在《雅典的泰门》一剧里，借人物之口说过：金子“这东西，只这一点点儿，就可以使黑的变成白的，丑的变成美的，错的变成对的，卑贱变成尊贵，老人变成少年，懦夫变成勇士”。

发表于《温岭文化》2008年第2期。

微波细澜亦是“戏”

我在群众文化岗位上，做的是文学工作，不知不觉兼任戏剧小品创作已经十多年，并取得一些成绩，这其中重要的一条就是有着师友的不吝施教。在某一次省戏剧作品加工会上，某老师曾经对我说，你们做文学的搞戏剧创作的共同弱点，往往是把事情写清楚，写完整就完了，却缺少“戏”。回顾自己创作经历和品味戏剧佳作，我想，这“戏”是一个大问题、大范畴，很难用文字一下子来表述清楚，但从大处讲，一部戏里要有“戏”，那就是人物交织，矛盾冲突，情节起伏吧。

日前，阅读了《中国剧本》杂志上的一组小品剧本，却发觉其实在语言里也是很有“戏”的，那就是如何让剧本中每一句话能“出彩”，这也是微波细澜亦是“戏”。

在《租个男友回家》中，某高学历女28岁了还未成家，为了应付父母，在网上招聘临时男友。于是，彼此陌生的男女主角在公园里见面，女主角开始“面试”了，其中：

女　我问你，今年多大年纪了？

男　六十三。

女　啊！六十三了？！

男　啊，不对，是三十六，你看我一紧张连话都不会说了。

又：

女 请问你什么学校毕业呀?

男 中国科技大学……

女 （抢话）啊，不错呀，也是名牌呀。

男 我连考三年没考上，后来就放弃了。

女 没考上你说什么啊? 闹了半天你只有高中文化程度呀!

当男主角自觉“入选”无望，说声“拜拜”要离开时：

女 你回来!

男 您还有什么指示?

女 我想改造改造你，可以吗?

男 改造我，把我送进劳改队呀?

女 不是，换个说法，我想培训你。

男 培训? 培训什么?

女 哎，换个时髦的词吧，我想包装你。

当女主角“培训”男主角在父母面前如何应答，如何表现的“技能”之后：

女 你可彻底让我失望了！简直就是阿斗，扶不起来的天子。

男 能不能再让我试试别的才艺? 人家都说我多才多艺，学艺认真，一丝不挂。

女 一丝不挂? 你光屁股哇?

男 啊，我又说走嘴了，应该是一丝不苟，是苟，不是挂。

《毛病出在哪里》讲的是这么一个的故事，扮成电信公司工作人员的骗子，叫女事主关了手机，再打到事主家里，告诉家人事主出车祸了，赶紧把钱打到银行卡上。骗子与女事主通话，其中是这样的：

事主　请问你找我有什么事？

骗子　我没事，你出事了，你知道不？

事主　我出事了？出什么事了？

骗子　噢，不是你出事了，是你手机出事了。

事主　我手机出什么事了？

骗子　请问，凭你的感觉，你每月的话费是不是太多了呀？

事主　嗯，好像是有点多，我觉得没打多少电话，可话费却相当贵。

骗子　这说明你手机有问题。

事主　我的手机是新买的，名牌，会有什么问题？

骗子　哎，不是手机有问题，是手机线路有问题。

接着是：

骗子　哎，对了，所以请您配合一下，把手机暂时关闭3小时。

事主　关闭3小时？干吗这么长时间啊？

骗子　哎，诈骗需要嘛。

事主　诈骗需要？

骗子　哎，不是诈骗需要，是查线需要。

接着，骗子把电话打到女事主家中，是女事主父亲接的电话：

骗子　我是XX（事主姓名）的男朋友。

父亲　没听我的女儿说她有男朋友哇。

骗子　请别误会，我说是一般意义上的男朋友，我是男的，又是她的朋友，就这么个男朋友。

骗局继续进行着：

骗子　告诉你一个非常不幸的消息，你女儿她……

父亲　（大惊）她怎么了？

骗子　她把汽车撞坏了。

父亲　把汽车撞坏了？！

骗子　啊，不是，你看我一着急嘴都不管用了，我是说她被汽车撞坏了，伤得不轻啊。

我们可以看到，剧本中细微之处的“出彩”，有一个共同的特点，那就是在语言上都耍了个小“花招”，转了个小“弯子”，似乎是“节外生枝”，但是，这是在整个情节起伏过程中套着的小起伏，就像是一条大船在航行中溅起的小浪花，闪动着洁白的光，鲜活生动。或者比喻为，那整个作品中设置的矛盾冲突，情节起伏就像是一座房子的框架、结构，那一句句台词就像是砖头，砖头的质量如何，直接关系到这座大厦的好坏。

我细细地琢磨了一下，这些小“浪花”或“砖头”采用的都是什么修辞手法呢？现在我不妨按顺序简释一下。

字（词）序颠倒法。把年龄“36”先说成是“63”，一个局促紧张的人物形象就跃然纸上了。

间断法。一个句子分成两次说。把“中国科技大学我连考三年没考上”分成两次说出来时，这戏剧效果就出来了。类似的，在中央电视台曾经播出过一个小品，郭达演的角色因让人用一盆水倒脏了身子，就高叫着“我这件衬衫100”。人家说：“100元有什么啊？”郭达梗着脖子喊：“美元。”如果郭达直接说衬衫值800人民币或者是 100 美元，那肯定没“效果”了。

混用法。将相近或关联的词混用，造成误会。文中的“改造”与“培训”、“一丝不挂”与“一丝不苟”就是如此。

递进法。从“你出事了”到“你的手机出事了”再到“你的手机线路出事了”，可谓是层层递进，如果一上来，就说“你的手机线路出事了”，那“戏”就少了。

谐音法。“诈骗”和“查线”就是也。

顺水推舟或者叫随机应变法。从男朋友到男性朋友。

反向法或者叫唐突法。把“她被汽车撞坏了”先说成“她把汽车撞坏了”，简直是让人瞠目结舌，她简直成为坦克了——相当的厉害。

我们假设一下，如果没有这些手法，不把要表达的先转个弯，而是直接地表达出，我们可以想象，那会是多么的平淡无奇。比如，问年龄，直接就说 36 岁，再比如，问学历，回答是“报考中国科技大学没有考上”或者是“高中生”，就是很平淡了。

在戏剧包括小品创作中，语言不仅仅是叙述故事、构成矛盾的工具，它本身就是一大艺术。语言最忌乏味、平淡、沉闷，讲究的是一个机趣、生动和富有“弹性”。要每一句台词每一个环节都能抓住观众，不断地挑起观众的兴奋点，才是成功的，这就像是运动员足下滚动的足球。如果在创作中，自己都感觉语言拖沓，味同嚼蜡，如何能感动读者，感动观众呢？能把每个细节都搞到“好玩”的程度，那是一种境界了。

国家一级演员周子清先生在《拓展现代题材戏曲视觉审美》一文中写道：“演员一定要解放自己的肢体，动起来，舞起来，把传统的表演程式用进去，这样一来学过戏曲表演的演员在舞台上就活起来了。”他说的是戏剧中的肢体问题，但其实与戏剧中语言的要求是异曲同工、殊途同归的。

所以，我们在创作戏剧小品时，在考虑了主题思想，考虑了整体结构矛盾后，还要多多在细节上下功夫，切不可轻视和忽视语言。因为，这些微波细澜也是“戏”啊，构成了整部作品。

发表在《戏剧之家》2010年02上半月刊。

《台州存照》对地域文化的挖掘

新近，周春梅先生所著散文集《台州存照》，由人民文学出版社出版。此书中的30余篇散文，行走于几千年的台州历史，行走在台州东西南北中，对台州这方区域文化进行了深入和多方位的挖掘，这对加强台州区域文化的认知，乃至建设当今台州文化具有重要意义。

一、刚烈："台州式的硬气"

在《台州存照》中，作者对台州人几千年以来所表现的刚烈之气，做了深入透彻的阐述和剖析。谈到台州的刚烈之气，必须先介绍台州的地理位置。台州因天台山得名，她的北面被四明山阻隔，西及西南有括苍山挡道，东及东南面临苍茫东海，整个区域呈半圈形状态。历史上，台州是一个荒蛮之地，偏僻的海隅边郡，自唐朝始即为贬谪之地。明朝台州人氏王士性在《广志绎》里就有描述，"浙中惟台郡连山，围在海外，另一乾坤"，"海滨之民，餐风宿水，百死一生"。唐朝诗人有诗云："台州地阔海溟溟，云水长和岛屿青。""山鬼独一脚，蝮蛇长如树。"在这样的环境中，民众要生存，非有独特的品性和意志难以为继，险恶环境，造就了台州人坚强的意志，高山与大海孕育了台州人刚烈的气质和坦荡的胸怀。

1. 揭竿而起的“台州绿寇”

《台州存照》中的《台州绿寇》一文以“刚烈”为线索，对台州各个朝代的重大事件做了陈述。在隋朝，仙居的陈道人自称大都督，首先揭竿而起，反对均田制带给他们的贫穷，有史称之“陈之故境，大抵皆反”，而惊动朝野。而在宋朝，以吕师囊为首策应方腊的暴动和以陈仁玉为首的接应文天祥的抗元斗争，掀开了两宋台州农民起义的波澜。

而对于“台州绿寇”之名称的由来，作者也做了介绍。在清咸丰元年，有一批海上叛民劫持由台州、温州运往天津的皇粮，其船外均涂上绿色以示标志。于是“绿寇”就成了台州人的代称。

作者在文中说道：“对于台州历史上林林总总的造反斗争，是义是匪很难评判。他们被灾难逼出来，他们被官府逼出来，他们几乎没有清晰的政治目的，但有一个目的是清楚的，那就是要过个好日子。”

2. 铮铮铁骨的“文寇”

如果说，以上是那些彪悍民众的暴动，那么，在几千年的台州籍仕人当中，那种凛然之浩气，回荡在中国的大地上。

北宋靖康年间，时任左司谏的临海人陈公辅力劾权倾一时的左仆射蔡京，并使蔡京远戍岭南才息手。南宋绍兴年间，仙居人吴芾因不忍同朝奸相秦桧卖国专权，拍案而起，摔官帽以示斗志。而明朝“一代大儒”的台州人方孝孺的悲壮更是惊天地泣鬼神。燕王朱棣攻入南京篡夺了皇位，有请方孝孺起草诏书，以粉饰其篡位的暴行。方孝孺予以坚决拒绝，朱棣发怒说：“汝不顾九族乎？”孝儒奋然作答：“便十族奈我何！”结果不但自己命绝身亡，而且遭受灭十族（九族及学生）达 873 人，入狱及充军流放者达数千人的刑罚。

陈公辅、吴芾、方孝孺……这些仕人当属于“文寇”了,可谓是铮铮铁骨。连鲁迅都有“台州式的硬气”的论断,民间俗称“硬头颈”——明知大刀砍将下来,也要伸出头颅去,在所不惜。

二、柔软:“石压笋斜出”的顽强

台州人因为刚烈,因为“硬头颈”,付出了惨烈代价,而柔软包含着柔和、柔顺、温和、谦让等特性,柔软其实是另一种顽强。

《叫我如何认识你》把台州人的另一种特性呈现于我们面前,那就是柔软的一面。从唐代僧人寒山、拾得,到南宋禅宗高僧济公,一直到20世纪六七十年代的街头游医夏德彪,他们身上反映了台州人的另外一种人生态度和生活习性。

1. 忍让回避

寒山、拾得是唐末僧人,他俩在诗歌创作上都达到了很高的造诣,但他们隐居于天台山,收贮国清寺残菜于竹筒,得饭滓时快活地大笑,放浪形骸,冷眼旁观那个你争我夺的丑恶社会。在处世上他俩采取了忍受、谦让、回避的态度,这种处世态度在寒山和拾得的问答中表现得淋漓尽致。至今仍流传着寒山与拾得的问答——寒山问:“如果世间有人无端地诽谤我、欺负我、侮辱我、耻笑我、轻视我、鄙贱我、厌恶我、欺骗我,我要怎么做才好呢?”拾得答:“你不妨忍着他、谦让他、任由他、避开他、耐烦他、尊敬他、不要理会他,再过几年,你且看他。”

2. 诙谐灵活

“鞋儿破,帽儿破,身上的袈裟破,你笑我,他笑我,一把扇儿破……”这是宋朝一位疯疯癫癫的台州人,直至今天,仍为百姓所推崇，他的法名就叫道济，人称济公。济公诙谐滑稽，满怀慈悲，救苦救困，成为弱势群体争取平等、讨还公理的化身。

现代夏德彪，更具有标志性意义。每逢小镇集市日，夏德彪在街头一空地，一块布头一铺，上面置放着那罐罐坛坛，以巧舌插科打诨，又做“戏法”（小魔术），又把胸脯拍得“啪啪”响，兜售他包医百病的药丸、膏药。他的具体表演形式已经分不清是属于“文艺”抑或“武术”还是“医学”的范畴了。这些“非法活动”，在遭到公安、“打办”前来查禁时，夏德彪接招的“功夫”也达到了炉火纯青的地步。作者也叙述了一次事件：“表演正达高潮处，人堆中冒出来两位公安人员，指出夏拳师在长资本主义尾巴并要带他走。到了派出所，一个公安当头棒喝：‘拿证明来！’夏拳师一脸阿谀赔笑说：‘公安长官，我的大队证明已在你的衣袋里。’老公安懵了，赶忙按示意掏袋，果然发现皱巴巴的一纸文字。于是，严肃变成了轻松，强弱变成了平等，抗衡变成了和睦。”

作者在《台州堕民》中的以下的论述，更是让我们折服：“当台州的先民们选择了最初级的商品经济实现形式时，就深深影响甚至左右台州的经济的构架。如商品定位、机制选择、交换方式等。20世纪六七十年代，发烧的社会政治视私营经济如仇敌，但是，台州人照样摇起拨浪鼓走村串户，各类个体补鞋、豆腐摊、剃头摊及小百货店明里暗里生意照样红红火火。”“台州的乡民们，其中包括好多是台州堕民的后代，认准了这样一个理，不偷不抢，上不欠皇粮，下不欠国税，做‘讨饭生意’（台州人对小买卖的谦称），光明磊落，天经地义。”

三、宽容：海纳百川的胸怀

台州人有高山般刚正不阿的硬气，又有大海纳百川的坦荡胸怀。对于外来人群，台州人从来不排斥，都能以宽广的胸怀一一接纳。

1. 海纳百川

台州堕民又是台州特有的标签，直接关乎台州的经济形式和经济发展。作者在《台州堕民》中给予我们以历史的解说。

“堕民”的产生源于宋末元初。那是元灭宋后，即将民众分成蒙古、色目、汉、南，南就是原属于南宋的臣民，成了最“低贱”的一个群体。这些原来高贵的南宋臣子，现在作为堕民，被迫脱下华美的服装，离开豪华的宫廷，开始流浪的人生，来到台州。为了生存，讨饭是他们首选的生计方式；而工艺者（伶伎）看到了台州民俗活动中的戏曲商机，渐渐地形成一个职业群体；再者，那些羽毛换糖业，挑着货郎担，手摇拨浪鼓，行走于乡村街市，以饴糖换取猪肉、骨头、鸡毛、鸭毛、废铜烂铁等。

这是一个特殊的群体，这是一个身份落差巨大的群体。

台州人以宽厚的胸怀接纳了堕民，他们在台州尽管艰难，但还是在这块土地上生存下来。台州堕民那种艰难困苦中求生存的忍耐、顽强、不屈的精神，也逐渐融入台州人中，也成为台州人的一种精神品质。台州堕民那种经济新形式，也成为民营经济、第三产业的发端，包括那民间戏剧对当今影响也是很大的。

2. 兼容并蓄

兼容并蓄精神是台州人显著的精神。台州这块土地历朝历代从不间断地接纳过一拨拨外来移民。《金满与蒲华》一文中的蒲华，是晚清著名画家，海上画派的先驱，他是带着压抑，带着无奈，从嘉兴来到台州的。但“台州民风淳朴，又十分好客，蒲华在那里能得到温饱”。更重要的是，蒲华的艺术在台州得到认同和赞赏，蒲华的艺术在台州有了发展和提升的土壤。

其实，颇有艺术造诣的蒲华，在生活上是非常糟糕的。蒲华绰号叫“邋遢蒲”，衣衫褴褛，喝酒必醉，醉后就疯，有住尼姑庵等“劣迹”。台州对蒲华不拒绝，不排斥，同样，台州也没有给予他养尊处优式的礼遇和供养。作为落魄的“外来户”蒲华，在台州说不上过得多么的滋润，但在台州得到了认同，得到了接纳。

四、执着：坚持不懈的精神

《台州存照》对台州历史长河上的杰出人物进行了盘点和考量，不但让我们认识了他们，更重要的是让我们看到了他们身上的执着精神，因为执着，他们在台州历史上树立起了一个个文化的高标，使台州这块古老土地有着沉甸甸的文化底蕴。

一位应该是彪炳千秋却几乎被人忽略的台州老人，在《苦涩又欣喜的告慰》里，飘拂着长衫向我们走来。这位老人叫陈咏。陈咏，温岭晋岙人，南宋理宗时代的学者。他读书数万卷，行万里路，穷其一生写就了《全芳备祖》，这是一部公认的世界第一部植物学辞典巨著，到宋末才付梓，元有抄本。遗憾的是他的贡献竟被本土所忘却，中华大地上，也只剩下干巴巴的一个书名条目，幸亏我们的东邻日本皇宫书库珍藏有该书的宋刻版本。到 1979 年 10 月，在距《全芳备祖》首印成书 726 年后，日本友人将宋刻《全芳备祖》残本的全部照片计 450 余页以极其隆重的仪式送到北京。

《尘封的王士性》又向我们展示了一位沉寂又显赫的老者。王士性，临海人，生于明嘉靖二十六年（1547）。他是一位行者，走遍十四省，以毕生精力，用常人无法关注的视角揭示区域人文的特征，著有《五岳游草》《广游志》《广志绎》。而与王士性同一时代，有着相近"业绩"的李时珍、徐霞客则是闻名遐迩。李时珍写就《本草纲目》，成为我国药物学的宝贵遗产；徐霞客写就《徐霞客游记》，是系统考察我国地貌地质的地理名著，属于自然科学范畴。而王士性的著作里，表达了对地理类型的划分和不同地理类型对文化的影响，属于社会科学范畴。

作者写道："他所表达的经世思想，因为智隽，先天就缺少广泛的接受层面，无疑为时人的取舍留下广阔的空间。他强调一方水土养一方人，施政要因地制宜，在一个高度集中的皇权体制下，他的思想是很难得到张扬的。"那么，身后寂寞也就毫不奇怪了。

阅读《一页溅满忧愁的诗笺》一文，爱国诗人戴复古的形象树立在我们面前。戴复古，生于1167年，温岭屏上村人。这位江湖派诗人，生于"吾国日以小，边疆风正寒""人以廉称少，官从辟奏多"的萎靡不振的南宋，一生不仕，充满了忧愁悲苦，写诗抒发爱国思想，反映人民疾苦，著有诗词集《石屏诗集》《石屏词》。他的词被《四库全书提要》称为"豪情壮采，直逼苏轼"。但直至近年才为世人和乡人所重视。

综观这些台州先人，穷其一生，孜孜以求，生前经受苦难，身后也是寂寞，但他们的思想却极具价值，留给后世永恒的精神遗产。

此书的作者周春梅，出生于20世纪50年代末的温岭夫人峰下的一个叫下河村的农民家庭。这位农家子弟，中学毕业后，务农劳作，任过村团支部书记，文化员。在改革开放年代里成长为一名领导干部，担任过团地委副书记、县委副书记等职，而这部作品大多写在台州市文化局长和台州市政协秘书长任上。周春梅言：“读书时人家说我是农民，可在农民中人家又说我是读书人。”这种好像有点尴尬的人生位置，却恰恰是周春梅优越于别人的地方。他在这片土地上生长，从小接触世事民风，了解台州的历史变迁，尽管没有进入过大学校园，但他博览群书，勤奋好学，爱好广泛，不但在文学上颇有建树，而且在书法上也很有造诣，对考古深有研究等等。周春梅既有一个官员在哲学思考上所具备的敏锐，又具有文学修养上的灵气；他既对史料有着深入的掌握，又不乏自己深刻的见解。

浙江省作家协会名誉主席叶文玲在序言中写道：“出自柴门旧院墙的农家子弟周春梅，在走出院墙撑起自己的一方天空后，须臾不忘养育自己的那片黑土地。正是这份血浓于水的深情，他才写得出那一篇篇真情实感而又刚柔互见的文章；正是自小对养育自己的父老乡亲永存的那份拳拳之心，他的文章，无论就史讲古，还是借古喻今，总有那缕从骨子里透出的哲理和思辨的意味，而委婉道来的话语中，也总有那份忠烈与孝悌相伴的韵致。”“他一事一思，一思一悟，在诉说常理时每每有沉甸甸的分量，所挖掘的一些历史事件，也因为揭示了纷纭万象的独特意蕴而具有人文精神的况味。”

《台州存照》，这是本土作者对本土文化的论述，可谓是一本“乡土教材”。台州不是没有文化，而真的是我们缺少发现，缺少挖掘。当台州的文化通过《台州存照》这个窗口一下子依次呈现，沉甸甸地摆在我们眼前时，我们不禁惊呼，还有那无比的欣喜。

发表于《台州文学》2009 年第 3 期。

发表于《浙江作家》2010 年第 9 期。

试论群文主持词的作用及撰写原则和手法

主持词的作用

主持词又称“串台词”或“串词”,是文艺演出(大多是文艺晚会,下用文艺晚会)的重要组成部分。随着群众文化蓬勃发展,文艺晚会处处开花,成为活跃人民群众文化生活的一种载体,也成为宣传党的路线、方针、政策的重要方式。主持人也告别了以前简单的报幕方式,有了越来越多的“话语权”,被赋予一定的“角色”。主持词则是文艺晚会的重要组成部分,是关系到一台文艺晚会平淡还是出色,甚至成功还是失败的关键。

主持词的作用:

第一,彰显主题,达到效果。每个晚会大多有其主题,特别是近年来,强调群众文化进村落,进社区,进机关,除了党委、政府下达的宣传演出任务,还有部门、单位寻求与群众文化单位合作,举行各类主题性文艺晚会。基层文艺晚会的节目大多是“组合式”“拼盘式”的,有些甚至就是木兰扇、腰鼓等群众自发的健身运动节目,还有就是“宽泛式”的歌舞,这个时候,主持词显得尤为重要,主持词成为一台晚会的灵魂。

笔者曾数度撰写文化遗产日广场演出主持词,用简短、精练的语言,分别介绍什么是文化遗产日,今年文化遗产日的主题,为什么设立文化遗产日，文化遗产的分类，以及当地的历史、文化等，并把上场表演的当地民间艺术式样道情、天皇花鼓、快板、评书、滩簧、舞龙舞狮等的起源、发展、分布、特点、现状等进行了解说。这样，将文化遗产日有关的知识进行了传播，让观众认识和感受当地传统文化。假如没有这样的主持词，只有演员在那边又拉又唱又跳，那肯定达不到“主题”效果。

第二，串连节目，预先提示。一台文艺晚会，一般有十几个样式的节目。这些节目就像散乱的珠子，主持词就是一根线，把它们有机又得体地连接起来，形成一个整体。高妙的主持词就是能够把看似不相关的节目（节目与节目之间不相关，节目与本次主题不相关）“统一”到“一条线”上来，让观众的思维紧紧地在“主线”上走，而又觉得这一切都是自然的、妥帖的。同时，主持词能把下个节目做个恰当的、巧妙的提示和点化，提起观众兴趣，引导观众观赏，达到预期的效果。

第三，掌握节奏，填补空白。观看节目时，相对来说，神经处于紧张状态，而节目与节目之间的主持词，就给观众一个舒缓和放松的空间。一张一弛，舒缓有度，符合精神和生理的特点，给观众带来身心的愉悦和接收信息的效果。主持词填补了节目与节目之间演员、道具上下场的空白和冷场，换一句话来说，主持词同时给演员、道具上下场提供了时间。

主持词的撰写原则

主持词对于观众来说，一闪而过，要靠听觉去领会，观众不能像阅读一样可以自己掌握速度，或者可以再回头阅读一遍，更不可能去查字典，找资料。主持词面向的大众，其文化程度参差不齐，特别是基层演出，面对的大多是文化程度不高的群体，因此，撰写的主持词要掌握以下原则：

其一，在意思表达上，一定是明了、易懂的，理解起来是直观的，用词不能花里胡哨，不能深奥、艰涩，尤其要明白“到什么山唱什么歌”的道理，要充分考虑受众面。笔者曾遇到一演出团体在进行“纪念改革开放30周年”下乡巡回演出，女主持人一上来就念道：“30年栉风沐雨，30年筚路蓝缕……”孤立来说“栉风沐雨”“筚路蓝缕”是有“档次”的词，但他们演出是下到山村、社区一级的，那些大婶大妈、大伯大爷，还有小朋友，如何能理解这“栉风沐雨”“筚路蓝缕”呢？这里，还只是属于“用词不当”的毛病，还有些主持词写得更让人发晕、发懵，这里不再列举。

其二，在音节上，是自然、流畅的，朗朗上口，并大致押韵，要尽量用短句、单句，要避免使用长句子，或者结构复杂的句子，不能使观众听起来吃力、别扭。

其三，在内容上，要拉近与观众的距离，有亲和力、感染力，说到观众心坎上，让观众产生共鸣，引导观众津津有味地观看演出。避免枯燥、冗长、不着边际等倾向。

主持词的撰写手法

主持词撰写不是单一的、固定的，各个节目的主持词各有“入口”，但又不能天花乱坠、不着边际。撰写主持词需要发散性思维，但万变不离其宗，那就是要紧扣这台晚会的主题，紧扣这些表演的节目，一句话，形散神不散。因而，主持词作者应具备良好的文字表达能力和较高的文学修养，还要有丰富的知识面，开阔的视野，活跃的思维，天文地理、历史人文、各行各业、国家大事、当地新闻……

都要有所涉及和关注。这样，才能信手拈来，快速地写出具有较高质量的主持词，才是合格的群众文化工作者。

具体的手法有：

现场式：增加现场感，贴近观众心理。比如，把当时的季节、气象，现场的布置、气氛描述一番；把演出地的特点和观众做个介绍和夸奖。

溯源式：介绍历史，讲解相关知识。比如举办元宵晚会，可以写写元宵节的起源、各地的习俗和意义。

热点式：把节目与近来观众关心、关注的事情联系起来，接通观众的情感。如笔者写一台晚会中有个魔术表演的节目，就先提道："刘谦在春节晚会上玩了一把魔术，让这古老艺术火了起来……"接着话锋一转："今晚，我们隆重推出当地的魔术高手……"

背景式：把一个节目的相关背景呈现出来，从一个节目的"点"扩展开来，从而让观众了解到一个"面"。比如，温岭市举办一台民间艺术展演，某镇选送的《荷花龙》节目，笔者就介绍这个镇具有众多的民间艺术样式，如今是如何重视发掘和保护，什么时候被上级机关命名为"民间艺术之乡"，至今流传有哪些民间艺术，以及这个《荷花龙》的艺术特点。

搭桥式：把宽泛意义的节目"搭"到特定的主题上。比如，舞蹈类节目与语言类相比，往往不会与晚会主题"直接紧扣"。我在撰写一台主题为"和谐"的晚会主持词时，其中一个，先写什么是和谐，和谐在社会中的重要性，接着介绍下面是一个什么舞蹈节目，最后才说道："其实，在这美妙的音乐声中，那优美的舞姿也是在表达一种和谐。"

提取式：把节目的某一个"点"提取出来设置悬念，吊起观众的胃口。比如，把戏剧小品的开头或结尾告诉观众，提一个设问，引起观众的兴趣。

点睛式：点化主题，提醒观众。相声《邻居》讲的是邻里从纠纷到友好的故事，那笔者就写："俗话说得好，远亲不如近邻。我国自古就流传着'百金买屋，千金买邻'的故事。现在，友好和睦的邻里关系也是建设和谐社会的一个重要方面……"这样，可以让观众别陷于这个相声中大量的搞笑式的、闹剧式的桥段，而从中领悟到上面提到的主题。

承接式：从一个节目开始，"一路"下来，推出节目不能表达而晚会所要表达的内容。在纪念改革开放30周年的文艺晚会上，笔者以舞蹈《喜事多多》为例，说起改革开放以来，当地所获得的突出成就和荣誉，最后归纳道："这真是好事多多，喜事多多，可嘉可贺。"

抒情式：直抒胸臆，畅想未来。如在压轴节目歌伴舞《和谐温岭春光好》前的主持词："在这阳光洒满的故乡，诗意弥漫着每一个季节。我们为有这样的故乡而骄傲，我们为有这样的故乡而自豪。阳光让我们怀抱着坚定的信念，将澎湃的激情，化作永恒的执着，创造更加美好的未来。"

阐述式：概括、提要、升华。笔者在"无偿献血"文艺晚会上写过这样的主持词："无偿献血，是一个人献给另一个人的独特礼物，这是一种默默无闻的奉献，这是一种人间特别的爱……下面是三句半《把爱心洒向人间》。"

转折式：先肯定，再转折。比如，在安全文艺晚会的主持词中，笔者写道："自从有了人类，就有了酿酒的历史，美酒让我们欢乐，让我们气氛欢畅。但因醉酒引发交通事故时有发生，酒后驾车严重威胁着交通安全，破坏了家庭幸福和社会的安定，朋友们，喝酒不开车，开车不喝酒，我们一定要警钟长鸣。下面是小品《醉酒》。”

发表于《浙江公共文化》杂志2014年春季。

“三贴近”群众戏剧创作实践与思考

胡锦涛同志指出：“广大文艺工作者要坚持贴近实际、贴近生活、贴近群众，创作生产更多无愧于历史、无愧于时代、无愧于人民的优秀作品，奋力开创文艺发展新局面，为推动社会主义文化大发展大繁荣、建设社会主义文化强国贡献智慧和力量。”

“贴近实际、贴近生活、贴近群众”是我们群众文化工作者遵循的重要原则，它既是行为指南，也是追求目标。

本人的《李剑峰剧作集》于大众文艺出版社出版。书中收入小品、小戏、儿童剧、情景剧共34个，是我从事群众戏剧创作十多年的回顾和总结。

戴康年先生在序言中写道：“剑峰的戏剧创作扎根在温岭这块丰沃的土地。他借助一个个生动、质朴的故事，塑造善良、勤劳、对生活充满热情的人物形象。他的用词带着些许乡土气息，对话明白通畅，深受群众的喜爱。我想，这就是文艺创作‘三贴近’指示精神的具体化吧。”

回顾自己戏剧创作历程，审视包含自己心血的剧本，我觉得戴康年先生一语中的，这不仅是对我戏剧创作的归纳和赞许，更是一种鼓励和鞭策。

以我个人的理解和认识，“三贴近”原则对于文艺创作包括戏剧创作的指导意义，在于既包括从哪里来，也包括到哪里去。我们创作的素材，包括题材、内容、人物等都来自于现实生活，而创作出来的作品，又要到人民群众中去。

那么，处于“中间环节”的创作者，必须具备多种能力，我结合自己的剧作，谈一些实践和思考。

一、捕 捉

写什么，或者以什么为题材进行戏剧创作，这是我们群众戏剧创作者遇到的第一个困惑和问题。我几乎所有的戏剧作品都来自亲身经历、生活见闻，或者阅读，甚至就是一句玩笑、一条新闻、一幅照片，绝少有完全凭空想象的。

2010年7月26日，我们温岭遭受特大暴雨，是1960年以来7月份降雨量最大的一次。温岭城区三面环山，在很短的时间内，交通瘫痪，电力中断，大部分街道成为“河流”……第二天起，当地新闻网的论坛上就有网友上传照片：我市交通要道的三星大转盘，暴涨的洪水，使这里淹没成一个“湖”。有个年轻人连续两天，不断来回地牵引行人涉水而过，还帮着抱小孩，提东西，扛自行车。市民多次打听他的情况，他实在拒绝不了，只透露他叫姚滨（音）。

我并没有像其他人一样，仅仅停留在这事件的传闻中，作为一名群众文化工作者，我很快意识到可以用戏剧的形式表现，于是，创作了情景小品《我是姚滨》，呈现一个人感动一座城市的故事。

温岭从一个小城向中等城市迈进，多年前，市政府曾规划炸掉塔下村的一座小山，以推进城市建设，但村里几位老人提出了反对意见：小山上，有一个“天柱奇观”摩崖石刻，那是明代温岭一个知县的手迹。最后，这座小山没有炸掉，建设成了一个文化公园。这是一个市民改变市长决策的事例，也是一个城市建设和文化保护和谐互动的实例。于是，我据此创作了小品《守望》。

现代社会，生活更纷繁，视野更开阔，我们要用敏锐的眼光观察社会、观察人，从大千世界里捕捉戏剧创作素材，将生活素材转化为艺术形象。这涉及是否用心的问题，更涉及一个判断力的问题。一个生活素材能否成为戏剧题材，关键在于从思想性上看是否有意义，而从表达形式上讲，则看是否有戏剧的"核"，也就是说是否有"戏"可做。两者缺一不可。

爱因斯坦曾说过："机遇只偏爱有准备的人。"《塔木德》上说："每个人的机会都一样多，但是每个人对机会的识别和把握能力是不同的。"

"剧作家能在现象和人们当中看到更多的东西，能发现其他人常常发现不了的有特色的东西，能揭示新的东西。"（曹树钧《论戏剧创作才能的构成》）这对于我们群众戏剧创作者来说，是一种告诫和勉励。

二、构 思

素材是原始的、零散的、感性的，艺术家就是通过艺术思维构想出独特而又理想的艺术意象，其实质，是艺术家对社会现实的一种审美认识活动。讲得直白一些，所谓的构思，就是对一个作品进行谋篇布局，塑造人物。

素材往往只是告诉人们一件事，而作品则要告诉人们是一件怎么样的事，其过程如何，如果更形象一些来比喻，那就是，素材只是一个"点"，戏剧构思则是要把这个"点"拉成一条起伏的"线"，这包括人物设置、情节发展等。

我的小品剧本《等级问题》发表在《剧本》月刊上，素材来源于一则数十字的小品文："某局举行捐款，新来的大学生小王捐 50 元，办公室主任找还 20 元，说，现在局领导捐 100 元，中层干部捐 50，你捐 30 就够了。"当时我读了除了觉得好笑外，也陷入思索。

于是，我设置了三个人物：老于世故的办公室主任，硬头皮的年轻干部和少不更事的女文书。故事：年轻干部偏要捐，办公室主任就要找还，女文书左右为难……最后，年轻人扔下更多的钱，并抛下一个真伪莫辨的信息——要提拔了。这下，让主任收还是不收？

以我个人的创作经验，在小品、小戏这样的创作中，人物必须有着不同性格，因此，对于同一件事，会有不同的看法和行为，这样推进情节发展，历经由冲突、悬念构成的数个起伏后，最后有个出乎预料的结尾。在《等级问题》中，如果捐款的年轻干部，是一个唯唯诺诺的人，那么这个小品就不成立了。

还有一次，我在网上读到一条社会新闻：一个醉汉爬上变压器举办"演唱会"，群众扮"粉丝"将其救下。我除觉得好玩外，那就是感动。这新闻就是告诉人们这一件事，而编剧的任务是一定要创作出这件事的具体经过。这个小品的情节最后是这样的：深更半夜小区出现歌声，群众很气愤→当人们看到唱歌的人在变压器上时，很震惊→于是，开始营救。而营救是这个小品的重点，可以说是一波接着一波：醉汉先是在变压器平台的前面（还是比较安全）→接着靠近变压器（危险出现）→群众把他诱导到前面（松了一口气）→他再次走到变压器边（危险再次出现）→最后成功将他引到地面（成功脱离危险）。而在人物安排上，我原先是把醉汉为什么喝醉的背景交代得很详细——他一直是一个如何倒霉的人，而对救他的三个居民则是简略，只是用"甲""乙""丙"来代替，后来，我发觉犯了一个常识性的错误：我写这个小品不应该写醉汉如何倒霉，而应该应该表现救人的居民如何充满爱心，于是，我对人物进行了调整，让隐者隐，让显者显，对三个营救者（一个退休干部、一个女文艺工作者、一个保安）进行了细致的交代和刻画，而对醉酒者，只是表达他生活不顺心而喝醉了。

如何提高构思能力，那就是多多阅读优秀剧本，多多观赏精彩演出。一般观众对文艺节目看得开心，得到愉悦就行了，而作为一个剧作者，还要沉下心来，多琢磨思考，多学习他人的手法和技巧，甚至对于他人的作品要理理头绪，进行剖析和评论。此外，还要多读一些理论文章以指导自己的创作，还可以把小说、相声等艺术门类的创作手法移植到戏剧上来。

三、想　象

想象是人在头脑里对已储存的表象进行加工改造形成新形象的心理过程，是一种特殊的思维形式。

一个英俊潇洒、权力在握的年轻人，这天开车外出，“我要追求新目标，体验新感觉”，为了顺利到达神秘地方，他启动了两个导航仪，结果到了三岔口，一个说向左，一个说向右，年轻人没办法，执意要驶中间，结果撞得头破血流。这是我小品《导航》的故事梗概。

这个小品的素材来自于戏剧会议饭桌上的闲谈。一个导演第一次来某地，为了赶时间和准确地到达，就开了两个导航仪，结果途中两个导航仪发出的信号不一样，而多走了冤枉路。

这个素材在我脑子里折腾了数月，终于形成小品形式。与素材最大的不同，是小品里出了问题的是人，而非机器。我这个小品，有三个角色，主人公与两个拟人化的导航仪，年轻人输入两个导航仪的地址有“一点之差”，于是出现“这一点之差就是两个目标，这一点之差就是两个方向”的大问题。这个小品在表现手法上，轻松活泼，诙谐有趣，主人与两个导航仪、导航仪一号与导航仪二号之间的关系，不断转换，既有协同，又有矛盾，一会儿是“对手”，一会儿是“盟友”。这是一个寓言式、童话式的戏剧小品，而小品的主题，就是告诫人们在人生之路上，千万不能得意忘形，不然后果不堪设想。

我觉得这个小品既可以上升到有关人生之路如何走的问题，也可以借喻某个具体的问题，比如，反腐倡廉。一个人，一个当官的人，并不是一开始就是贪婪成性、十恶不赦的人，往往是在不经意间、把持不住中，走上歧途。

黄定华等人在《论鲁迅对于戏剧创作的三个基本观念》一文中说道：“追求艺术真实，就是不但高于生活真实，还能深刻地反映生活，那是对生活的艺术提升，在艺术真实中传达作者的意愿和对世界和社会的看法。真正的艺术品，不是生活的摄像，戏剧必须达到艺术的真实，而不是对社会生活进行简单的摹写。”

戏剧创作要关注社会，表现现实，同时，要展开艺术的翅膀飞翔。现实题材的作品，并不一定要写得很“实”。要实现从“形似”到“神似”的跨越，从现实到艺术的跨越。这需要想象，需要对生活进行艺术提炼。要把严肃的题材、沉重的事件，做到“好玩”的地步，在欢笑之后让人思索，让人回味。

四、锤 炼

文章不厌千回改。把一个小品、小戏写完整也许只需要数天，但写好，则需要数月，甚至数年。从初稿到作品完成，有一条相当漫长的道路要走，甚至永远没有尽头。

小品《坚守》一开头，受市长派遣的年轻女秘书上场，她是第一次到这个小山村，我是这么写的：

赵晓艳 （陶醉地）哇，多么美啊……

对我来说，这已经是简洁到不能再简洁的表达了，没有赞叹这里如何美的语句。但一位有着舞台经验的剧作者对我提出意见：这“多么美啊”可以去掉，完全可以用人物“陶醉”的肢体、神态来表达。这就是专业，我服，修改到只剩下“哇……”了。

2011 年我创作了一个小品叫《机里机外》，夫妻闹了矛盾，女儿劝母亲不要多心，爸爸挺老实的，接着，母亲吼道：“你不要被表面所迷惑，俗话说，不会叫的狗最会咬人。”

在不断的修改中，我觉得“你不要被表面所迷惑”太文了，太拗口了，太说理了，于是删除，后来，觉得“不会叫的狗最会咬人”就是俗语，何必再说“俗话说”呢，于是，把“俗话说”删除，最后，三句话中只留下一句话，但觉得一句话比原三句话要好。

还有《我们是一家人》，原标题是《夜半歌声》，改到《让爱做主》，最后定为《我们是一家人》。

这里只以细节锤炼为例，当然还有人物、情节、主题等方面，囿于篇幅，不再展开。

五、挖　掘

主题是一个戏剧作品的核心元素，是其灵魂，通过鲜明的人物、具体的故事来显现。因此，我们在打造一个戏剧作品时，挖掘作品的思想内涵是很重要的。

那年国庆节前夕，要举行下乡巡回演出，馆里要求我创作一个小品。写什么呢？正在这时，《温岭报》上发表一幅照片：一个中年男人打着伞，与他使用好多年的摊位告别，原来这个摊位实行招标，被别人标去了。

这个素材给我带来深深的思索，于是我创作了小品《豪迈下岗》，既然是“下岗”，又何来“豪迈”呢？小品说的是这么一个故事：一个通讯员想拍些反映新成就的照片，以迎接国庆，碰到一个水果摊前写着“最后一天，买一送一”的招牌，以为有欺诈、误导的嫌疑，而中年女摊主则坚持说，并没有虚假，于是说了自己的往事。家在山村，孩子尚小，丈夫瘫痪，厚着脸送礼，在这里谋得了这个露天摊位，但这个摊位现在已经被人招标去了，明天就不是自己的了……通讯员马上同情起她来，并安慰她，而她却说，招标这个方法好啊，赢得高兴，输得舒心，再说，在这里摆摊十年，也赚了，自己在城里购房了，女儿到城里上中学了，自己在这里下岗了，但更多的机会在等她呢……

我就是从这张新闻照片上挖掘，并在小品中表达出至少两方面的含义，一是市场经济是法制经济，当时招标还是一个新事物，特别是运用到“摊位”这样的小事情上，给经营者一个公开竞争的机会（而这个女摊主当初为获得摊位受尽屈辱）；二是通过改革开放，人民群众通过原始积累，腰包鼓起来了，腰杆才挺得起来，经得起风浪了。事实证明，这个小品并非应景之作，而是经得起时间考验的。创作该小品时，恰好是新中国成立50周年，但到新中国成立60周年时，依然在上级一个戏剧征文比赛中获奖，并在数个杂志上发表。

《等级问题》揭示的是社会上到处讲究等级，人与人无处不在条条框框，抹杀了个性，抹杀了自由，禁锢了灵魂。

《撞车》中真诚被误解，诚信无人信，真诚和诚信稀缺，呼唤真诚回来，呼唤诚信成为常态。

要想在戏剧创作上具备挖掘能力，从宏观上讲，我们首先要了解当下社会，掌握时代脉搏，读书，看报，做些理论研究；从微观上讲，我们应从实际生活出发，遵循艺术规律，洞察体现时代精神的人物思想。有了这样的积累，通过挖掘，做到创作题材上的出新、出深，创作出富有时代感、富有感染力的艺术形象。

总之，具备并提升戏剧创作能力，我认为要不断加强艺术修养，提高文学水平，接触社会，扩大视野，尤其是要保持自觉的戏剧创作状态，只有这样，我们才能创作出更多“三贴近”的作品，让自己的戏剧作品飞得更高，走得更远。

获“2012浙江省群文戏剧创作论坛”一等奖（浙江省文化馆2012年12月）。

发表于《浙江公共文化》杂志2012年冬季刊。

公益性文化事业要抓到“点”上

近年来，党和政府不断倡导发展公益文化事业。胡锦涛同志在党的十七大工作报告中指出：“坚持把发展公益性文化事业作为保障人民基本文化权益的主要途径，加大投入力度，加强社区和乡村文化设施建设。”温家宝在十一届人大四次会议上所做的政府工作报告要求“扶持公益性文化事业”。

对于“公益性文化事业”，至今还没有一个精确的定义，各种表述大同小异。笔者认为，所谓的“公益文化”就是国家或社会各界投入，非营利，以满足人民群众精神生活的文化服务和活动。

如何建设公益性文化事业，是新时期文化建设的一个新课题。是否就是大把大把地烧钱？是否就是大张旗鼓地兵团作战？是否就是让群众享受高规格的文化盛宴？在建设公益性文化事业中，政府如何把有限的人力、物力用到刀口上，如何避免一头热一头冷的尴尬状况，特别是如何避免一阵风现象，把公益性文化事业持续开展下去呢？

温岭市太平街道戏剧角的建立和兴起，对公益性文化事业的建设有着借鉴意义。

一、戏剧角的概况

所谓的太平街道戏剧角就是在温岭市太平街道建立的以街心公园为代表的戏迷组织活动地点及其活动。2009年初，太平街道把原来分散活动的戏剧爱好者进行重新组合，14个社区选择6个活动地点，分别是街心公园、东辉公园、虎山公园、尚书坊活动中心、城中管理区办公楼门前和繁昌社区门口，确定每个戏剧角的负责人，安排活动时间，每个戏剧角每个星期少则一个晚上，多则四个晚上举行活动，这样，每天晚上太平街道都有戏迷聚会。原计划每年的5—11月开展活动，类似于乘凉晚会，但实际上，由于戏迷热情高涨，群众参与众多，除了特别冷的天气和下雨下雪，活动几乎是每天进行着的。戏剧角成为当地群众文化的一个亮点，也成为这座城市里晚上的一道风景。

二、戏剧角建立的因素

政府和部门的积极作为。温岭市文化广电新闻出版局发现这个自娱自乐的戏迷群体，倾听了戏迷的呼声后，便组织局里有关职能科室和太平街道文化站相关人员，到宁波等地进行考察取经。回来后，太平街道在市文广新局的指导和协助下，对戏迷群体进行了划分组合，提供场地，确定负责人和活动时间。市文广新局向每个戏剧角赠送了一套音响、话筒等设备。市人民政府还应戏迷的要求，专门拨款50万元，由市城建部门在街心公园建立起“戏剧主题角”，有回廊、平台和凉亭等。

特定的社会氛围。太平街道是温岭市的中心市区，也是老城区，是温岭市的政治、经济、文化中心。这里城市气息浓厚，商业发达，工业集聚，教育领先，人口达10余万，尽管进行了旧城改造，新区建设，但这里居住的大多是原住户，或者世代居住，或者居住数十年了，由于工作和邻里关系，相互之间不但熟悉，而且有着一定的联系和往来。

群众的需求。由于是老城区，居民大多比较有文化，还有一些人以前参加过学校、工厂宣传队等组织，有着一定的文艺基础和爱好。戏剧，特别是越剧，在这座城市里有着一定的群众基础，人们自小耳濡目染，得到熏陶和滋养，演唱戏剧成为他们生活中的一部分。特别是一批人，或者企业改制，或者正式退休后，文艺活动既是他们的情感寄托和爱好，也成为他们交往的纽带和桥梁。

三、戏剧角成功的经验

抓到了一个“结合点”。建设健康、有益的文化，满足人民群众日益增长的文化需求，是我们党和政府一项长期的工作，一份义不容辞的职责，特别是近年来，着力做好广场文化、社区文化、企业文化等文章也是一个迫切和新鲜的课题，是政府和文化部门倡导和践行的。通过改革开放三十年，人民群众的物质生活在迅速提高，求知、求乐、求美更加迫切，在城市里，这么一群人喜爱戏剧，爱好文艺，作为生活的娱乐和调节，作为人生一个寄托和追求，也正在向政府和有关部门寻找支持，寻找依靠，甚至简单得就是要一个名分，一个认同。政府和部门敏锐地捕捉到了，与群众一拍即合，建立戏剧角，那就是抓住了政府的要求和群众需求的“结合点”——这是一个“双赢”的“点”。

抓到一个“生长点”。戏剧角聚集着这么一个群体，这个团体蕴藏着巨大的生长力量。阿基米德说过，给我一个支点，我将撬起整个地球。而建立了戏剧角这个“点”，那是培育起会“生长”蓬勃生机的大树，撑起一片文化绿荫。如，街心公园戏剧角共达60来人，从人员分，有唱越剧的，有唱京剧的，有唱黄梅戏的……有表演的，有演奏乐器的，有管理音响的……有戏剧的，也有舞蹈的，更有曲艺的，甚至还有创作节目的。这些创作的节目，如四季调，劝人走正道勿走歪路的《十劝哥》，宣传养生保健知识的《十二月歌》；快板《奉劝人生学文明》《开放以来确实好》，道情《老人再婚小唱》，龙灯调《十大元帅》《温岭地方好风光》，黄梅调《劝君夫妻要和乐》。这里几乎成为一个民间“创作中心”“表演中心”了。

而戏剧角所产生的辐射效应，更是巨大的。这6个戏剧角都处于人口聚集、交通便利的地方，场地开阔，更主要是敞开式的。如街心公园位于太平街道人民路和万寿路两条主大街之间的要道上，活动区域广阔，四周是居民大楼，紧傍着市人民医院，公园下面开设着大型超市，每当夜幕降临，这里音响开启，就会有大批的观众围拢上来，连医院里的病人也会坐在轮椅上被推着来，坐在一边观赏。而外地的戏迷，包括位于海角一隅的松门、石塘等地的戏剧爱好者，在戏剧角活动日会专程赶来，一展歌喉。连新温岭人也纷纷赶来参加。这应了一句老话：锣鼓响，脚底痒，胡琴响，喉咙痒。

抓住了一个“兴奋点”。政府搭台，群众唱戏。太平戏剧角的成功，当然，首先是政府和部门没有缺位，他们负起了组织、管理工作，但又没有陷入疲于奔命之中；他们在经济和物质上给予了援助，但又是有限的，即使是那笔最大的拨款，也是成为一个永久的城市建筑，不会在短时期内“消耗”掉。建立起了戏剧角，街道和文化部门平时给予指导、协调，但主要还是戏剧角自我管理，自我发展，自我运作。作为一种公益文化，戏剧角的建立关键的是政府和部门抓住了群众的“兴奋点”。戏剧角是顺应了群众的需求而建立的，戏剧角让戏迷们的生活有了乐趣，更能体现人生价值。那些戏迷，特别是离职退休的戏曲爱好者，有了另外一个“单位”，一个温暖快乐的“大家庭”。

街心公园戏剧角发起人和骨干潘丽珍、应福林、杨凤莲、江景芬等，说起戏剧角的前身和建立，那么兴致勃勃。他们原在市老年大学越剧班学习，后来就在公园的树下演唱，他们说着怎么向有关部门反映要求建立“街心公园戏曲表演队”，又是怎么得到上级的支持，有了现在的戏剧角组织，有了现在的戏剧角建筑，谈到现在的活动，更是喜形于色。自从有了戏剧角的定期活动，人开心了，身体健康了，连家庭矛盾也减少了。不但他们参与者高兴，而且家属也是非常地支持，夏天还热心地送水送绿豆汤。他们非常热爱这个家，也非常感谢组织所提供的条件。

2011年6月获台州市“公益文化服务工作走向”征文二等奖。

收录于中国戏剧出版社出版的《大道如歌》（群众文化理论专集）。

又以“温岭戏剧角：喜气洋洋唱和谐”为题，发表于《浙江文化》月刊2011年第7期。

又名《论城镇化中的公共文化建设——以温岭市太平街道戏剧角为例》获浙江省第十五届公共文化论坛三等奖（浙江省群众文化学会、浙江省文化馆2013年10月）。

一个新渔村的文化版本

一、一个处于特有地理位置的村庄

流水坑村地处浙江黄金海岸的温岭市石塘半岛的最东端，是一个三面环海的小渔村，全村 325 户，共 980 人，面积 26.28 公顷。

石塘拥有旖旎的海滨风光，独特的民俗风情、人文景观，早已名声远扬，素有“画中镇”和“东方巴黎圣母院”之美称，每年吸引了无数的作家、画家、摄影家等到此采风，创作艺术作品。

石塘有幸，新千年和新世纪中国大陆的第一缕曙光从石塘升起，石塘成为全国乃至世界目光聚集的焦点。来自全国各地潮水般的人流包括各路媒体记者像朝圣一样，涌向新兴的滨海城市温岭，涌向古朴的渔村石塘，送夕阳，迎曙光。中央电视台对石塘迎接新千年第一缕曙光做了现场直播：历史将定格在 2000 年 1 月 1 日 6 时 46 分，当一轮红彤彤的太阳如期从海天之间冉冉升起时，山坡上，身披蓑衣戴着笠帽的渔民，手拿海螺吹响了雄厚号声；在钢琴的伴奏下，来自聋哑学校的学生，用手语“唱响”了艾青的诗歌《光的赞歌》，那情景是那么深深地打动和震撼人心。

这些仪式的举办地就在流水坑附近，而且经确定，流水坑村的平头山和后山，为新千年、新世纪观看中国大陆第一缕曙光的最佳观景台。从这个意义上说，流水坑村不但处于石塘的最东端，而且处于中国大陆的最东端，是中国大陆离太阳最近和最早迎接太阳升起来的村庄。

现在，就离流水坑村三五百米的后山上，一个中国独一无二的品牌，名为“曙光公园”的建筑诞生了，那 20 米高象征着 2000 年的曙光碑巍然屹立，由全国人大常委会副委员长周光召题写的“千年曙光”闪着金光。登上曙光公园，极目辽阔的碧蓝海洋，再仰望那耸立的曙光碑，一种神圣和庄重就会涌上心头。

流水坑村人可以自豪地说：“我家就在曙光碑下住。”

二、一座碉堡凝固着沧桑岁月

在流水坑的村中心，一座四层碉堡傲然挺立着，那是有着百年历史的建筑。这座碉堡，建于 1913 年，是一位黄姓新加坡华侨为回流水坑故里定居而建，当时社会动荡不安，黄先生为了抗击倭寇，严防土匪，特意建造了这座碉堡。碉堡通体石砌，内有石窗 10 扇，墙体至今仍留有枪弹痕 16 个。现在这里居住着一位八九十岁的阿婆。阿婆步履蹒跚，佝偻着身子，满脸皱纹，对我们的来访，她笑了，笑得很开朗，笑得很纯净，说：“来看碉堡的人太多了。”

石塘旧称石塘山，原为一海岛，由于地壳运动和大陆相连。据《台州府志》记载：“塘多泥筑，少石砌者，惟此塘独砌以石，故即以为全岛总称。”这便是石塘名称的由来。

相传，宋元时期，一批福建惠安的回族人因战祸和瘟疫迁移至此，无田可种，无砖可造，自然留给他们的除了海就是山岩。但他们就在这样的环境中顽强地生存下来，创造他们的生活。

三、一条流水坑见证着文明的提升

这流水坑的村名，因一条溪沟而得名。这条名叫流水坑的溪沟，从山上流经村庄中间，注入大海。

这是一个宁静的渔村，一派清新的自然风光，流淌的溪流清澈明亮，青草摇曳，鱼虾游弋。流水坑是当地渔民生活的一部分，引水浇灌，入溪洗涤。

可曾几何时，这流水坑，这村庄，变了：脏了，乱了，臭了。面对此情此景，村民心里不平静了，流水坑村不平静了。从 1999 年开始，特别是进入 2003 年后，村庄整治进入全面提升阶段，建设新农村，首先从这个难点热点，群众反映强烈的流水坑入手。

全面卫生改厕，家家户户大搞清洁卫生，垃圾集中堆放，在全村范围内创建绿化工作。对于别的地方来说，种花植树是很平常的事了，但流水坑村号称“地无三尺平”，就是挖个坑，碰到的全是岩石，而且连泥土都很少，绿化的难度可想而知。流水坑村就是靠着一种顽强和韧性来做事，因地制宜，大力开展绿化工作，甚至在一些岩石旁垒上石，倒上土，再见缝插针地种花植树。

如今，游人一进入流水坑村，一幅幅美丽的风景扑入眼帘，让人赞不绝口。

一条蜿蜒的水泥道路在旋转，山坡上一片苍翠，青草、树林郁郁葱葱；就着地势，建造的各种不同形状、图案的花坛里，美丽的花朵竞相开放着，释放着热情和摆放着好客姿态。

村庄里，那石径小巷，安安静静，干干净净，井井有条，见不到垃圾，看不到飘荡的塑料袋，碰不到污水。就是那些高低错落的石屋，似乎都被雨水洗刷过般干净、脱俗、清雅。流水坑清了，亮了，后来又安装了多种的排水管，在上面盖上了石板，浇上了水泥，成为一条道路，供人行走。

村前和村后，分别有凉亭。两座石亭不仅构造精美，亭子的命名也极富深意。位于村头的叫曙光亭，是为纪念流水坑村的平头山曾作为新千年、新世纪中国大陆第一缕曙光观景台；位于村后的叫望月亭，与曙光亭相对应，意其日月同辉。

四、一口双眼井流淌着和谐的甘泉

岛屿上缺水是一个普遍现象，流水坑村也不例外。流水坑村曾经打过许多的水井，在岛屿上打井，可不是件容易的事，地下全是坚硬的岩石，可打出来的水井，不是没水，就是臭水、咸水。曾过着靠天吃水的艰苦日子，一次下雨，只能吃得三天水，那个滋味一般人是体会不了的。缺水严重制约了流水坑村渔民的生活和生产。

但功夫不负有心人，到了1987年，村里不知怎么看出端倪，通过求证后，对原来一口小井进行扩建和改装，这口水井就哗哗地流个不休了，现在就是靠着这口水井供应着全村渔民的饮用，而且即使逢到大旱也不会干涸。这真有点玄机和神秘。

我们见到了在一个围墙里的水井，但却有两口八角井，往里一望，真像是一个大水潭，清澈碧绿，原来两口井是相通的啊，村民称这水井为双眼井。

这口水井，卫生部门曾专门来村里检测水质，双眼井的水不仅符合饮用标准，还含有丰富的微量元素，长饮此水，有益健康。

但村民日常洗涤，则用门前屋后的自流水或其他井水。这已是村规民约，渔民们自觉遵守着，从不敢违反。

但也有一回，有一位外村新嫁过来的媳妇，因不知情，看到双眼井的水那般清冽，井台又那般平整开阔，就换下衣服拿去井边洗涤。为了维护村规民约的严肃性，那新媳妇还是自觉接受了处罚，放映了一场电影，并向全村父老道歉。

五、一座码头通向大海走上富裕大道

在整治之前，流水坑村人均年收入较低。流水坑村尽管是一个纯渔业的村庄，原来却连一个码头也没有，只是在一些悬崖峭壁上战战兢兢地上下船，时常出现渔民跌落大海的意外，造成伤亡事故。没有码头的渔村，还奢谈什么“造大船，闯大海，挣大钱”呢，只是停留在“小打小闹”式的渔业生产方式吧。

1992 年，村班子做出了“集资合作”建设码头的决定，就是在村北边的悬崖上炸出一个平地用来建造码头，同时又解决村民的宅基地问题。这样，既建造了一座 170 米的码头，又为村民解决了 85 间宅基地。根据位置，每间宅基地这些村民只要付出 1 万元左右就可以获得。村里没有因为宅基地短缺就抬高价格，而是取之于民，用之于民，没有赚村民的钱。更重要的是，码头的建造，为渔民们开辟了一条致富的大道。

流水坑村现在有钢铁渔轮 42 艘，企业 8 家，2005 年全村总产值达 8350 万元，人均收入达到了 8520 元，集体收入 67 万元。村民们特别向科学要效益，向先进要进步，到外省学习“灯光敷网”技术，有 4 艘船在全市率先实行这种捕鱼方法，结果每个股份分红达到 35 万元，最多的一户收入达到 100 多万。现在全村有 60%以上的渔船采用了这种捕鱼方式，全市七八十艘渔船推行了这种捕鱼方式，经济效益可观。

发展了生产，富裕了村民，现在村里电视、电话、自来水、电灯入户率达到百分之百。

2005年1月，流水坑村被浙江省委、省人民政府授予“全面小康建设示范村”。

由中共浙江省委、浙江省人民政府农业和农村工作办公室、中共浙江省委宣传部、浙江省社会科学院2005年9月合拍的一部反映浙江新农村建设的专题片《浙江农村新风貌》，以优美、清新的音乐配上朴实的解说词，运用全景式和多角度拍摄的镜头展现了浙江在建设社会主义新农村、推进城乡协调发展中的一批全面体现小康建设社会而脱颖而出的新农村，其在“示范村精粹”中，对流水坑村做了细致的介绍和赞颂。

六、一座妈祖庙传达着虔诚的愿望

一进入流水坑村，在村头就可以看见一座妈祖庙。妈祖庙，又称为“天后宫”。妈祖庙盛行于中国东南沿海，妈祖文化甚至是世界性的。

据宋代史料，妈祖生于宋建隆元年（960）的福建莆田湄洲屿。她原是林姓，平素急公好义，尤其热心扶危济困，救助海难，受到人们的敬重。她为救海难而捐躯，年仅27岁。之后，乡亲们便在岛屿上给她修了一座庙宇奉祀。从此以后，出海的人们纷纷传说在狂风恶浪中，见到有位红衣女子闪现在桅杆前导航，直到化险为夷。千百年来，人们为了缅怀这位勇敢善良的女性，到处立庙祭祀她。自宋徽宗宣和五年（1123）直至清代，共有14个皇帝先后对她敕封了36次，使她成了万众敬仰的“天上圣母”“海上女神”“通灵神女”。

这是一个由人成为神的故事。这一方面由于中国古代航海技术不发达，出海的人很难预测海上恶劣气候，在凶险难卜的情况下，企盼得到神灵的保佑，祈求平安；另一方面，也寓寄着渔民朴素的善良的愿望，那就是对敬重人物的怀念，对做过好事的人物的礼遇。

地理位置偏僻的流水坑村，是一个很小的渔村，但与世界性的妈祖文化是一脉相承的。与大海为伴，靠大海为生，流水坑的渔民与大海紧紧相连。渔民们对大海有着浓厚又复杂的感情。大海养育了他们祖祖辈辈，大海又让他们的亲人葬身鱼腹，从而使他们悲伤得撕心裂肺。

尽管现在通讯发达，船只坚固庞大，抗风暴能力增强，很少发生海难事故了，但渔民们对妈祖的崇敬之情一点也没有减弱。在出海前或者出海回来时，都要进行虔诚的祭拜活动，祈祷妈祖为他们保平安，保丰收。

在渔民中，每个人都会津津有味地讲述一大串自己或者亲人在海上遭遇变幻莫测的风云和诡秘的浪涛，如何得到妈祖保佑化险为夷的故事。

七、一个“渔家乐”的启动期待一个产业的兴起

2006年“五一”期间，有一条消息被各媒体包括全国性的媒体报道：流水坑村“渔家乐”项目正式启动接待游客。

针对海洋渔业资源衰退的情况，流水坑村做出调整产业结构的决定，实行渔民转产转业。其中年龄在16—60岁的渔民349人，入海捕鱼的202人，147人转入发展第三产业，转入海陆运输、开店经商等。

重要的是，流水坑村意识到自己的优势，发挥好自己丰富的旅游资源，打响曙光品牌，推出渔村特色，搞了一个“渔家乐”的旅游

项目。为了搞好“渔家乐”，2006年10月份起，流水坑村两委几位主要干部专门跑到各地考察学习。

经过半年多的积极筹备，流水坑村终于在今年“五一”黄金周正式启动“渔家乐”旅游项目，这也是台州市第一家属于“农家乐”的旅游项目。流水坑村共有14户渔民参加“渔家乐”旅游项目，共有93张床铺，6条配置各类网具的渔船，由接待中心统一接待，统一安排，统一收费。客人观渔家景，吃渔家饭，睡渔家屋，还可以跟随渔民出海，可以拖网、放流网、垂钓、放蟹笼……当一天渔民，体验一下渔家生活，还可以迎曙光、看日出，尽情享受渔家乐。

采访那天，我们走进了编号为1号的“渔家乐”经营户。女主人叫莫爱君，三十来岁，孩子送入温岭市区读书了，家有一间四层房子，现在夫妻两人住二楼，三楼和四楼开设了“渔家乐”住宿，每层楼有三张床铺，都有独立的卫生间，设施和卫生真不低于宾馆的标准间。屋前宅后，全是绿树红花，连屋檐下都摆放着几十盆花草。

莫爱君原来开着一个渔船上的机械配件的小店，生意也并不兴旺，当村里要搞“渔家乐”时，心存一个和别人一样的担忧：不知道有没有客源，投入能不能收回来？是村里的积极引导、观念更新和资金配合解决等，让“渔家乐”办了起来。

至今，莫爱君激动地说开了：“现在客人来了，都会夸我们流水坑环境好，空气新鲜，简直是人间仙境，说我们热情好客，服务周到，都说下次一定要带朋友再来。作为流水坑人，这是多么高兴的事，以前哪有人知道还有流水坑这个地方，只知道有个石塘，是‘渔家乐’让大家知道还有个美丽的流水坑村。”莫爱君一脸的激动和自豪。

流水坑村将重点发展生态渔村、传承历史文化和保护旅游资源，利用“曙光、大海、渔村、石文化”的特色优势，加强旅游基础设施建设，在文化品位上下功夫，计划建造大型的钢质游船，开设茶馆、民俗馆、露天舞场等等。

我们期待着明天的“渔家乐”，期待着明天的流水坑村。

原题为《温岭市石塘镇流水坑村田野调查》，入编《浙江省新农村文化报告：来自118个行政村农民文化生活的田野调查》一书（2007年6月版），后予以重新改编，发表于《台州晚报》2007年2月1日。

温岭市新生代农民工文化生活调查

一、调查地基本情况

温岭市，地处浙江东南沿海，新千年、新世纪中国大陆第一缕曙光首照地，全市陆域面积 920 平方千米，辖 5 个街道，11 个镇，人口约 118 万，是全国人口密度最高的县（市）之一。

改革开放以来，敢为人先的温岭人创办了中国第一家股份制合作企业，首创了“民主恳谈”这一基层民主政治建设独特载体，经济实力不断增强，城市化进程快速推进，社会各项事业全面发展，形成了机制灵活、市场活跃、民资丰厚等鲜明的区域经济发展特色，是浙江省优先培育的中等城市，省 17 个扩权县（市）之一。2001 年以来，一直排列在全国“百强县（市）”第 11 位到 15 位之间。

这次新生代农民工文化生活调查安排在横峰街道和泽国镇进行，横峰街道侧重于加工制造业的新生代农民工，泽国镇侧重于服务业新生代农民工。

横峰街道位于温岭市中心区北侧，是浙江省著名的鞋乡，制鞋企业已经发展到 2400 多家，鞋业经济的发展给劳动者提供了更多的就业岗位，吸引了大量外来人员。横峰户籍人口 2.7 万人，截至 2010 年 9 月，登记在册的外来人口将近 10 万人。

泽国镇是历史悠久的江南水乡名镇，素有“台州商埠”之称，是工贸重镇，南距温岭市区 18 公里，常住人口 12 万多人，外来人口逾 15 万人。近年来，泽国镇以积极构筑小城市、发展大产业、建设新农村为目标，实现全镇经济社会的全面协调可持续发展，经济实力快速增强，形成了以皮革鞋服、新型建材、机械电器、金属制品、汽摩配件等五大行业共同发展的格局。

二、问卷主要数据和分析

本次问卷调查，横峰街道共收回有效问卷 57 份，泽国镇收回有效问卷 67 份，两者共计 124 份。

1. 调查对象基本情况

问卷调查者男 67 人，女 57 人；“80 后” 76 人，“90 后” 48 人；文化程度，没上过学 1 人，小学 17 人，初中 55 人，高中 29 人，中专 9 人，大专及以上 13 人。

数据显示，在新生代农民工中，男女比例基本相当，分别占 54% 和 46%，表明现代女性走出家庭，迈出家乡，走向社会已成为常态，与男性担当着相等的家庭责任，也同样寻求自我发展。

从年龄上分，“80 后” 占了 61.3%，“90 后” 占了 38.7%，“80 后” 多于 “90 后”，这是由年龄层次决定的，因为 “90 后” 现在最大的也是 20 岁，但从发展来看，再过几年，“90 后” 会赶上 “80 后”，再过十来年，在农民工中，“90 后” 会成为主体。

文化程度呈橄榄球状，初中占 44.3%、高中 23.3%，两者占了总数的 67.7%；值得注意的是，在新生代农民工中没有文化的微乎其微，只有 1 人；同样值得注意的是，新生代农民工中出现了大、中专及以上学历的。

2. 调查对象就业情况

从企业规模来分，124 名新生代农民工，7 人就业于大型企业，占 5.6%，49 人就业于中小型企业，占 39.5%，68 人就业于个体经营企业，占 54.8%，后两者相加竟然达到 94.4%。企业的规模与所属的台温经济模式有关，台温经济模式是以农村工业为起点、以农民个体和家庭为主体、以民间集资和内部积累为特征的原生性、内源型的民营经济。在温岭一些发达地区，可谓家家是工厂，人人是老板，因此也存在着企业分布分散、规模偏小、产业层次偏低等特点。

从从事的行业分，2 人在建筑业，43 人在加工制造业，48 人在服务行业，20 人在商品零售业，11 人在其他行业。这一方面说明温岭民营经济发达，就业渠道多样，另一方面说明“80 后”“90 后”新生代农民工已经不再像他们的上一代一样，靠出卖体力为主，干粗重活赚钱了。

从企业的性质来分，5 人在外资企业，占 4%；109 人在非外资企业，占 96%。台温经济模式与珠江三角洲经济模式不同，温岭不是利用外资为主，而是以民间资本为主。

3. 业余文化生活调查情况

这方面问卷数量比较多，以下选择主要的来分析。

在“您自己买报刊看吗？”一题中，选择不买的 59 人，偶尔买 58 人，经常买 7 人；在“您现在身边有几本可看的书籍”一题中，选择 1 本都没有 46 人，1—5 本 48 人，5 本以上 30 人。

在“您在业余时间去附近的图书馆（室）的次数多吗？”一题中，选择没有去过 76 人，去过一两次 40 人，经常去 8 人；在“您没有去图书馆或者很少去的主要原因是什么？”一题中，选择没时间 37 人，想多干活挣钱 22 人，不感兴趣 22 人，不知道在哪里 25 人，其他 8 人。

“书是人类进步的阶梯，终生的伴侣，最诚挚的朋友”，“活到老，学到老”。新生代农民工从年龄上讲，正是年轻、精力旺盛时期，特别是“90 后”，正在成长阶段；从学历上讲，新生代农民工以初、高中学历为主，学习有基础，提升有空间，但对书本和学习的疏远是让人担忧的，这除了新生代农民工自身的原因，比如，主观上疏于学习，客观上打工辛苦，没有精力用在学习上，收入低没有多余的钱用在买书上，还要找找社会环境的原因，比如，街道、社区、企业是否创造了条件，给予扶持和引导。

在“您每月用于文化消费多少？”一题中，选择 20 元以下 43 人，20—50 元 33 人，50—100 元 34 人，100 元以上 14 人。新生代农民工的文化消费还是可以的。只是文化消费的概念远远大于买书，休闲、玩耍也都属于文化消费范畴。这与上一代农民工相比有了很明显的区别。上一代农民工以赚钱为目的，尽可能把开支压缩到最小，白天劳作在工地，夜晚吃住在工棚，数着星星望月亮，“文化消费”对于他们来说可望不可及。新生代农民工在劳动之余，则要放松自己，接触这个世界，跟上时代的节拍。

在“您是否有电脑？”一题中，选择有电脑的 42 人，占 34%，没有电脑 82 人，占 66%，有无电脑之比，刚好 1 ∶ 2。其电脑拥有率相对于城镇青年来说当然要低很多，但对于从偏僻大山里走出来，刚告别父辈“面朝黄土背朝天”生活的新生代农民工来说，无疑是令人振奋的。

在具有归纳性的“您对自己业余文化生活是否满意？”一题中，选择满意 17 人，基本满意 67 人，不满意 19 人，说不清楚 21 人。满意和基本满意竟然达到 68%，不满意和说不清楚却只有 32%。这个调查结果有点费解和值得玩味。是否觉得自己是卑微的小草，没有多少索求，给点阳光洒点雨露就觉得挺满足呢？

在“您对街道、社区丰富外来务工人员业余文化生活方面有哪些建议和要求（可选多项）”一题中，选择希望组织外来务工人员开展文体活动41人，举办与社区居民的文化联谊活动42人，向外来务工人员开放街道、社区的文化娱乐活动场所54人，组织开展电脑等实用知识讲座25人，组织电影放映20人，组织健身舞等文艺辅导29人，组织面向外来务工人员的文艺演出30人。这既是新生代农民工的愿望和期盼，也是当地政府、企业和社会各界特别是文化部门、文化工作者需要努力的。

三、对策

（1）关心新生代农民工的文化生活，既是对新生代农民工的精神呵护、人文关怀，也事关当地经济发展、社会和谐。

上一代农民工大多有了儿女，相对来说年龄偏大，惴惴然地来到他乡，来到城市，干着诸如建筑工这些最累、最重的活，最大的愿望就是能赚得一份辛苦钱，养家糊口，有的甚至在农忙季节跑回家乡做完农活后再回来。他们根在农村老家，自认为是城市的“过客”，等赚了一些钱或者老了后，还是要回到家乡的。

而新生代农民工，年轻，又大多没有成家，没有农业生产经历，他们几乎毫无牵挂地来到经济发达地区，进入繁华城市，有的本身就是跟随上一代农民工的父母在城市长大，他们渴望进入、融入城市社会，注重自我，张扬个性，但他们工作耐受力相对较低，又不具备进入高收入阶层的能力。上一代农民工有份活干，有个工棚睡，有笔钱赚，就比较踏实和安稳了。而新生代农民工则对老家有隔阂，他们也不想回到老家,“反认他乡是归乡”。但新生代农民工是社会发展的一支重要力量,是加快城市建设、促进经济发展、繁荣社会事业的生力军。

据公布的数字,目前,外出打工的农民工约为 1.5 亿人,新生代农民工大约 1 亿人,占 60% 以上,新生代农民工的数目随着时间的推移在不断地增加,不用几年,新生代农民工会占据农民工的绝大部分。温岭市外来人口大约是 60 万人,按照 60% 来计算,新生代农民工应该是 36 万人,实际数字可能更大。如何给予他们充分的文化生活上的关心,培养他们的精神品质,提升他们的文化修养,包括对他们的技能进行培训,这是一个紧迫的问题。

（2）关心新生代农民工的文化生活要与保障新生代农民工其他权益同行,而且其他权益应该先行。

马斯洛的需求层次理论,将人的需求划分为 5 个层次,由低到高分别是生理需要、安全需要、归属和爱的需要、尊重的需要、自我实现需要。解决新生代农民工问题,首先要打破城乡二元结构,重塑城乡文化氛围,让农民工获得和城市居民一样的平等待遇。应该逐步让他们在教育、医疗、社会保险、住房等方面享受与城市居民相同的权利,降低他们进城的门槛和成本,从制度上保证农村流动人口的基本就业权利,建立起统一的、完善的城乡一体化劳动力市场。具体而言,如何实现农民工起码的要求和尊严,比如,缩短过长的劳动时间,提高过低的收入,等等。假如一个新生代农民工一天要干十几个小时的活,收入却只能维持基本的生活开支,租住在仅能挡风遮雨的逼仄小屋,万一再遇上什么伤病,还奢谈什么文化生活。

新生代农民工希望融入城市,享受城市文明,和城市人一样“体面地活着”,然而从制度到心理到具体措施,城市似乎还没有做好接纳他们的准备。具体表现有：许多城市在农民工融入城市上设置人为壁垒，从住房到学历等等；农民工承担着城市最累、最苦、最脏、最险的工作，却往往拿着最低、最少的工资，与城市产业工人相比，享受不到应有的政治、经济及社会地位；新生代农民工成为产业工人的重要组成部分，然而，新生代农民工就业稳定性差，流动性强，多数企业还没有把他们当作稳定的产业工人……如果这些问题得不到解决，我们也无从真正落实他们的文化生活了。

（3）关心新生代农民工的文化生活，既要有宽广的胸怀接纳他们，让他们融入这个社会，又要充分考虑他们外来人员的特点，开展富有他们特色的文化活动。

在问卷调查中，新生代农民工希望“举办与社区居民的文化联谊活动”“向外来务工人员开放街道、社区的文化娱乐活动场所”等占据了较高的数量，表达了他们渴望融入当地生活，与当地民众交流的愿望，但同时，我们也要看到，希望“组织面向外来务工人员的文艺演出”“组织外来务工人员的文艺爱好者进行辅导和文艺活动”等不在少数，这反映了新生代农民工也有其特殊性，他们也希望有着自身群体的圈子、自身群体的活动。

调查中还听到：“谈到看戏呀，你们这里一年看不到几次演戏，这里的戏我们看不懂，唱的是地方戏，说的是当地话，什么方言啦、土话啦，我们真的不喜欢。”“电视里的那个《阿福讲白搭》，《光头阿伟》也不行，我们听得很没味道。”（《阿福讲白搭》和《光头阿伟》是台州电视台的方言节目。）

新中国成立初期，我们的传媒和文艺要当“正规军”，使用普通话。过了五六十年后，发现我们还是“超前”了，好大一部分民众不懂普通话，或者对普通话不感兴趣，这样，所谓的宣传和文化活动的效果可想而知。进入21世纪，各地的新闻和文艺，纷纷举办方言节目，出乎意料地受到热捧，尤其是受到中老年民众的喜欢，其效果当然不言而喻了。而随着外来民工的大量进入，普通话成为“官方”语言，吴越方言的局限性又显而易见了。这不是谁对谁错或者排斥谁的问题，方言是地域文化，在地域范围内自有着其独特魅力；普通话是语言发展的一个方向，是官方交流语言。这是一个交锋，也是一个两难选择，这就变得有点复杂，但我们的工作就是在交锋和两难中前行，在复杂中灵活地解决问题。都道“办法总比困难多”，比如，在方言电视中，我们可以配上字幕；下乡演出中，在当地观众多的地方用方言，在外来人口多的地方用普通话，在当地人员和外来人员混杂时，我们有些节目用方言，有些节目用普通话。只要我们都多为新生代农民工考虑一些，总会在“夹缝”中闯出一条路来。

解决、满足和提升新生代农民工的文化需求，这是一项系统工程，需要政府、社会各界、企业和农民工自身的共同努力，特别需要文化部门做出积极的努力。

2011年《浙江省新生代农民工文化生活调查》课题之温岭调查篇。

附录

省级以上获奖作品名录

（按时间顺序排列）

1. 散文《怀念一本书》获浙江省文化干部文学作品大赛二等奖。（浙江省文化厅社图处、浙江日报文化周刊部 1997.7）
2. 散文《身边人物》获“宁波轻纺城杯”浙江省文学作品大赛三等奖。（浙江省文化厅 1998.7）
3. 小说《结尾》获《微型小说选刊》第二届全国微型小说征文大奖赛纪念奖。（微型小说选刊社 2000.7）
4. 论文《办好地方文学刊物　繁荣群众文学创作》获浙江省首届群众文学理论征文二等奖。（浙江省群众文化学会、浙江省群众艺术馆 2000.12）
5. 散文《片段》获浙江省文学作品征文比赛三等奖。（浙江省群众艺术馆、浙江文学院 2002.12）
6. 剧本《等级问题》获 2003 年浙江省曲艺作品征文比赛优秀征文奖。（浙江省曲艺家协会、浙江省群众艺术馆 2003.9）
7. 剧本《放飞》获浙江省第三届青少年校园剧比赛创作二等奖。（浙江省教育厅艺术教育委员会、浙江省群众艺术馆、浙江省电视台青少部 2003.11）
8. 散文《探访温岭农村俱乐部》获“鹿鼎杯”浙江省文学作品大赛一等奖。（浙江省文化厅 2004.11）

9. 剧本《等级问题》获浙江省第十五届戏剧小品邀请赛创作二等奖。(浙江省文化厅 2004.12)
10. 散文《光芒,闪耀在惊涛骇浪中》获浙江省“抗台救灾”文艺作品征文大赛三等奖。(浙江省文化厅 2005.3)
11. 剧本《守望》获浙江省建设“平安浙江”文艺作品征文大赛三等奖。(浙江省文化厅 2005.3)
12. 剧本《两只蚂蚁》获浙江省第四届青少年校园剧比赛创作三等奖。(浙江省文化厅社会文化处、浙江省教育厅艺术教育委员会、浙江省群众艺术馆 2005.11)
13. 散文《一个家能承载下多少》获《海风》杯“走近民间艺术家”全省文学作品大赛一等奖。(浙江省文化厅 2006.1)
14. 散文《1978 年浙西那场午夜电影》获首届中国越剧艺术节“三江杯·我与越剧”征文银奖。(2006 年中国越剧艺术节组委会办公室 2006.12)
15. 论文《温岭市非物质文化遗产调查研究》获第二届浙江省新农村文化建设论坛征文三等奖。(浙江省群众文化学会 2007.7)
16. 论文《温岭市石塘镇流水坑村田野调查》获浙江省文化理论征文三等奖。(浙江省文化厅 2007.9)
17. 散文《点亮三百年前的大灯》获天台山杯“走进民间艺术守望者”全省文学作品大赛三等奖。(浙江省文化厅 2008.1)
18. 散文《“五朵金花”的情怀》获天阳杯“携手同心　抗震救灾”全省文学作品大赛三等奖。(浙江省文化厅 2008.11)
19. 剧本《我们是一家人》获浙江省第 19 届戏剧小品邀请赛创作三等奖。(浙江省文化厅 2008.12)
20. 散文《因为喜欢所以爱》获“我与群众文化”浙江省文学作品

大赛三等奖。(浙江省文化厅 2009.6)

21. 剧本《撞车》获 2009 浙江省曲艺征文大赛一等奖。(浙江省曲艺家协会、浙江省群众艺术馆 2009.7)

22. 剧本《等级问题》获第六届中国戏剧文学奖·小型剧本二等奖。(中国戏剧文学学会 2009.11)

23. 论文《谈谢铎的发掘、研究和方向》获浙江省地域文化理论征文大赛二等奖。(浙江省群众艺术馆 2010.7)

24. 散文《五十年间一部戏》获第二届中国越剧艺术节"我与越剧"征文大赛银奖。(第二届中国越剧节组委会办公室 2010.11)

25. 剧本《撞车》获首届全国戏剧文化奖·小型剧本三等奖。(中国戏剧文学学会、全国戏剧文化奖评委会 2010.12)

26. 故事《寒夜追踪》获"王龙杯"中华孝德新故事征文大赛二等奖。(中国文化报国家公共文化中心、浙江省群艺馆 2010.12)

27. 故事《重逢》获浙江省第五届新故事征文大赛二等奖。(浙江省群众艺术馆 2011.6)

28. 快板书《特殊顾客》获浙江省第六届曲艺新作大赛创作二等奖。(浙江省文化厅 2011.12)

29. 故事《恩人》获首届浙江省故事会征文三等奖。(浙江省曲艺家协会、浙江省文化馆 2012.3)

30. 散文《春天的歌声》获文化惠民谱新篇——浙江省文化馆(站)建设征文大赛一等奖。(浙江省群众文化学会、浙江省文化馆 2012.6)

31. 故事《房东和房客》获浙江省第六届新故事作品征文大赛一等奖。(浙江省文化馆 2012.6)

32. 论文《"三贴近"群众戏剧创作实践与思考》获 2012 浙江省群

文戏剧创作论坛一等奖。(浙江省文化馆 2012.12)

33. 故事《瓯越情》获浙江省第二届故事会征文二等奖。(浙江省曲艺家协会 2013.5)

34. 故事《神秘的电话》获“空港新城”杯浙江省第七届新故事作品征文大赛三等奖。(浙江省文化馆 2013.6)

35. 散文《我在编辑岗位18年》获浙江省“苦乐年华”征文大赛三等奖。(浙江省文化馆 2013.7)

36. 歌词《风情浙江》获浙江省非物质文化遗产主题歌曲征集大赛提名奖。(浙江省文化厅 2013.9)

37. 论文《论城镇化中的公共文化建设——以温岭市太平街道戏剧角为例》获浙江省第十五届公共文化论坛三等奖。(浙江省群众文化学会、浙江省文化馆 2013.10)

38. 歌词《你是我们的老娘舅》获“依法治国 共筑和谐”歌词大赛金奖。(浙江省文化厅 2016.1)

39. 歌词《风情石塘》获浙江省新农村建设特色小镇题材歌词大赛三等奖。(浙江省文化馆 2016.12)

简 历

1967年9月—1973年7月，就读于大溪区冠城公社小学、泽国区牧屿公社池里小学、大溪区山市小学。

1973年9月—1975年7月，就读于大溪区山市中学（初中）。

1975年9月—1977年7月，就读于大溪中学（高中）。

1977年7月—1978年3月，在泽国区牧屿公社池里大队家里待业。

1978年3月—1994年5月，在温岭县化肥厂工作。

其中：1985年9月—1988年7月，就读于中央广播电视大学汉语言文学专业（大专，不脱产）。

1994年5月至今，在温岭市文化馆工作。

其中：1995年9月由温岭市职改办确定获得助理馆员职称，2000年11月由浙江省群文中评委评审获得馆员职称，2008年12月由浙江省群文高评委评审获得副研究馆员职称，2013年12月由浙江省群文高评委评审获得研究馆员职称。2006年9月—2008年7月就读于中央广播电视大学汉语言文学专业（本科，不脱产）。

后 记

1994 年 5 月，我调入文化馆工作，转眼 22 年过去了。这部书稿都是这个时期写成的，大多与岗位工作相关，且都曾发表或获奖、演出过。

这是我 8 年间出版的第 4 本个人作品集，与“专题性”的前 3 本不同，这是一本“文集”，其中有戏剧、曲艺和音乐文学，也有评论、论文，还有小说、散文、随笔。

在这群众文化岗位上，我尝试着、摸索着各个艺术门类的写作。我肯定不是一个聪明的人，但我坚持、投入和吃苦，因为肩头的责任和心中的热爱。

同时我也感叹，文学之梦犹如苍穹的星辰，依然高远得不可企及；我也蹉跎了许多时光，所谓的写作我也只是涉及皮毛而已。

但我在这追梦的道路上留下这一行行的脚印；这脚印沾着泥水、汗水和泪水，也沾着花香、草香和生活的醇香。

再过几年，我就要告别工作岗位，这部文集就作为一个留存。感谢单位对本书出版的大力支持，感谢王全吉先生撰写序言，感谢周春梅先生题字，也感谢女儿李杏设计封面，同时感谢责任编辑梁春晓女士辛勤的付出和细致的工作。

如果要做一个总结，从大的层面来说，得感谢这个时代。就我个体来说，我从一个业余文学爱好者，到后来从事与个人喜好相交的工作，这是我觉得庆幸和幸福的事；我非常感谢并铭记心底给我人生和创作以帮助、扶持的朋友和师长。